KB260715

정 상 은   내   가 슴 에

강태선

정 상 은 내 가 슴 에

강태선

듣는 것보다 보는 것이 좋고,
보는 것보다는 아는 것이 좋다.
그러나 아는 것보다는 실천하는 것이 옳기에
나는 산을 오른다.

세상의 아침

등산과 경영이 주는 시련에 누구는 눈물을 흘렸지만 나는 그 눈물을 삼켰고 이제 희망을 이야기한다.

도전을 포기하지 않으면 희망이 생긴다. 희망의 끈을 놓지 않으면 꿈은 이루어진다. 누구나 고통의 시간이 있으며 주저앉고 싶은 때가 있다. 자신의 삶을 되돌아 생각해 보면 살아온 날 중 아픈 날이 더 많았다고 생각할 수도 있다. 그렇게 살아 온 지난날 중에 지우고 싶은 순간도 있을 것이다. 그러나 더 깊이 생각하면 그런 날이라도 단 하루 소중하지 않은 날이 없다.

내 능력의 임계점을 시험하는 무대는 바로 산이었고, 산이나 경영에서 정상으로 가는 길은 불이(不二)여서 언제나 다르지 않았다.

누구나 등산에 나서면 정상에 오르고 싶어 한다. 그러나 정상에 오르는 사람과 포기하는 사람으로 나뉜다. 정상을 오르지 못한 그 사람을 가로막는 가장 큰 장애물은 험준한 산세나 거친 날씨가 아닌 바로 마음이다. 고통이 없으면 얻는 것도 없다. 그런 진리가 살아 숨 쉬는 등산을 경영에 비추어 보면 과정이나 결론까지 쌍둥이처럼 똑 같은 것이다. 등산이나 경영현장에서 맞닥트리는 위기와 극한상황은 빙하에 숨어있는 크레바스처럼 많다. 그것을 이겨내기 위한 생존원리 역시 경영과 등산의 공통분모이다.

스스로 불행하다고 생각하는 현실이 사람의 불행한 삶을 규정짓지 않는다. 그 사람은 할 수 있다는 신념을 포기하기에 불행한 것이다. 우리 인생의 목표는 지금까지가 아니라 바로 지금부터라는 생각을 가져야 한다.

나와 우리 회사의 브랜드 블랙야크의 질주를 보는 시각은 다양하다. 더러는 빛나는 성공을 거두었다고 하고 더러는 운이 좋았다고 말한다. 둘 다 옳은 이야기다. 그러나 한 가지 간과할 수 없는 것은 이 책이 나오기까지 36년이라는 시간이 걸렸다는 것이다.

나는 이 책을 통하여 제주도 섬사람이 서울에서 어떻게 작은 성공을 이뤄 냈는가를 과장 없이 말 할 것이다. 어떻게 산에 오르고 어떤 시련을 겪었는가, 담담하게 밝히고 아웃도어 시장에서 블랙야크가 어떻게 성공을 거두었나, 그 과정도 이야기 할 것이다.

그동안 신문에 기고를 하거나 강연 준비를 위해 틈틈이 메모해 놓은 것이 꽤 많은 분량이 되었다. 이리저리 흩어져 잊히는 것보다 이 기회에 책을 엮어 내기로 했다. 그것은 내가 나를 바라보는 반면교사 기능을 할 것이기 때문이다. 과연 책속에 녹여낸 초심의 철학을 지금도 지니고 살고 있는가? 한 발 한 발 걸어 올라가는 경영이란 등반과정에 오류는 없었고 길을 잃지는 않았는가? 그러므로 이 책은 독자뿐 아니라 나에게도 주는 하냥다짐인 것이다.

미증유의 경제 환란을 맞아 모두 어렵다고 한다. 이 작은 책이 고통 받는 이들에게 희망과 위로가 되었으면 좋겠다는 생각을 담는다.

강 태 선

차례

1부
한라산에서
에레베스트까지

제주도는 섬(島)인가
아니면 산(山)인가
하얀 사슴이 뛰어놀았다는
신화의 백록담(白鹿潭)을
모자처럼 쓰고 있는 제주도는
섬이면서 동시에 산이고
산이면서 섬이 된다

12_13

1부 한라산에서 에베레스트까지

1 나를 키워 준 한라산 그리고 제주도

제주도는 섬(島)인가 아니면 산(山)인가

제주도를 처음 찾는 사람이라면 무엇인가 괴이쩍다는 느낌이 들 것이다. 구멍이 숭숭 난 화산암의 검은 돌담이 끝없이 이어진 농경지의 담장, 파란 바다와 극명하게 대비되는 까만 바위 해변과 반쯤밖에 알아들을 수 없는 제주의 방언도 낯선 풍경일 것이다. 외다리로 선 종려나무라든가 올동백과 후박나무 같은 난대림으로 식생마저 다르니 괴이쩍다는 낌새는 당연한 것이다. 또한 어느 곳에서나 보이는 한라산 고스락을 바라보며 육지 사람들은 고개를 갸웃거릴 것이다. 제주도가 섬인가? 아니면 산인가? 하얀 사슴이 뛰어놀았다는 신화의 백록담(白鹿潭)을 모자처럼 쓰고 있는 제주도는 섬이면서 동시에 산이고, 산이면서 섬이 된다.

이 섬은 탄생부터 이상했다. 까마득한 옛날, 호랑이가 담배 피우던 시절보다 더 오래된 어느 날이었을 것이다. 거칠것 없는 남태평양 망망대해 가운데쯤에서 갑자기 바다를 박차고 나온 화산이 제주도가 되었으니까.

아득한 바다에서 급히 솟구쳐 오르다 보니 바닷물에 닿은 제주도의 허리는 온통 검은 절벽이다. 허리... 그 말을 확인하려면 내 고향 서귀포시 예래동 갯깍을 찾을 일이다. 용암이 바다를 만나 급격히 식으면서 생긴 바위는 연필처럼 육각형의 주상절리(柱狀節理) 기둥을 만들었다. 신전의 기둥처럼 제주 바다를 떠받치며 치솟은 주상절리는 수십 미터의 높이로 아득한 병풍 절벽을 이루고 있다.

남한 최고봉 한라산 1,950m는 바다 위쪽으로 튀어나온 높이를 말한다. 그러나 시퍼런 남태평양 바다 밑에 가라앉아 있는 허리 아래가 더 깊다. 그러므로 바다 속에서 올려다보나 물 위에서 보나 제주도는 산이 된다.

지구별 땅 속 깊은 곳에 끓고 있는 용암이 그 주체할 수 없는 힘으로 터뜨려 버린 화산(火山) 혹은 섬, 제주도.

제주도 서귀포시 중문면 예래동 74-1번지. 낮은 초가지붕들이 엉키어 있던 조그마한 동네에서 나는 태어났다. 한라산 자락이 슬그머니 바다를 만나는 제주의 전형적 양지바른 바닷가 마을이다. 우리 마을에서 한라산 정상은 빤히 올려다보였고 해풍이 부는 동백나무 숲 넘어 남태평양 파도소리가 들릴 듯 가까웠다. 아무 곳이나 찍어도 사진 속 풍경은 조는 듯 한가롭고 평화로운 작은 마을 일 것이다.

내가 태어난 1949년 음력 4월 25일은 '제주 4 · 3 사건' 또는 '제주 4 · 3항쟁'이라 불리는 비극이 일어난 지 꼭 1년이 되는 때였다. 역시 세상은 생각대로 되지 않는다. 이런 한적하고 평화로운 제주도 섬 마을마다 무수한 사람들이 사망한 그런 비극이 일어 난 것은 참으로 이해할 수 없는 일이다. 제주도는 1901년에 이미 이재수의 난이 있었다. 19세기가 끝나고 20세기가 시작하는 바로 그 해 제주도는 사상 초유의 큰 혼란을 겪는다. 제주에서는 중앙 왕실에서 파견한 봉세관(捧稅官)의 조세수탈과 프랑스 선교사를 앞세운 천주교회의 폐단에 저항한 도민 봉기가 일어났다. 이 사건으로 천주교인 700여명이 목숨을 잃고 민란에 참여했던 민중들도 다수 사망한다. 우리는 이것을 이재수의 난 또는 제주민란이라고 부르고 있다.

세금징수의 폐단과 교회의 폐단을 시정하기 위한 정당한 봉기인 민란(民亂)이라는 시각과, 수백 명의 천주교도가 피살됨으로써 교회가 수난을 입었다는 교난(敎難)이라는 시각의 평행선은 아직도 여전하다. 당시 사건의 장두 역할을 했던 이재수라는 인물에 대해서도 그렇다. 반봉건 반외세를 외친 근대적 인물이라는 것과 천주교에 대한 박해자라는 논란이 그것이다. 영화로도 나온 역사적 사실을 둘러싼 시각의 차이는 지금도 좁혀지지 않는다.

4.3사건은 좀 더 희생자의 규모가 컸다. 어떤 말이 옳은지는 모르나 분명한 건 그 와중에 희생당한 것은 조상대대로 땅을 일구거나 바다에서 삶을 영위한 농민과 어부라는 점이다. 좋은 세상 만났으니 이제 억울함을 풀어 달라는 제주도민의 청원은 오래 기다려야 했다. 1999년 12월 26일 국회에서 '제주4·3사건 진상규명 및 희생자 명예회복을 위한 특별법'이 통과되고, 2000년 1월 12일 제정 공포되면서 정부 차원의 진상조사에 착수하게 되었다. 조사위원회의 의견에 따라 2003년 정부는 국가권력에 의해 대규모의 무고한 희생이 이루어졌음을 인정하고 제주도민에게 공식 사과를 했다.

대왕수 펑펑 솟는 예래동

　아버님 역시 남정네였기에 4.3때 돌아가셨다. 물론 나는 그때 태어났으므로 그 참상을 기억할 수는 없다. 내 친구들 역시 그런 경우가 많았다. 걸음을 떼기 시작하며 생각나는 것은 홀어머니와 할아버지, 할머니가 보리농사로 정신없이 바쁜 때였던 것으로 기억한다. 나의 탄생은 시기적으로 정치적으로는 혼란기였고 봄 농사로 바쁜 계절이었던 셈이다. 이런 비극적 사건은 어른들의 일이었고, 어릴 적 내 기억 속 고향은 평화롭기 그지없는 풍경이었다.

　평온하고 한가로운 때 태어난 것은 아닌 듯싶지만 어린 나는 어른들의 세계를 알 수 없었다. 세상은 시끄러웠겠지만 고구마 심고 감자 캐는 할아버지를 따라 밭에 가면 그곳이 나의 놀이터가 되었다. 밭고랑 사이에 있는 작은 돌들이 훌륭한 장난감이었던 것이 지금도 기억에 선연하게 떠오르곤 한다.

　봄이면 구멍이 숭숭 뚫린 검은 돌담 사이로 청보리가 파랗게 자라고 그때쯤 노란 유채꽃은 온 동네를 감싸고 피어났다. 파란 하늘 빗살무늬의 흰 구름과 어울린 깎아지른 벼랑과 푸른 바다는 언제 봐도 질리지가 않았다.

　인간은 물이 없으면 존재할 수 없다. 그래서 모든 문명은 물이 흐르는 강을 끼고 존재한다. 그런데 사방이 바다에 둘러싸인 제주도는 역설적으로 물이 귀하다. 눈을 들면 짠물인 남태평양의 수평선이 어디서든지 보였지만 민물은 귀한 존재였다. 제주도 전역 어디에 물 찰찰 넘치는 강이라도 있던가? 태풍과 폭우가 제주에 찾아오더라도 그 흔적은 잠깐일 뿐이다. 구멍 난 화산암 하천은 물이 범람하다가도 이내 말라 버렸다.

그래서 제주사람들은 물을 찾아 나섰다. 민물을 찾아내면 그곳에 둥지를 틀고 거주지를 만들었다. 우리 마을도 그렇게 사람이 살기 시작했을 것이다. 한라산이 내려 준 지하수는 바다 가까이 내려와 곳곳에서 용천수로 솟았다. 우리 예래동엔 용천수가 유독 많았다. 군산 계곡인 곰생이. 대왕수, 소왕수, 조명물, 거슨물, 남바치, 차귀물, 돔벵이물, 그리고

우리마을
식수원 대왕수

이제는 마을의 상징이 된 논짓물까지 용천수가 신나게 솟았다. 그래서 제주도에서는 보기 힘든 벼농사를 지을 만큼 물이 풍부했다.

우리 마을과는 달리 물이 귀한 산간 마을에는 그야 말로 물 깃기가 힘든 노동이었다. 제주도에서는 '조냥 정신' 이라는 말이 있다. 절약을 강조하는 말인데 그걸 웅변하는 것이 물을 담는 도구인 허벅을 들 수 있다. 입구가 좁은 옹기인 허벅은 물을 담기도 쉽지 않고 붓기도 어려웠다. 그럼에도 입구를 좁게 만든 건 바로 조냥 정신이 담겨 있는 것이다. 힘들여

길은 물을 흘리지 않는 구조이기 때문이다.

우리 동네 물맛도 좋았다. 지층구조가 다공질 용암으로 형성되었기에 빗물이나 한라산 눈 녹은 물이 지하로 침투하는 과정 중에 자정작용을 한 것이다. 검은 토질이 정수제로 사용되어 청정수의 질을 유지시켜 주고 인체에 유해한 화합물을 걸러 낸다고 했다. 그렇게 솟는 용천수는 미네랄이 풍부한 물이었다. 그런 물이 많이 솟는 우리 동네는 당연히 사람이 살기 좋은 곳이었다. 그래서 우리 고향은 사람이 거주한 흔적이 선사시대까지 거슬러 올라간다. 고인돌 같은 선사시대의 구조물이 지금까지 마을에 남아 있다.

물이 모여 '너븐내'라 불리는 물길을 이루는데, 그 물길을 따라 내려가면 지하 용천수와 바닷물이 만나는 '논짓물'이 나타났다.

밀물과 바닷물이 어우러진 천연 수영장인 논짓물은 수심이 얕았다. 바닷물과 민물은 비중 때문에 잘 섞이지 않는다. 논짓물에 아롱지는 물빛은 그야말로 황홀했다. 물비늘이 연둣빛인가 하면 초록이고 초록인가 하면 파랑으로 바뀌었다. 그곳은 내 유년의 놀이터였고 중학교에 들어

또 다른 용천수
소왕수

가면서 우리의 수영장은 갯깍으로 옮겨졌다.

숨어 있는 비경 갯깍

'갯'은 갯마을, 갯내음처럼 바닷가라는 뜻의 접두어며 '깍'은 끝이라는 뜻이다. 논짓물에서 해변을 따라 조금 더 올라가면 예래천이 바다와 만나는 갯깍을 만날 수 있다. 파도가 만든 사구 때문에 예래천 물을 가두어 그곳에는 커다란 담수호가 형성되어 있었다. 그곳은 우리들의 수영장 구실을 했고 친구들과 수영시합을 벌이던 곳이었다. 지금은 색달 하수종말처리장이 있는데 그럼에도 아직 청정지역이라는 표시로 제주도 유일의 반딧불이 보호지역이기도 하다.

갯깍 해식동굴
들렁궤

이곳에서 제주의 숨어 있는 비경인 주상절리 절벽을 만나게 된다. 제주도 곳곳의 숨은 비경이 죄다 소개되었으나 이곳은 아직도 제대로 알려지지 않은 곳이다. 이곳부터 육각의 작은 돌병풍이 시작되며 곧 하늘을 찌를 듯이 깎아지른 40~50m 높이의 주상절리 절벽이 병풍처럼 펼쳐진다. 절벽과 바다 사이엔 까만 갯돌들이 가득하다. 갯깍 주상절리는

1km 가량 길게 이어지고 있는데 돌 틈엔 귀한 문주란과 해국이 피어나기도 했다. 갯깍 해식절벽에는 두 개의 굴이 있었다. 엄청나게 큰 첫 번째 굴은 입구에선 막힌 굴처럼 보이지만 한 굽이 돌면 뚫린 것을 알 수 있다. 이 터널처럼 생긴 굴을 우리 마을 사람들은 '들렁궤'라 불렀다. 들려 있는 것처럼 보여서 붙여진 이름이다.

다음에 만나는 굴은 우리 유년시절 놀이터인 '다람쥐궤' 다. 지금도 물방울이 뚝뚝 떨어지는 동굴 천장에는 수정 모양의 돌들이 보석처럼 박혀 있다. 어릴 적 갯깍에서 물장구치다 싫증나면 친구들과 이 동굴을 찾았고 아무도 없는 굴속에서 우리끼리 놀았다. 언덕을 조금 올라가야 만나는 이 굴 앞에서 지금은 예전에 없던 안내판 하나를 만날 수 있다. 선사시대 유적지임을 알리는 표식이다. 그 당시는 몰랐지만 이 굴에선 선사시대 사람들이 쓰던 무문토기 파편이 출토되었다고 한다.

다람쥐궤라는 이름의 다람쥐도 산속의 다람쥐가 아니라 제주 말로 박쥐를 뜻하는데 이 동굴에 박쥐가 많아 붙여진 이름일 것이다. 갯깍 절벽길은 밀물 때면 막히지만 썰물 때는 절벽 밑으로 돌아갈 수 있었다. 절벽을 벗어나면 조그마한 모래사장이 나타나는데 그곳을 '조른모살' 이라고 했다. 조른모살은 나만의 목장이었다. 방과 후 소에게 풀을 먹이는 것이 내 일과였는데 썰물 때 열린 절벽 아래로 소를 끌고 조른모살에 들어갔다. 거기에 있는 풀을 소에게 먹이다 보면 밀물 때문에 절벽길이 막혔다. 그러면 소는 다른 곳으로 갈 방법이 없다. 그렇게 나만의 천연목장에 소를 풀어 놓고 나는 안심하고 친구들과 신나게 놀 수 있었다.

지금은 조른모살 건너편이 '개다리 폭포' 옆으로 하얏트리젠시 호텔 산책로로 이어진다. 그 호텔 건너 유명한 중문해수욕장이 있다. 우리 마을에선 예전에 작은 모래밭이란 뜻의 조른모살에 비해 큰 중문해수욕장을 '진모살'이라 불렀다.

군산, 갯깍, 주상절리대, 들렁궤, 조른모살, 병풍바위, 논짓물, 천제연... 가만히 이름을 불러보면 어릴 때 그곳에서 듣던 파도소리가 지금도 들리는 듯하다.

남태평양 파도가 노래를 부르는 들렁궤 해벽은 언제 보아도 질리지 않는 조각 같은 풍경이었다. 갯깍에 있는 해변 굴에는 다람쥐, 부엉이가 살고 있었다. 갈매기를 비롯하여 부엉이와 이름 모를 새 소리가 절벽에 부딪치면 파도소리와 어울려 또 다른 자연교향악이 되곤 했다.

하루에 두 번씩 썰물과 밀물에 따라 바다의 풍경은 달라졌다. 남태평양 파도가 조용해지고 잔잔한 호수 같은 바다 위에 휘영청 밝은 달이라도 떠오르면 그야말로 바다는 한층 그윽하고 환상적인 모습으로 바뀌었다. 할머니가 파나 무 또는 콩 고명을 넣어 말아 주던 빈떡처럼 흰 파도가 논짓물 위로 넘칠 때면 우리는 바다로 달려나갔다.

작은 돌을 뒤져 고둥을 잡고 큰 돌을 움직이면 멍게, 소라, 전복이 잡히던 시절이었다. 예래천 하구인 갯깍에서 뱀장어라도 잡는 날엔 돌에 미끄러져 피가 나도 아픔보다 기쁨이 더 크던 그런 곳이 내 유년의 고향 예래동의 추억이다.

이곳을 자세하게 기억할 수 있는 것은 이곳이 우리들의 놀이터였기 때문이다. 육지에서 산행 열풍이 일어나고 있다면, 제주도에서 최근 인기를 끌고 있는 것은 '올레' 트레킹이다. 한라산 기생화산인 올레의 속살을 찾아 '놀멍, 쉬멍, 걸으멍' 운동이 한창인데, 숨겨진 비경의 갯깍 길도 최근에 제주 올레 8코스 중의 한 구간으로 등록되었다.

반쟁이와 곤밥

　　내가 다녔던 예래초등학교는 학생 수가 적었다. 내 기억으로 한 학년이 40여 명 정도였고 졸업할 때도 그 숫자를 넘지 않았다. 그렇게 작은 학교였다. 우리 마을은 전형적인 농촌이었다. 간혹 물질을 하는 잠녀(해녀)도 있었지만 거의 농사일을 했다. 집집마다 일손이 딸려 학교가 끝나면 농사일을 거들어야 했고 온 가족이 일을 해야 겨우 먹고 살 수 있었던 시절이었다.

　　초등학교를 졸업하고 진학한 중문중학교는 남녀 공학이었다. 중문면에 위치한 이 학교는 우리 마을에서 등·하교 길이 이십 리는 족히 되는 거리에 위치해 있었다. 그 길을 친구들과 함께 걸어 다녔다. 여름이면 땡볕과 비바람 속을 걷고 겨울이면 영등할망 바람이라 부르던 살을 에는 듯한 서북풍 눈보라를 맞으며 걷던 등교길. 마을에서 제법 가파른 길을 올라서야 지금의 색달동 삼거리를 만날 수 있었다. 그 당시에는 나무 한 그루 없고 검은 돌멩이들만 나뒹구는 고갯길이었다. 고개로 올라서면 당시 제주 일주도로인 비포장 신작로가 있었다.

　　그 시절의 기억이야 누구에게나 있기 마련이지만 나에겐 좀 특별한 추억이 있다. 바로 고개를 올라서기 전에 만나는 예래천 때문이다. 지금이야 반듯한 다리가 세워졌지만 예전에는 그런 게 없었다.

　　한라산은 화산암 지대이기 때문에 지표를 흐르는 물이 귀하다. 냇물도 태반이 마른 건천이다. 그러나 백록담이 발원지인 예래천은 근처의 강정천과 함께 늘 물이 흐르는 개울이었다. 그런데 비가 오면 예래천 냇물이 넘쳐 등교길이 끊어지곤 했다. 우기가 되면 언제나 예래천은 넘쳤고 나의 등교길을 가로막았다. 장마철이면 급류가 흘러 건널 수 없기에 물이 줄어들 때까지 한나절이고 기다려야만 했다.

그 예래천을 어찌해서 건너 중문에 있는 천제연폭포 위쪽 다리까지 가더라도 위험 수위까지 물이 차면 발길을 되돌려야만 했다. 이런 일들은 중학교 통학시절 내내 빈번하게 일어났던 것으로 기억된다.

물론 그런 추억만 있는 게 아니다. 지금은 출입금지지만, 하교길에 친구들과 천제연폭포에서 다이빙도 하고 멱을 감는 호사도 부렸다. 일곱 선녀가 하늘에서 내려와 목욕을 했다는 오염되지 않은 천제연폭포는 나와 친구들에게 훌륭한 피서지였으며 놀이터였다.

그 시절은 참 공평하게 가난했다. 예래초등학교 졸업생 중에서 중문중학교로 진학한 학생이 나를 포함하여 8명이었으니, 너나 할 것 없이 모두 어렵게 살았다는 증거인 셈이다.

좁쌀에 감자를 버무린 점심도시락. 그것도 못 싸 오는 아이들. 보리쌀과 감자가 반반인 도시락을 반쟁이라 불렀는데 그걸 가져오는 친구들은 형편이 좀 나은 집안이었다. 곤밥이라 불렀던 쌀로만 지어진 도시락은 아예 구경조차 할 수 없었다.

나는 억척스런 어머님 덕분에 그래도 반쟁이에 속할 수 있었다. 어쩌다 반쟁이에 끼어 있는 쌀은 보기만 해도 군침이 도는 점심이었다. 남녀공학이기에 가사시간, 원예시간으로 나뉠 때면 여학생들은 가사실로 가고 우리 남학생만 남았다. 개구쟁이였던 우리에겐 그때가 기회였다.

한라산 넘어 유학길

한 여자 급우가 있었다. 쌀집은 그 시절 부잣집의 대명사였는데 그 친구는 그 집 딸이었다. 아주 예쁘고 공부도 잘했다. 가사시간만 되면 나는 그 여자 친구의 빈자리에 앉아 그녀의 곤밥도시락을 까먹었다. 모두 장난꾸러기 시절이었기에 죄의식도 없었다.

어느 날, 그녀의 도시락 습격을 했는데 그날은 도시락 두 개가 보였다. 그리고 도시락 위에 쪽지가 하나 놓여 있었다. '태선아, 두 개 먹지 말고 하나만 먹어라!' 는 메모였다. 그런 악동 노릇을 해도 밉지 않게 보아 준 그 친구는 사범고등학교로 가면서 헤어졌다.

그렇게 중학교를 끝내고 고등학교는 제주시로 유학을 갔다. 200가구쯤 살았던 예래동 마을에서 제주고등학교로 유학 간 학생이 고작 6명이었는데 여학생 한 명을 빼면 5명이었다. 중학교 동창인 5명 중 4명이 나처럼 아버지가 없는 친구들이었다. 다 4.3사건의 피해자들이었다.

한라산 넘어 제주로 간다는 건 그 당시 우리에겐 말 그대로 유학이었다. 서귀포 귀퉁이의 예래동에서 제주로의 진출은, 학교 성적으로도 그렇지만 경제적으로도 참 어려운 일이었다.

65년 초 제주시에 있는 오현고등학교에 입학했던 그때 그 시절을 생각하면 가슴 한편이 왠지 갑갑해 옴을 느낀다. 보리쌀 한 말, 감자와 고구마 말린 것, 멸치를 주섬주섬 모아서 비료포대에 담아 짚가마니 노끈으로 짐을 꾸렸다. 짐을 어깨에 메고 색달동 일주도로로 걸어 나가 버스를 타려 해도 짐이 크다고 태워 주질 않았다. 사람이 많아 그랬겠지만 흙먼지만 자욱이 뒤로 하고 무심코 떠나는 그 버스가 그땐 왜 그리 야속하기만 하던지.

몇 대나 거절당하다 한참 만에 마음 좋은 기사를 만나야만 버스를 탈수 있었다. 털털거리는 버스로 제주시에 도착하면 늦은 저녁시간이 되었다. 그때는 혼자 내는 방세가 아까워 친구와 함께 자취를 했다. 두 평 남짓 되는 자취방에 도착하여 어머니가 정성스레 싸 준 것들을 정리하면 허기가 졌다. 감자 몇 개를 골라 냄비에 쪄서 문지방 턱에 걸터앉아 젓가락 꼬치로 끼워 먹었던 그 시절. 소년이기에 그랬겠지만 그때는 그게 고생이라는 생각이 들지 않았다. 오히려 그 순간이 지금은 달콤한 추억이다.

그 시절은 세상 그 어느 누구보다도 더 행복했고 꿈이 있었으며 그때 먹었던 감자의 맛을 난 지금도 잊지 못한다. 당연히 어른이 없는 우리 자취방은 친구들의 아지트 역할을 했다. 그때 제주의 여학생들이 우리 김치를 대놓고 담가 줬다. 그러고 보면 고등학교 시절엔 여자들에게 꽤나 호감을 얻었던 것 같다. 동급생들이 여학생 소개를 해 달라고 찾아와 꽤나 귀찮게 군 기억도 난다.

자취방에는 더러 연탄불이 꺼지기도 하여 한 밤중에 연기를 마셔가면서 부채질로 불을 다시 피워야 했던 때도 있었다. 어떤 때는 연탄을 갈아넣고 나서 적당히 피어오르면 헝겊마개로 공기구멍을 막아주어야 하는 걸 잊어버려 방이 지글지글 끓기도 하였다. 연탄가스로 일가족이 죽기도 하는 일이 일어나던 그 시절 죽지 않고 살아남은 것도 행운일까?

집에 들르러 갈 때면 역시 비포장도 먼지 자욱한 버스를 타고 갔는데 고향이라 그런지 예래동만 들어서면 기분이 좋았다. 지금 내가 태어난 고향은 세계적으로 자랑할 만한 대단위 중문관광단지로 변해 있다. 뽕나무밭이 변하여 푸른 바다가 된다는 상전벽해란 이런 경우를 두고 말하는 듯싶다. 기막힌 자연절경과 함께 어디에 내놓아도 손색이 없을 정도의 최고급 호텔들이 죽 늘어서 있다.

한적한 시골 마을이었던 우리 동네가 세계의 정상들이 모여 회담을 할 만큼 고급 인프라가 다 갖춰진 특급 관광지가 된 것이다. 그뿐일까. 세계 최고의 골퍼들이 모여 실력을 겨루는 골프장이 있고 동양 최대 규모의 여미지 식물원과 각종 위락시설들. 꿈에서나 볼 수 있는 판타지처럼 내 고향은 바뀌었고 지금도 진화중이다.

파라다이스 제주도

　자연과 인공이 어울린 한국 최고의 휴양지가 내 고향에 있다고 말한다면 너무 과장된 수사일까? 그렇지 않다. 누군들 고향에 대한 자긍심이 없을까마는 내 고향 서귀포를 항상 가슴에 묻어 두고 지낸 나로서는 그곳이 바로 천국이라는 생각엔 변함이 없다.

주상절리 절벽
아래 조른모살

　실지로 국가가 지정한 명승이자 관광단지이므로 살아 숨 쉬는 천국이 바로 서귀포임을 애써 강조하고 싶은 것이다.

　예래동은 중문관광단지와 붙어 있으면서도 개발에서는 조금 비껴나 있었다. 그렇게 내 유년의 추억이 간직된 예래동도 이제 개발의 시기가 도래되었다. 마을 바로 곁 중문관광단지에 이어 갯깍 입구도 고급 휴양단지로 개발된다고 한다. 우리가 마을에서 갯깍으로 갈 때면 걸었던 부드러운 바람길 언덕 일대에 50층, 30층짜리 호텔이 세워진다는 것이다.

　말레이시아 버자야 그룹과 JDC(제주국제자유도시개발센터) 합작법

인인 (주)버자야 제주리조트가 그 주체로 나섰다. 지난 2005년 10월 JDC가 우리 마을 74만 4,000평방미터, 22만 5000평에 대해 개발사업 자로 사업승인을 받은 것이다. 높이가 240m나 되는 초고층호텔과 27층 짜리 카지노호텔, 37층짜리 리조트호텔이 들어설 계획이다.

나는 그 점에 불만이 있다. 과연 그런 고층빌딩이 제주도에서 필요한 것인가? 수억 년에 걸쳐 만들어진 자연경관보다 인간이 인공으로 만드 는 경치가 더 좋은 것인가? 반딧불이가 서식하는 물과 내가 유년시절 먹

바다와 만나는
갯깍 절벽

고 살았던 그 질 좋은 대왕수나 소왕수는 지하수 개발과 토목공사로 멈 추어지는 것은 아닐까? 논짓물의 천연 수영장을 채우는 용천수에는 문 제가 없을 것인지 걱정스럽다. 자연은 대규모 토목공사로 한 번 파괴되 면 재생이 불가능이다. 이런 나의 걱정들이 훗날 한갓 기우로 밝혀지기 를 간절한 마음으로 소망한다.

금년 겨울에 제주대학교 특강이 있어 간 김에 고향 예래동을 지키는 친구들과 만났다. 나와함께 초, 중, 고를 함께한 제주 죽마고우들이다. 그들도 나처럼 걱정을 하고 있었다. 오랜만에 함께 논짓물을 지나 거닐

던 바위절벽 갯깍도 그 꼴이 보기 싫어서 마냥 바다만 쳐다보고 있는 건 아닐까 하는 생각도 들었다. 개발에는 철저한 전문가들의 검증을 거친 다니 그래도 조금은 안심이 되지만 굴뚝 없는 산업이라 불리는 관광은 천연자원이 그 근본이 된다. 그런 점에서 제주도는 세계 어디에 내놓아 도 손색이 없는 것이다.

83년 9월 프랑스와 이탈리아, 스위스 3개국의 국경을 따라 뻗어 있 는 알프스 산맥과 이 산맥의 최고봉 4,807m의 몽블랑을 등반한 적이 있

천영수영장
논짓물

다. 히말라야 등반을 앞두고 고산등반의 경험을 쌓고자 갔던 것이다. 알 피니즘의 역사가 깃든 등산 역사의 현장을 내 눈으로 확인하고 싶었다.

알프스는 산악인들이 꿈꾸는 산맥이다. 알프스는 만년설과 일직선으 로 뻗어 내린 수직의 암벽이 산악인들에게 도전의 대상이었으므로 거대 한 산맥에 걸맞게 뛰어난 경치와 장엄한 뭔가가 있으리라 잔뜩 기대했 다. 초행답게 그곳을 향하며 나의 모든 상상력을 동원해 높고 아름다운 알프스를 생각했다. 그러나 실제로는 실망이었다.

그 이유는 내 고향 서귀포가, 한라산이 내 마음속에 자리 잡고 있었 기 때문이다. 알프스의 경관을 둘러보며 내 고향 제주도가 과히 세계적

이구나 하는 생각을 지울 수가 없었다. 83년 이후 세 번이나 더 몽블랑을 찾았지만 매번 그 느낌은 바뀌지 않았다.

또한 세계적으로 소문난 유명 관광지 인도네시아의 발리 섬을 다녀온 경우도 그렇다. 보이스카우트 일 때문에 사전조사를 하러 갔을 때였다. 지금이야 그곳을 가보지 않은 사람이 없을 정도가 되었지만 88년 당시엔 우리나라 사람들에겐 생소하기만 하던 곳이었다. 우리나라만 몰랐을 뿐이지 이미 발리 섬은 세계적으로 유명 관광지 중 하나였다.

첫 방문한 나는 버릇처럼 의식적으로 제주도와 비교해 봤다. 아름다운 천국이라고 소문난 관광지를 둘러보면서 놀라지 않을 수가 없었다.

넘쳐나는 쓰레기 더미와 오물, 탁한 물의 해수욕장, 주민의식이 그랬겠지만 어느 것 하나 깨끗한 것이 없는 발리 섬에 비하면 내 고향 제주도는 지상낙원이었다. 내 말이 틀리다고는 지금도 생각하지 않는다.

제주도가 원시성을 간직한 자연천국이 아니라면 과연 어디가 지상낙원이란 말인가? 그렇게 속으로 반문한 기억도 있다. 아무리 객관적 입장이 되어 비교해도 내 고향 제주도가 훨씬 낫다고 생각한다.

세계자연문화유산 제주도

유네스코가 인정한 세계자연문화유산이 제주도이다. 손을 뻗으면 금방이라도 수면에 닿을 듯한 맑고 고운 중문해수욕장. 어느 화가가 그린 수채화처럼 하얀 백사장. 하루 종일 내리쬐는 햇볕으로 달구어질 대로 달구어진 모래는 내 어머니의 따뜻한 가슴과도 같은 곳이었다. 그 해수욕장을 옹위라도 하듯 병풍처럼 바다를 감싸고 버티고 선 현무암의 기암절벽. 이런 곳을 놔두고 발리 섬을 지상낙원이라니… 공신력이 생명인 세계 언론매체들의 호들갑이 아닌가 의심이 들 정도였다.

물과 관련된 한 가지 즐거운 평가도 제주도가 고향임을 자랑하는 척도가 될 것이다. 한국능률협회컨설팅(KMAC)이 2008년 브랜드파워 조사를 했다. 대상이 된 2,500여 개 브랜드 가운데 한국의 상위 1%를 뽑았는데, 총 25개 중에 제주에서 생산되는 삼다수가 뽑혔다.

삼성전자에서 만드는 세계적 명품 텔레비전과 함께 제주에서 생산되는 삼다수가 뽑힌 것이다. 화산섬 천연의 정수 기능이 미국 위생성이라든가 일본의 까다로운 검증을 해마다 통과해 시장 점유율을 높이고 있다. 소비자들은 최소의 비용으로 가격 대비 큰 가치를 제공하는 브랜드를 찾게 마련이다. 그런 의미에서 1% 가치 브랜드는 가격 대비 가치뿐 아니라 그 자체에 대한 소비자들의 만족도가 높은 브랜드라고 할 수 있다.

높은 품질은 인지도 및 충성도에서 우위를 점하는 것이 당연한 일이다. 이제 삼다수는 세계적 명품이라는 프랑스의 에비앙 생수에 도전하고 있다.

나는 제주도 촌놈인 것을 자랑스럽게 여긴다. 서울제주특별자치도민회 부회장을 수년간 맡아 오는 것도 그런 연유이고, 재경 제주도민회 장학회와 재경 오현고장학재단 건립에 힘을 보태는 것도 그런 이유이다. 서귀포시우회장으로 수도권에 사는 서귀포 고향사람들의 교량역할을 하려 노력하는 동시에 서귀포산악회와 재경오현고등학교 현악회에도 자주 참석하여 산행을 하고 있다.

제주오현고
장학회

재경 서귀포
시우회

재경 오현고
산악회

그러나 고향 제주도의 앞날에 대한 걱정도 있다. 지난 10년간 제주도가 많은 기회를 놓친 것 같아 안타까운 생각이 든다. 기회를 만들고 잡는 것은 결국 사람의 일이다. 제주도는 국제자유도시이다. 제주특별자치도 운운하고 있지만 그 성과가 미미한 걸 보면 안타깝기 그지없다. 글로벌 시대에 맞는 시대정신을 가져야 하는데 그런 면에서 행정을 책임진 공무원들은 새삼 전의를 가다듬을 필요가 있다.

하와이는 한 번 체류하면 4박5일을 묵도록 관광인프라가 설계되어 있다. 그 반면 제주도는 1박2일이면 할 것도, 볼 것도 없을 정도로 관광에 대한 인프라가 부족하다. 천혜의 경관을 생각하면 많이 아쉬운 점이다. 앞서 말한 대로 인도네시아 발리 섬의 자연과 환경에 비한다면 제주도는 그야말로 무궁무진한 잠재력을 가지고 있는 섬이다.

그럼에도 관광객 수에서 발리 섬은 제주도를 압도한다. 자연환경이나 관광환경을 보면 제주도는 발리보다 기대치를 높일 수 있는데 그 기대에 걸맞은 실력과 수준에는 이르지 못한 것 같아 안쓰럽다. 구호만 외치고 전시행정으로 성과가 없다면, 기업에서는 무능력자로 퇴출대상 1순위가 아닌가?

고교를 졸업한 후 고향에서 잠시 직장을 다니다 정리하고 71년에 서울로 왔다. 중학교 때 잠시 서울에 사는 이모집을 방문한 적이 있었는데, 그때 보았던 서울의 역동성에 많이 놀랐다. 나는 백

아웃도어 박람회
참여 당시
인터뷰

년이 가도 희망이 없는 고향을 떠나 돈을 벌고 싶었다. 초, 중, 고를 함께 다닌 죽마고우 친구들과 헤어지는 게 싫고, 그들도 말려서 겁이 나기도 했지만 내 결심은 변함이 없었다.

친구들은 고향에 남았고, 홀로 고향을 떠나온 지 벌써 41년이란 세월이 흘러 내 나이 지금 60대가 되었다. 이제는 고향 서귀포에서의 생활보다 서울의 생활이 훨씬 더 오래된 듯싶다.

그러나 나에게는 41년간의 서울 생활의 기억들보다 고향에서 보냈던 짧은 생활의 추억들이 더 생생하고 소중하다.

그것은 누구나 그러하듯 고향에 대한 향수와 어린 시절의 추억, 부모

님에 대한 간절한 그리움들과 고향에 대한 자랑스러움이 내 가슴 한편에 화인처럼 각인되어 있기 때문이리라.

중학교 때 도시락을 신세진 친구는 들리는 소문으론 중학교 선생을 하다가 프랑스로 그림 유학을 갔다고 했다. 사업이 바빠 잊고 있었는데 20년도 훨씬 지난 어느 날 그녀에게서 연락이 왔다. 한국 코엑스 전시실에서 프랑스 유학파 4명이 함께 전시회를 한다는 것이었다. 반가운 마음에 단숨에 달려갔다.

그러나 거기엔 예전의 그 맑은 얼굴의 예쁜 동창 대신, 프랑스 유학 시절의 고단함이 몸에 묻어 있는 중년을 넘긴 친구가 있었다. 그때 나는 그녀의 고생담을 들으며 눈시울이 붉어졌다. 세월의 힘이 사람을 이렇게 변화시키는 것을 처음 안 것처럼 마음이 아팠다. 다행히 화가로서 예술적 인정을 받아 그 친구는 지금 어엿한 중견여류화가로 불리고 있다.

나는 지금도 제주에 가면 만사 제쳐놓고 어릴 적 친구들을 만나 소주잔을 기울이며 행복해 한다. 그런 어릴 적 추억이 고맙고 그리운 것은 고향을 지키는 친구가 있기 때문일 것이다.

대왕수 먹고 자란 죽마고우 강태선

진 경 우. 농업

나는 강태선 사장과 말 그대로 죽마고우이다. 나와는 같은 동네에서 태어났고 초, 중, 고등학교 동창이다. 지금은 서귀포시 예래동으로 불리지만, 우리 동네는 예전부터 하, 상예래로 나뉘어 있었다. 우리는 그 학교 15회 졸업생인데 그와 함께 다녔던 초등학교가 당시엔 상예국민학교였다. 상예국민학교는 지금 예래초등학교로 교명이 바뀌었다.

그때 우리 학교 교훈은 '산과 물을 사랑하자(樂山樂水)'였다. 우리 예래동은 바다와 한라산이 한눈에 보이는 해변가 작은 마을이다. 산과 바다의 혜택을 그만큼 입고 있었다는 이야기지만 또 그만큼 가난하게 살았던 시절이다. 우리가 국민학교를 졸업할 당시 졸업생은 39명이었다. 그렇게 적은 숫자였기에 우리는 서로의 집안형편을 손금 보듯 잘 알고 있었다. 강태선은 서울에 살지만 나는 지금 고향을 지키며 초등학교 15회 동기회 회장을 맡고 있다.

친구 강태선은 서울로 상경한 이래 제주도에서 유명 인사가 되었다. 한국 사회에서 여러 모로 자랑스러운 일을 많이 하고 있다는 걸 잘 알고 있다. 회사도 탄탄한 규모로 커졌고 산악연맹이라든가 보이스카우트 활동을 통하여 봉사도 많이 하고 있다는 걸 안다. 얼마 전 제주 MBC에서 방영된 1시간짜리 프로그램 '제주를 빛낸 인물'에 강 사장이 출연한다는 말을 듣고 친구들에게 일일이 전화를 걸었을 만큼 강 사장은 우리 친구들의 자존심을 세워 준 인물이다. 친구의 성공을 우리는 감탄과 함께 뿌듯한 마음으로 지켜보고 있다.

제주를 떠나 한국을 빛낸 인물에 친구 강 사장이 속한 것은 고마운 일이다. 그러나 나는 우리가 졸업한 예래초등학교 홈페이지에 실려 있는 '모교를 빛낸 15회 강태선'이

제일 마음에 든다.

친구 강태선과 함께 뛰어놀던 남태평양을 눈앞에 둔 우리 마을은 가난하지만 유서 깊은 동네였다. 그런 오랜 역사와는 다르게 우리의 삶은 무척 가난했다. 아니, 그 시절은 누구나 공평하게 가난했다. 화산섬 제주도의 돌 반, 흙 반인 밭을 갈 때 사람이 소처럼 쟁기를 어깨에 메고 끌 정도로 어려웠다. 바닷가에 살면서 소금 구하기도 힘들었고 좁쌀에 고구마 넣어 도시락을 싸 오는 친구는 그래도 다행인 시절이었다. 보리농사와 감자, 고구마 그리고 바다에서 채취한 톳 등이 주식이었다. 소를 치러 산으로 가면 으름이라 불리는 졸갱이나 열매가 태선이나 나에게 훌륭한 간식거리였다.

특히 제주에는 민족의 비극인 4.3사건이 있었다. 이념이 뭔지도 모르는 시골에서 어른 남자들이 무수히 죽어 갔다. 우리가 중학교를 졸업하고 산 넘어 제주고등학교로 유학 간 동기 5명 중 4명이 그 사건으로 남편을 잃은 홀어머니 밑에서 자랐으니 말해 무엇 할까. 그러나 우리는 그런 아픔을 속속들이 알 나이도 아니었다.

강 사장의 홀로 되신 어머니도 무척 억척스러우셨다. 시부모를 모시고 3남매를 키우는 어머니는 그야말로 일 속에 파묻혀 사실 수밖에 없었다. 그러면서도 장남인 강 사장을 끔찍이도 챙기셨다. 우리 마을에서는 중학교 졸업으로 학업을 끝낸 동기가 많았다. 그 어려운 형편에도 제주시 오현고등학교로 아들을 유학 보낸 것을 보아도 태선 어머니의 정성을 알 수 있다. 당시 얼마나 가난하고 힘이 들었으면 우리 마을 예래동을 통틀어 제주 유학파 남학생이 5명뿐이었을까.

당시엔 밀감 농사도 없었다. 제주도를 상징하는 밀감은 그 후에 들어온 것이었고 땔감은 나무밖에 없었으니, 지금의 중문관광단지 일원은 나무가 드물 정도로 아주 황량한 곳이었다. 한라산이 내려준 물은 지하를 흐르다 우리 마을에서 용천수로 솟았다. 바로 대왕수, 소왕수다. 아무리 가물어도 이곳은 물이 콸콸 흘러넘쳤다. 화산암이 천연적으로 정수를 해 물맛이 기가 막혔다. 이 물을 먹고 친구 강태선과 나는 자랐다.

물을 긷는 것은 어머니들의 역할이었는데 물통이 바로 제주도 특유의 허벅이다. 허벅은 식수운반의 생활용기로 제주 점토로 만든 입구가 잘록한 옹기다. 용천수는 가파른 길을 내려가야 하는데 대왕수에서 마을까지 물을 나르는 일도 여간 힘든 것이 아니었다. 우리 어머니도 친구 강태선의 어머니도 대왕수, 소왕수에서 허벅으로 물을 길어다 먹었다.

어릴 때도 강 사장은 유난히 키가 껑충했다. 바닷가 친구답지 않게 하얀 얼굴에 붙임성이 좋아 친구들뿐 아니라 여학생에게도 인기가 있었다. 모두 개구쟁이였던 시절. 중문중학교로 진학하여 오가는 시간 천제연폭포와 갯깍은 우리 놀이터였다. 그때는 오염이 무슨 말이지도 모를 만큼 물도 공기도 맑았다. 마을마다 한라산 자락에 목장 비슷한 게 있었는데 농번기가 끝나면 방목을 했다. 소나 말을 풀어 놓아 키웠는데 가끔 탈출한 소나 말을 찾으러 한라산을 누빈 기억이 난다. 소나 말은 큰 재산이므로 몇 날 며칠을 한라산 자락을 뒤지고 다녔다.

강 사장이 고등학교 졸업 후 상경하면서 연락이 끊겼다. 사업 때문에 엄청 바쁘게 산다는 소문만 들었을 뿐이다. 그런데 주경야독이라더니 강 사장은 상경한 후 그 바쁜 와중에도 늦게 정규대학을 졸업하고 동국대에서 석사학위를 받았다는 말을 들었다. 대단한 집념이다. 그런 독한 마음이 있었기에 오늘날 강태선이 존재한다고 믿는다.

고향까마귀는 어디를 가도 반가운 법이다. 그건 서울 생활을 오래 한 강 사장이 더 그럴 것이다. 강 사장이 고향에 대한 애착이 있다는 것은 여러 모로 나타나고 있다. 서울시연맹 회장으로 있을 때는 산악인들을 대거 데리고 한라산을 찾는다든지 1년에 두 번 보이스카우트 6-7백 명을 데리고 방문하는 걸 보면 알 수 있는 것이다.

그래도 나의 친구에게 하고 싶은 말이 있다. "자네도 이젠 조금 여유를 가졌으면 좋겠다."고. 친구에겐 태어난 집도, 선대로부터 지켜 온 과수원도 있다. 우리 나이도 이제 환갑을 넘겼으니 언젠가 고향에 내려와 노후를 함께 보냈으면 좋겠다. 갯깍 절벽도 그대로 있고 그때 마셨던 대왕수 역시 지금도 변함없이 솟고 있으니까.

2 한라산에서 산을 배우다

꿈속의 한라산

제주도는 한라산이고 한라산은 제주도라는 말처럼, 누구든 온전한 제주도를 보려면 한라산 정상의 하얀 사슴의 전설과 함께 존재하는 백록담을 오를 일이다. 그곳에서 능선을 따라 혹은 계곡을 따라 거침없이 훑어 내리며 달리던 사람들의 시선은 어느 쪽에서든지 어김없이 바다를 만나 멈추게 된다.

그리하여 남한에서 제일 높다는 1,950m 한라산의 오지랖이 바다와 은밀하게 만나는 모습을 확인하며, 과연 한라산이 바로 제주도라는 걸 실감하게 되는 것이다.

그도 그럴 것이, 조그마한 섬이 품기에 남한 최고봉 한라산의 덩치는 너무 크다. 다시 말하여 섬에 종속된 한라산이 아니라, 한라산 자락에 등 기대어 살던 사람들이 편의에 의하여 붙인 이름이 제주도라는 말이다. 한라산의 옛 이름을 반추해 보는 것도 의미 있는 일이 될 터인데, 사람이 이곳에 모여들어 등 기대어 살며 여러 가지로 이름을 붙였다. 부악(釜岳)·원산(圓山)·진산(鎭山)·선산(仙山)·두무악(頭無岳)·영주산(瀛州山)·부라산(浮羅山)·혈망봉(穴望峰)·여장군(女將軍) 등 세월 따라 한라산은 여러 이름으로 불려 왔다.

망망대해 남태평양 바다 한가운데, 어느 날 사람들이 두 발을 붙일 수 있는 땅을 홀연히 만들어 낸 한라산. 그런 신기한 신통력을 보어 주었으므로, 한라산은 당연히 신령스런 산에게만 붙는 극존칭으로, 이 나라 삼신산(三神山)의 하나가 된 것이다.

높은 산, 큰 산, 하얀 산. 세계의 명산들은 그곳이 어디든 그 나름대로 아름다운 자태와 위용을 뽐내고 있다. 그러나 나는 세계의 어느 산보다 내 고향 서귀포에 있는 한라산을 아끼고 사랑하고 동경한다. 사방이 바다로 둘러싸인 환상의 섬 제주도 한가운데 등대처럼 우뚝 솟은 한라산. 능히 '은하수를 잡아당길 만큼 높은 산' 이란 뜻을 가진 한라산은 예부터 신선들이 산다고 했다. 그만큼 영험한 산이 나를 품고 키워 줬고 성장시켰다.

한라산
1500고지

2만 5,000년 전까지 화산활동을 하였던 한라산은 그 자락에 368개의 기생화산인 '오름'을 아기처럼 품고 있다. 오름 하나하나마다 특이한 경관을 창출하고 있다. 어디 그뿐일까.

눈 덮인 백록담, 왕관릉의 위엄, 계곡 깊숙이 숨겨진 폭포들, 설문대 할망과 오백장군의 전설이 깃든 영실기암 등의 비경을 품고 있는 곳이 한라산이다.

나에겐 등산이 목적이 아니었지만 산과 친밀하게 된 계기가 있었다. 당시 제주도에서는 소나 말을 방목했다. 농번기가 아닌 때에 자유롭게 방목하던 소나 말을 봄에는 찾아와야 했다. 나도 초등학교 때부터 삼촌들과 소와 말을 찾으러 한라산을 누비고 다녔다. 그 일은 고되었다. 그 넓은 한라산 어디에 우리 소와 말이 있는지 알 수 없었으므로 무작정 산속을 헤매고 다녀야 했다. 어떤 때는 한라산 중턱까지 올라갔고 노숙을 하며 1박 2일 일정으로 다닌 적도 부지기수다.

이른 봄이지만 한라산에는 산수유 노란 꽃이 피었고 동백꽃이 제철을 맞아 많이도 피었다. 제주 동백은 유난히 붉다. 제 몫을 다한 꽃은 대궁째 떨어져 붉은 혈흔같이 땅바닥을 적시고 있었다. 아직 피어나지 않은 봉오리도 많이 보였다. 한철 살다 갈 세상을 호기심과 두려움으로 실눈 뜨고 살며시 내다보는 것 같아 어린 나이에도 보기에 좋았다. 그 눈뜸과 낙화는 내가 보거나, 보지 않거나 한동안 계속될 것이다.

꽃그늘에서 보이는 신록이 청정한 게 정말 초록은 꽃보다 아름답기도 하거니와 그 자체가 생명이라는 생각이 그때도 들었다.

한라산 아래엔 봄을 맞아 신명이 난 듯 연초록 세상인데 산정 부근은 아직도 눈 덮인 설국이었다. 이럴 때면 한라산은 봄과 겨울이 공존하는 세상이 된다. 그러나 점령군처럼 쳐들어오는 봄은 어쩔 수 없다는 듯 눈 사이로 새순이 움트고 있었다. 생명의 탄생을 뜻하는 초록이 꽃보다 예쁜 이유가 바로 이것이다. 어떤 땐 윗세오름까지 간 적도 있었다. 가파른 백록담 화구벽이 갖기엔 거짓말 같은 너른 윗세오름 분지는 어린 초록빛 바다였고 눈부신 세상이었다. 정말 형언키 어려운 아름다운 초원이 거기 있었다.

윗세오름에서 오백나한 쪽으로 내려오다 보면 내가 사는 예래동이, 갯깍 바다가 손에 잡힐듯 가까웠다.

세 가지 바다와 한라산

봄, 한라산을 오른다면 누구나 세 가지 바다를 볼 수 있다.

한라산이 허리를 담고 시시각각 초록으로, 연둣빛으로, 급기야 검푸름으로 변하는 질펀한 남태평양 바다가 첫 번째다. 또 하나는 윤회를 거듭하고 있는 눈물겹도록 아름답고 앙증맞은 연초록빛 수상한 숲바다가 그것이다. 마지막은 무슨 바다일까? 경외할 수밖에 없는 자연의 역사(役事)를 보고 더듬으며 한 생각에 빠지는 상념의 바다일 것이다.

그런 신명나는 산행이 힘은 들었지만 무엇인가로 충만한 마음은 즐겁기만 했다. 그때 상당한 체력단련과 함께 산에 대한 두려움도 없어지고 산에 눈뜨는 계기가 되었지 싶다. 열매가 식용인지 아닌지도 알게 되었고 물이 있는 곳이 어딘지 판단하는 지형적인 관찰력도 생겨났다. 어떤 때는 물을 찾지 못할 수가 있었다. 그러면 움푹 파인 바위에 고인 물을 후후 불어 낙엽을 밀어내고 마셔도 배탈 한 번 나지 않았다. 그때의 학습효과로 요즈음도 등산하다 길을 잃으면 지형지물을 살펴보고 등산로를 잘 찾아내곤 한다.

이는 오로지 고향에 있는 한라산 덕분이고 어린 시절에 소나 말을 찾아 산을 누빈 시간들이 도움이 된 것이다. 고향을 떠나 서울에 와서도 산을 사랑하고, 산을 내 마음의 스승으로 삼는 까닭은, 한라산에서의 이러한 소중한 경험이 밑거름이 되었다고 지금도 생각하는 것이다. 제주도가 한라산이므로 나는 그렇게 자연스레 산과 친해질 수 있었다.

중학교 때 선생님을 따라 서귀포시 하원동에서 영실 오백나한까지 한라산을 오르다가 영실기암 주변의 졸갱이며 머루와 다래를 따먹다 귀교가 늦어 혼이 난 기억도 있다.

그러다 제대로 된 산행을 시작한 건 지금 기억하기에 중학교 3학년 때였다. 1965년이었을 것이다. 체육선생의 인솔로 2박 3일 동안 한라산을 오른 것이다. 그때는 말이 야영이지 장비도 부족해서 거의 노숙 수준이었다. 당시에는 한라산 등산로가 많지 않을 때였다. 도로 사정도 열악했고 자동차도 없어 아예 중문에서부터 걸어서 올라가야 했다.

학교가 중문 쪽에 있기에 거기서 출발하여 영실을 거쳐 오백나한 쪽으로 올라간다는 장거리 코스였다. 그 시절 제주 사람들은 오백나한을 오백장군이라고 불렀다. 희미한 등산로를 따라 가파른 곳은 계단을 만들어 가면서 올라간 기억이 난다. 우리는 무진 고생 끝에 한라산 정상에 섰고 그것이 나의 첫 등반이었다. 그렇게 한라산과의 인연은 서울의 바쁜 생활 속에서도 나에게 산악인의 길을 가게 만든 원동력이 되었다.

1993년부터 2003년까지 나는 일곱 차례에 걸쳐 히말라야 산맥을 등반한 적이 있다. 아마 80년 대 초부터 알프스 만년설을 헤치고 최고봉 몽블랑을 오르면서 더 높은 산을 동경했는지 모른다. 알프스보다 두 배가 높은 히말라야를 가기 위해서는 눈과 친해져야 한다. 위험한 등반을 대비한 훈련 코스로 겨울 한라산은 최상의 장소를 제공했다.

겨울 한라산은 또 다른 내 고향 산의 발견이었다. 해마다 눈이 가장 깊은 1월과 2월이면 일반인들의 입산은 통제되지만 히말라야 훈련대에게는 한라산 관리공단에서 문을 열어 준다. 그렇게 찾은 한라산은 이미 내 유년의 기억 속에 박혀 있는 산이 아니었다.

겨울 한라산은 눈꽃나라였고 눈의 축제가 한창이었다. 눈의 나라, 눈의 바다, 눈의 천지였다.

보기 싫어도 훈련에 참가하면 보아야 할 것이 있다. 파란 바다와 파란 하늘, 그 파란색 하나로 바다와 하늘이 맞닿아 구별할 수 없다는 것을. 낮게 드리워진 운해가 산허리를 감싸면 아득하게 보이는 세상으로부터 마음마저도 단절되었다. 그렇게 고립됨으로써 이제야 비로소 훈련대는 온전히 한라산 설국의 주인이 된다. 눈 덮인 오름도 하얗고, 운해도 하얗고, 러셀을 하며 눈을 뒤집어쓴 대원들도 하얀 설인이 되었다.

한라산은 하얀색 하나로 완성되어 있었다. 뻐근한 다리쉼을 할 때마다 지난 달 설악산 토왕폭에서 눈사태로 숨져간 선배악우들의 젊음과 또 그것을 발굴해 낸 대원의 이야기와 우리가 가야 할 히말라야에 대한 상상이 허연 날숨이 되어 나왔다.

정말 눈도 꽃처럼 아름다운 것이라는 걸 그때 느꼈다. 그러므로 사람들은 눈꽃(雪花)이라 부르기도 하거니와 빛의 방향에 따라 눈꽃은 요술처럼 시시각각 변해 보였다. 하얗게, 때로는 별빛으로 푸르게, 노을에는 붉게 물들었다.

그중에 제일 화려한 눈꽃세상은 단연 왕관릉이었다. 백록담 넘어 구상나무 눈 터널을 뚫고 눈사람이 되어 기어이 도착한 용진각에서 보는 왕관릉은 거대한 눈꽃다발이다. 설화와 상고대로 한껏 치장하고 검은 하늘을 배경으로 우뚝한 왕관. 칠보화관인 양 눈꽃으로 현란한 치장을 했기에 왕관릉이라 이름했다는 것을 설명 없이도 알 수 있는 것이다.

혼자로서는 엄두도 내지 못할 일이었지만, 히말라야를 꿈꾸는 대원들은 합동 러셀로 흔적 없는 눈길에 길 없는 길을 만들어 내곤 했다. 왕관릉 넘어 투명한 하늘에는 그때쯤 하얀 꼬리를 그리며 비행기 한 대가 소리도 없이 서울이 있는 북쪽으로 가고 있었다.

그렇게 한라산을 실감나게 확인하기 위해서는 더운 김 뿜어내며 겨울 적설기에 산을 오르는 것이 옳다. 차가운 대기가 거칠 것 없는 시선을 무한대로 뻗어나가게 하듯이 겨울 한라산을 찾는 사람들은 차가운 꿈을 꾼다. 일망무제 바다 건너 존재하는 히말라야를 위한 꿈. 그러고 보면 1,500고지 이상의 모든 것을 눈으로 덮은 설원은 꼭 히말라야를 닮았다.

히말라야를 꿈꾸는 우리에게 한라산 윗상궤는 최적의 훈련장소였다. 쩔그렁거리는 장비의 쇳소리와 이중화로 중무장한 대원들의 열기는 한라산 매운바람을 두려워하지 않았다. 아니 오히려 실전을 방불케 하는 러셀과 설상에서의 제동훈련. 키만큼 큰 배낭을 메고 가파른 사면을 트래버스하며 활락정지와 비박훈련. 어쩌면 히말라야 등반보다 더 힘든 고된 훈련의 땀방울이 겨울마다 한라산에 뿌려졌다.

유채꽃 만발한 예래동에서 바라보는 하얀 고깔 쓴 한라산이 바라보는 '유년의 산'이었다면 이젠 몸으로 겪어 내야 하는 '등반의 산'이 된 것이다. 붉은 동백이 다 지는 5월까지도 한라산 정상엔 하얀 눈이 쌓여 있었다. 그 모습을 매일 보며 친구들과 뛰어놀 때도, 겨울 한라산은 범접하지 못할 피안의 산이었다. 봄이면 철마다 만세동산을 수놓는 영산홍 붉은빛도, 푸르른 숲의 빛깔도 없는 겨울 산 특징인 흑백의 단순한 구도. 북 그으면 주욱 찢길 것같이 눈부시게 검푸른 겨울하늘. 그것에 저항이라도 하듯 윗세오름 설원 위로 홀연히 나타나 버티고 선 백록담 화구 벽. 그리고 번들거리며 크러스트된 설원과 눈 처마. 수만의 얼음 조각을 몰고 달리는 휘파람 같은 바람소리. 절제되고 생략된 검은 바위와 하얀 눈의 콘트라스트. 정말 이것은 나중에 겪은 히말라야를 그대로 옮겨 놓은 모습이었다.

눈꽃 속에서 풍찬노숙

우리 히말라야 훈련대는 눈으로 완전히 덮인 잡목 숲 위에 베이스텐트를 쳤고 또 키 작은 나무 위를 걸었다. 모든 걸 하얗게 덮은 풍경은 겨울 한라산만의 특징이기도 했다. 바위도 덮고 키 작은 관목도 덮고 구릉도 계곡까지도 온통 덮어 버린 은빛 눈은 공평했다. 그리고 눈은 천지를 하얀색 한 가지로 통일시켜 버림으로써 그 공평함을 증명하고 있었다.

수시로 횡단과 종단을 거듭한 백록담은 그렇기에 그 신화가 어울리는 모습으로 보이고 있었다. 이정표도 묻히고 가드레일도 묻히고 대피소는 쌓인 눈 때문에 문을 열지도 못했다. 눈은 정말이지 굉장했다. 수림 한계선 아래 밀생한 구상나무들은 저마다 흰 갑옷을 입고 망부석 같은 모습으로 산 아래 바다를 굽어보고 있었다.

구상나무 사이사이를 빠져 나갈 때마다 크리스털을 닮은 고드름이 부딪쳐 맑은 쇳소리를 내었다. 엉덩이 썰매를 타면 족히 5~6백 미터는 바람처럼 날아가 버릴 것 같은 번들거리는 설빙벽. 우뚝 버틴 화구벽 위로 눈 처마는 위태롭게 걸려 있었다.

자일을 깔고 넘나든 남벽과 서북벽. 눈만 빠끔히 내놓고 내뿜는 허연 입김이 살아 있음을 증명하는 유일한 것이고, 천지간에 모든 게 정지해 있는 무생물의 세계가 겨울의 한라산이었다.

한라산
윗세오름 평원

그렇게 추워서 깨끗한 흑백사진 같은 겨울산은 히말라야를 꿈꾸는 훈련대에게 이분법적 사고를 강요한다. 살아 있음을 실감나게 하는, 그러므로 사는 것에 감사할 수밖에 없는 순백의 기하학적 아름다움.

　종일 눈과 씨름을 하느라 지친 몸을 추스를 때면 해넘이가 시작되고 양광에 빗긴 그림자들이 길게 눕고 있었다. 눈에 덮여 순한 능선은 부드러운 곡선을 이루고 있지만 그러나 그것은 낮의 훈련시간에 대원의 발길을 완강하게 저항한 눈밭이었다. 크리스마스트리에 걸려 빛나는 고추전구처럼 나무마다 주렁주렁 달린 고드름과, 고사목에 예리하게 피어난 상고대.　버릴 것 다 버리고 서 있는 나무 가지가지마다 눈은 소복하게 쌓여 있었다.
　'훈련은 실전처럼' 이라는 말대로 눈 속에서 풍찬노숙인 비박을 하며 보는 별빛은 보석처럼 빛났다. 훈련의 일환으로 침낭 하나와 매트리스 하나만으로 눈을 다져 깔고 누우면 눈꽃처럼 무수하게 피어나는 별을 볼 수 있었다. 버너 불꽃이 파랗게 살아 제법 훈기가 도는 베이스캠프의 천막은 또 다른 풍경이었다.

　그러나 견딜 수 없이 시린 밤이지만 별빛에 보이는 파르란 설국은 또 다른 감동이었다. 정말 '별빛이 폭포같이 쏟아져 흐르는 밤' 이란 표현은 이곳 이 시간에 어울린다는 것을 새삼 아는 것이다.

　그리고 별빛 하나로도 사위가 이렇게 밝을 줄이야! 나는 그때 비로소 한라산의 위대함을 알게 되었다. 무수한 별빛 사이로 양쪽 끝이 외씨버선처럼 맵시 있게 치켜 올라간 초승달도 기막힌 아름다움이었다.
　하루의 고된 행군을 이 숨 막히는 정경이 위로해 주는 것은 아닐까.

이렇게 비박을 하다 보면 서북벽, 남벽 장구목의 눈 덮인 모습이 흡사 시집가는 날 신부가 입을 곱고 하얀 드레스같이 보이는 것이다. 그 끝에 백록담이 있고 그 정점을 따라 부드럽게 쳐 올라간 많은 설릉들. 이를테면 흙붉은오름(土赤岳) 사라오름(砂羅) 성널오름(城板岳) 어승생오름(御乘生岳) 등 무려 368개가 넘는 측화산(側火山)을 겨울밤 별빛으로 찾아내려 욕심을 부려 보는 것이다. 절대 고요, 적막한 침묵 속에서 한라산은 히말라야의 환상으로 오버랩되고 있었다.

불의 산 한라산

그러나 질리도록 추운 한라산은 역설적이게도 '불의 산'이다. 〈동국여지승람〉에 의하면 서기 1002년과 1007년에 한라산이 불길을 내뿜었다는 기록이 보인다. 또 1455년과 1670년에는 지진이 발생하여 피해가 컸다는 기록도 볼 수 있다. 틈을 찾아 뜨거운 응혈이 움직이는 것을 지진이라 한다면 그것 역시 한라산이 살아 있다는 증거가 되는 것이다. 사람들이 한라산을 죽어 버린 사화산이라 부르지 않고 잠시 쉬고 있는 휴화산이라고 부르는 이유가 바로 거기에 있다.

아득한 옛날 저 깊은 심연에서 시뻘건 불덩이를 쉴 사이 없이 토해 만들어 놓은 제주도. 나는 북한을 거쳐 백두산을 오른 적이 있었다. 그때 한라산을 생각했다. 한반도 최북단에도 시뻘건 불덩이가 만든 백두산이 있듯이 한반도 최남단의 한라산도 불이 만든 작품이다. 불이 빠져나간 흔적을 우리는 천지, 혹은 백록담으로 부르고 있다. 그러나 꽁꽁 얼어붙은 동토 속 아득히 깊은 곳에서는 아직도 마그마가 끓고 있을 것이다. 가장 춥게 가장 어렵게 눈과 빙설과 몸 부비며 사랑한 산악인들의 가슴에도 터질 때를 위한 끓는 불덩이가 있었다. 어쩌면 백두산 천지 아래서 끓고 있을 용암과, 백록담 아래의 마그마와, 산악인들의 뜨거운 가슴은 서로 교통하고 있는지도 모른다.

눈 맑은 이는 이렇게 얼어붙은 산과 그 산을 찾는 사람들이 함께 불덩이를 하나씩 가슴에 안고 있음을 알 것이다. 저 깊은 땅속에서 끓고 있는 마그마가 용암을 뿜어내기 시작할 때 다시 한라산이 살아날 것처럼, 산악인들의 열정이 히말라야에 우뚝할 것임을.

며칠 그런 고된 훈련을 끝내고 하산하면 세상은 참으로 살 만하다는 각성을 줬다. 사업을 하며 부딪치는 모든 역경도 모진 훈련처럼 이겨 낼 자신이 붙었다. 엄홍길 대장과 블랙야크가 후원하는 오은선 대장도 매번 한라산 깊은 눈 속에서 훈련을 끝내고 히말라야로 떠났다.

이런 것들이 추억이고 오랜 세월이 지났음에도 잊지 못하고 기억하는 것은 바로 고향이 한라산이기에 그렇다. 지금 나는 사업 때문에 1년 중 4개월 정도를 외국에 나가 생활한다. 직업상 세계 여러 나라를 다니는 것도 상당한 체력을 요구한다. 그러나 한 번도 체력 문제로 고통을 받은 적이 없다. 다 산이 준 은혜라고 생각한다. 강파른 사업에서 좌절할 때마다 나를 일으켜 세운 것은 한라산 훈련이었고 산소가 희박했던 히말라야 등반이었다.

한 발 한 발 쉬지 않고 올라야 한다는 것을 알게 해 준 산과 더불어 지치고 피곤할 때마다 자연스레 떠올리는 상념이 또 하나 있다. 그것은 고향 서귀포 생각이며 어릴 적 친구들과의 추억이다. 고향은 내 마음의 평온이며 그 무엇과도 바꿀 수 없는 소중한 재산이다. 60대로 접어들었지만 나는 아직도 고향을 가려면 가슴이 띈다. 비행기를 예약하면 기분이 좋고 입가엔 미소가 떠오른다.

서귀포에 도착하면 마치 오랫동안 뵙지 못한 어머니라도 뵌 것처럼 가슴이 부풀어 오름을 감출 수가 없다. 또한 제주도 어느 곳에서나 볼 수 있는, 나를 키워준 한라산을 보면 언제나 기분이 좋은 것이다.

한라산 신령은 영험하다

소산(素山) 산악관장 안흥찬

제주 사람들에게 한라산은 부모와 스승이 되기도 하고 때로는 연인처럼 생각되는 존재이다. 그렇게 제주 산악인들에게 한라산은 평생을 반려하는 대상이다. 고(故) 고상돈과 고(故) 오희준 같은 세계적인 산악인을 길러 낸 산도 한라산이다.

한라산에서 등산객 조난사고가 자주 발생하자 나는 1961년 제주적십자사 산악안전대를 조직해 등산로를 만들고 1964년 제주산악회를 창립했다. 그 후에 제주도 산악회를 모아 제주도연맹을 만들어 초대회장을 지냈고 1969년엔 대한산악연맹에 가입했다.

이제 한국은 세계 속에 우뚝 선 산악강국이 되었지만 60년대에는 등산장비가 퍽 귀했다. 서울 사람들도 미군부대에서 나온 군 장비를 개조하여 사용했다고는 하나 제주도에는 그나마 그런 등산장비조차도 없었다. 어쩌다 서울을 가면 남대문 시장에서 설피와 개조한 등산복을 사 올 정도였다. 그렇게 초창기 산악운동을 하다 보니 제주산악사의 증인이라는 과찬의 말을 듣는다. 이제 나이 팔십이 되다 보니 한라산과 더불어 행복했던 흔적들을 후배들에게 물려주고 싶다.

그동안 산악기념관이 생기면 기증하려 보관해 온 손때 묻은 골동 장비들이 있다. 이를테면 등산화, 등산복, 아이젠, 고글, 배낭, 스키스톡, 구급약, 취사도구, 침낭 등인데 그중엔 70년대에 강태선 사장이 만든 배낭도 있다. 전달할 곳이 없어 지금 내 집 마당 한쪽에 전시관을 만들어 그 물품들을 전시하고 있는데, 그중에 동진산악에서 만든 자이언트 배낭이 있다.

군용 일색이던 등산장비의 국산화에 성공하고 그 가치를 세계화시켜 가는 강 사장은 애국자이다. 같은 제주인 입장에서 본다면 빈손으로 상경하여 어엿한 국산장비 개발로 자립한 강태선 사장이 자랑스럽고 고맙다.

80년대 초, 서울에 사는 산악동지들에게 제주도 사람이 서울시연맹 최연소 이사로 피선되었다는 말을 듣고 기쁘게 생각했다. 우리 제주도연맹이 주최하는 철쭉제에 참석한 강 사장을 처음 만났다. 큰 키에 구김살 없는 밝은 표정의 강 사장은 역시 전형적인 제주도 사람이었다. 그런 강 사장이 99년에는 거대 산악단체 서울시연맹회 회장이 되었다는 소식을 듣고 제주도 섬사람이 서울에서 인정을 받은 것 같아 내 일처럼 기뻤다. 나도 제주도연맹 회장을 지내서 잘 아는 바 그 자리는 헌신적 봉사를 필요로 한다. 서울에서 기업을 운영하려면 시간에 쫓길 텐데 10년이란 세월을 서울연맹 소임을 지낸 것은 실로 산악계가 고마워할 일이다. 또한 재직 시 국제볼더링대회라든가 삼각산문화제 같은 굵직한 국제행사를 유치하고 자리 잡게 만든 공적은 이미 한국 산악계에 알려진 업적이다.

제주도에서 태어났다면 어디든 그곳은 한라산 자락이다. 내가 그렇듯 강 사장에게도 한라산은 모산(母山)일 것이다. 한라산은 수양도장이면서 언제나 큰 가르침을 주는 스승이었다. 한라산에 오르면 항상 영기(靈氣)를 느끼게 되고 겸손함을 배운다. 요즘처럼 인스턴트·건조식품이 없어 쌀과 고구마 식량을 지참하고 늘 찾았던 산행은 언제나 기쁜 날이었다.

이제 나는 무릎도 시원찮아 산을 오르는 대신 산악관 2층 작업실에서 영험한 한라산 그림을 그리고 있다. 이런 작업을 하게 만들어 준 것도 한라산이듯 강 사장도 한라산이 준 정기를 받아 산악인으로 또는 사업가로 우뚝 선 것이다.

제주도 섬사람이 서울에서 사업을 하자니 어려운 고비가 왜 없었겠는가? 그런 고통을 다 이겨 내고 직접 히말라야 원정대 대장이 되어 국위를 선양하고 후배를 키워 낸 것은 높이 평가를 받아야 한다. 제주 출신 산악인들의 표상이 된 강 사장은 한라산의 정기를 받은 게 분명하다. 산악영웅 엄홍길의 탄생에 일조를 하더니, 이제 여성 산악인 오은선에게 열과 성을 다 쏟고 있다는 소식이다. 듣자니 방송국과 함께 나가는 2009년 오은선 히말라야 원정대에 수억을 쾌척했다고 한다. 나라 안팎 경제가 어려운데 그런 배포는 아무리 오은선 대장 소속사라 해도 큰 용기가 필요했을 것이다.

제주 사람은 자연을 숭배하는 유전인자가 있는 것 같다. 철쭉제라든가 만설제를 지낼 때 허투루 요식행위로 제사를 지내면 꼭 탈이 난다. 몰입을 하면 꼭 하늘이 돕는다. 그런 마음가짐으로 정성을 다하지 않으면 제단 앞에 서기가 두렵다. 언젠가 강 사장과 그런 이야기를 나눈 적이 있다. 서울시연맹에서 37회째나 거행하는 설제를 지낼 때는 꼭 계곡의 찬물로 몸을 씻고 제례복을 입는다고 들었다. 강 사장은 나에게 그런 정신을 전수받았다고 하는데 과분한 말이다. 근본적으로 강 사장이 그런 것이다. 그렇게 뭐든지 정신을 집중하여 일을 처리하는 것이 성공을 낳은 것이라 생각한다.

근래에 듣기론 한국을 벗어나 중국 시장에도 성공적으로 진출했다는 반가운 소식도 있었다. 또한 중국 올림픽을 기념하여 에베레스트에 파견한 중국원정 대원들이 강 사장의 브랜드인 블랙야크를 입고 정상에 올랐다는 말도 들었다.
남해바다 건너 제주도를 떠나 서울에서 자리를 잡더니 다시 서해 바다를 건너 중국에 진출한 것은 제주도의 자랑인 동시에 한국의 자랑이기도 하다. 산을 사랑하는 사람 중 악연은 없다는 말이 있다. 그 말은 호연지기를 가르치는 산의 정신을 말하는 것이다. 한라산의 영험한 정기를 받은 강 사장의 무운을 빌 뿐이다.

성격이 포지티브로 바뀌다

나는 6시 출근하고 퇴근은 23시가 되어야 한다. 바쁠 수밖에 없는 삶이고 바빠야 좋은 게 내 직업이다. 그러나 이러한 바쁜 일정 속에서도 시간이 날 때마다 중독처럼 찾는 곳이 있다면 그곳은 바로 산이다. 산은 언제나 내 마음의 스승이고 내 삶의 교훈으로 존재한다.

정상에 도달하려면 오르막과 내리막을 몇 번씩이나 반복해야 한다. 인생도 그렇다. 사업도 역시 마찬가지다.

오르막이 있으면 내리막이 있고 그 가파른 오르막과 아득한 내리막을 경험한 자만이 성공의 단맛을 알 수 있다. 그리고 실패가 얼마나 쓴지를 알 수 있는 것이다. 산에서 어려운 고비도 여러 번 넘겨 보았고 목숨을 걸어야만 하는 난관에도 부딪혀 보았다. 그런 만큼이나 산은 내게 포기하지 말라는 의지와 집념을 주었다. 인생과 사업에 대한 진지한 성찰의 시간을 주었으며, 여러 가지 잊지 못할 추억들을 각인시켜 주었다. 분명한 건 과거의 좋은 추억이 없다면 건강한 미래의 추억을 보장받을 수 없다는 것이다.

과거의 올바른 경험이나 지난 시간에서 아름다운 추억을 많이 간직한 사람일수록 그렇지 않은 사람보다 더 아름다운 미래를 보장받을 수 있다. 그건 확실하다. 산을 자주 오른다는 건 생각을 더 많이 할 수 있는 사람이 되는 것이며 삶의 변모도 가능하다고 믿는다.

나는 원래 성격이 내성적이었다. 남 앞에 잘 나서지도 못했고 무엇보다 제주도 사투리가 몸에 밴 탓에 언변에 자신이 없었다. 그러다 시작한 장사는 내 성격을 완전히 바꾸어 놓았다. 아니, 바꾸지 않으면 서울에서 장사로 생존할 수가 없었다. 손님이 들어오면 말도 못 붙이고 우물거리다 고객을 놓쳐 버리기 일쑤였다. 그렇게 해서는 장사고 뭐고 우선 서울에서 살 수가 없었다. 내성적인 내 성격은 사업에 큰 걸림돌이 되었던 것이다. 나는 성격을 바꾸기로 했다. 그때부터 마음을 다지고 매장으로 들어오는 손님들에게 용기를 내어 말을 붙이는 것부터 시작했다.

그게 쉽지 않은 일이었다. 그러나 선택의 여지는 없었다. 손님에게 다가서야 했다. 매장을 방문한 고객이 물건 앞에서 망설이면 최선을 다하여 제품의 장점을 설명했고 그 손님을 놓치지 않으려 노력했다. 그러면서 점차 중요한 것을 깨닫게 되었다. 긍정적 사고와 태도야말로 최고의 장사 덕목이요 성공으로 가는 첫 단추라는 것을. 시간이 흐르면서 점점 자신감이 붙었다.

손님에게 열의를 가지고 제품 설명에 나서니 매출도 자연스럽게 올라갔다. 나의 캐릭터를 바꾸기 위한 노력은 1년 이상 계속되었다. 그러는 사이 나는 자연스레 에너지가 넘치는 장사를 전개할 수 있었다.

장사를 긍정적으로 보고 항상 포지티브, 즉 밝은 쪽으로 생각하며 사업가의 면모를 조금씩 갖춰 나가기 시작했다. 그렇게 몇 년이 지나자 나는 매장에 들어선 손님의 표정만 봐도 그가 어떤 제품을 사러 왔는지 금방 알 수 있을 정도가 되었다.

점차 사업이 안정되어 가며 규모가 커지기 시작했다. 자연히 사장으로서 판단이 중요하다는 걸 체득하게 되었다. 또 한편으론 부의 축적에 대하여 생각하기 시작했다. 사업의 기본 목적은 돈을 벌려 하는 것이 아닌가. 이윤을 내지 못한다면 그건 사업이 아니다. 하지만 돈이라는 건 기다리기만 해서 만들어지지 않는다. 사업가는 길러지는 것이며 가장 치열하게 세상을 사는 습관이 몸에 밴 사람들이다.

2007년 서울시
문화상 시상

그때쯤 읽었던 중국의 사기(史記)에 이런 구절이 있었다. "상대방의 부가 자기 것의 열 배가 되면 이를 헐뜯고, 백 배가 되면 이를 무서워하고 꺼리며, 천 배가 되면 그의 심부름을 기꺼이 하고, 만 배가 되면 그의 노복이 되는데, 이것은 만물의 이치다."

나는 이 말이 비즈니스 세계를 통찰한 아주 적절한 표현이라고 생각했다. 수많은 경쟁자들 틈에서 사업에 이기고 부자가 되는 법이 따로 있느냐 하고 많은 사람들이 궁금해한다. 그런 길은 없다. 만약 있다면 누구나 부자가 되어 있을 테니까. 당시는 등산 붐이 일었다.

등산용품은 불티나게 팔렸다. 더불어 제조업에 손을 댄 것은 아주 적기 타이밍이었다. 그런데 당시는 등산장비점이란 개념이 없을 때였다. 체육사와 낚시점에서 등산용품을 취급하고 있었다.

3 긍정이 힘이다

광주의 기억

그 시절의 한 가지 에피소드가 있다. 전라남도 광주시에 거래처 체육사가 몇 군데 있었다. 어느 날 수금을 하러 내려갔더니 손씨라는 체육사 사장이 나에게 수금이고 뭐고 위험하니 빨리 서울로 올라가라고 했다. 그때가 1980년 5월 17일이었는데 알고 보니 5·18 광주민주화운동이 발발하기 하루 전이었다. 그러나 빈손으로 갈 수 없어 머뭇거리고 있었다.

장사에 자신을 갖고 시작한 동진이었지만 신용거래에 대한 공력이 얕아 부도를 맞은 후유증에 아주 힘이 들었을 때였다. 부도를 낸 사람은 내가 가장 가깝게 생각했던 친구였다. 당시는 나를 배반한 그 친구를 죽이고 싶을 정도로 미웠다. 그러니 수금을 하지 않고 그냥 올라갈 처지도 못 되었다. 왜 그러느냐고 묻는 손 사장에게 사정을 설명하니 그가 놀랍게도 백지어음 10장을 내게 쥐여 줬다. 그동안 거래를 하며 나를 눈여겨봤고 내 신용을 믿는다고 말했다. 고마웠다.

부랴부랴 전주까지 오니 서울로 상경하는 차가 끊어졌다. 거기서 맞은 5월 18일 아침엔 광주 일원엔 계엄령이 선포되어 사람들의 통행이 막혔다.

서울로 올라와 자세한 보도를 들으니 이미 많은 사람이 죽고 다쳤다. 뉴스 중엔 광주에 식량 부족이 심각하다는 것이었다. 나는 왕십리에서

쌀 21가마니를 샀다. 더 사려 해도 용달차에 그것밖에 실을 수 없었다. 그 차를 광주의 손 사장에게 보내며 백지어음을 준 것이 너무 고마워 보내는 것이니 손 사장도 사용하고 내 거래처에 나누어 주라고 부탁했다.

그 후 광주가 안정을 찾았기에 수금을 하러 내려갔다. 그런데 놀랍게도 손 사장이 광주에 있는 내 거래처 사장 전부를 식당에 불러 놓은 것이었다. 그뿐 아니라 식당에 모인 체육사 사장들에게서 내 물품값을 거두어 주었다. 손 사장은 내가 보낸 쌀을 싣고 직접 거래처를 방문하며 "이거 우리 어려운 것을 알고 동진레저 강 사장이 보내 온 거" 라면서 돌렸다는 것이다. 나를 대신하여 거래처에 물품값을 내놓으라고 한 것은 그 고마움에 대한 묵시적 표시였다.

돈이 준비되지 않은 사람에겐 "너 언제 줄 거야? 그 말 책임질 수 있어? 책임진다면 내가 어음을 이 자리에서 끊을게." 하고 말하며 자신의 어음을 나에게 끊어 줬다. 한 장이라도 부도가 나면 망하는 게 어음인데 손 사장은 그런 모험을 했다. 그 어음은 내게 큰 도움이 되었다.

신용과 함께 인간적인 마음을 진정으로 보이면 시너지 효과를 낸다는 교훈을 그때 배웠다. 또 한 가지, 나에게 부도를 낸 내 친구의 입장도 그 고마운 상황을 겪고 나니 헤아릴 수 있었다. 과연 그때 친구가 자신의 어려운 사정을 내게 말했다면 도울 수 있었을까? 스스로 자문을 해 봐도 그럴 수 있었을지 의문이 들었던 것이다.

시간이 지나면서 체육사와 낚시점에서 취급하던 등산장비는 점차 전문매장으로 옮겨갔다. 지금처럼 브랜드화가 되기 이전이었기 때문에 전국의 등산장비점은 여러 회사의 제품을 백화점식으로 나열해 놓고 판매하고 있었다.

사업은 스피드다

　매출이 커지자 문제가 생겼다. 지금처럼 체계화된 수요와 공급이 아니라 외상거래가 주종을 이루었다. 은행 어음에서 문방구 어음까지 통용되는 그야말로 등산장비업은 역동적으로 커졌으나 혼란스런 여명기라 할 수 있었다.

　'프로자이언트'라는 브랜드를 만들어 전국 시장에 풀며 사장으로서 순간적인 판단과 결단을 해야 하는 경우가 많았다. 사업은 스피드다. 빠른 판단과 결정은 아무리 강조해도 모자람이 없다.

　우리 속담에 송도 참외장수란 말이 있다. 옛날 송도 참외장수가 좋은 참외를 대량 확보했다. 당연히 이익을 내기 위해 여러 정보를 분석했다. 서울 참외 시세가 올랐다는 나그네의 말을 듣고 그 말을 확인코자 직접 가 보니 그동안 값이 떨어졌다. 다시 참외값이 좋다는 의주로 가 보았지만 역시 그 사이에 의주의 참외값도 떨어졌다. 할 수 없이 도로 송도로 왔더니 이미 참외가 썩었다는 것이다.

　사업은 스피드라는 말을 은유한 것이다. 그렇게 빠른 판단과 결정은 중요한 것이다. 그러나 이런 이야기는 장사꾼의 겉모습만 보고 있다. 이익을 조금이라도 더 얻으려다 낭패를 보는 사업가의 어리석음을 힐난하는 내용을 담고 있다. 그러나 나는 그렇게 생각하지 않는다.

　내가 그 사람이라 할지라도 조금 더 이문을 남기기 위해 적극적으로 노력할 것이다. 그런 생각을 당연하게 여기는 것이 오히려 기업가의 덕목일 것이다. 다만 그 사람은 스피드가 모자랐을 뿐이고 판단이 느렸던 것이다.

사업가로서 이익 창출은 당연히 가져야 할 욕심이다. 그런 생각을 죄악시하는 유교적 시선은 옳지 않다.

사업가의 피 말리는 자기 개발과 무모할 정도의 도전 정신은 인류 발전의 원동력이라고 생각한다.

사업의 이치라는 것은 매우 간단한 원리다. 질 좋은 물건을 싸게 구하거나 제조하여 가능한 한 이익을 붙여 팔면 그 차액이 수입이 된다. 좋은 물건을 생산하여 시장에 팔면 원가를 빼고 남은 이익은 주주의 몫이 된다.

본사사옥 에서

무한경쟁이라는 말이 현대에 생긴 것이 아니다. 그 말은 아주 오래전부터 존재했고 아담 스미스가 국부론에서 지적한 것처럼 공급자는 눈에 보이지 않는 무한경쟁을 하며 재화를 시장에 공급한다. 그리하여 보이지 않는 손익 세상은 언제나 질 좋고 값싼 제품을 선택한다는 것이다.

그 보이지 않는 손 때문에 사업가는 자신의 목숨까지도 거는 위험한 모험을 마다하지 않는다. 그렇게 마련된 기업의 이익이 사회에 환원되는 것은 너무나 당연한 일이다. 매출 4조원을 올리는 일본 최대 출판•교육그룹인 '베네사' 소유주 후쿠다케 소이치로 회장의 사례는 좋은 본보기가 된다. 구리 제련소가 뿜어내는 공해로 황폐해진 작은 섬 나오시마(直島)를 현대 미술관으로 개조해 연간 30만명이 넘는 관광객이 찾는 명소로 바꿔 놓은 것이다. 그는 기업의 사회적 책임을 강조한다.

기업은 돈만 벌어서는 안 된다. 기업인은 부를 창출하는 것도 중요하지만 창조한 부를 어떻게 쓰느냐를 생각해야 한다.

우리가 누리는 인류의 문명은 이익을 추구하는 장사꾼의 불굴의 정열과 도전정신으로 인해 만들어졌는지 모른다. 내 물건을 팔아야겠다는 강한 의지가 2,000년 전 실크로드를 만들어 냈다. 중국에서 출발한 상인은 목숨을 걸고 사막을 건넜고 만년설이 존재하는 산맥을 넘어 로마까지, 자그마치 3만 리를 가로질렀다.

그 교역로 실크로드를 따라 동서양 문명이 조우를 했다. 콜럼버스의 신대륙 발견도 그렇다. 내가 볼 땐 콜럼버스도 일종의 장사꾼이었다. 그는 후추와 향료가 많다는 인도를 찾아 교역을 하려고 아무도 가지 않은 바다를 건너 아메리카 대륙을 발견했다. 그는 그때까지 지구가 편평하지 않고 둥글다는 중세 당시로서는 이단(異端)이었던 이론을 받아들였다. 그렇게 사업가는 정확하고 빠른 판단이 요구된다.

1492년 4월 산타페 협약이 체결되고 콜럼버스는 그때까지 아무도 가지 않은 바다로 나섰다. 협약에 따라 콜럼버스는 제독의 지위를 획득하는 한편 새로이 발견된 지역으로부터 얻어지는 모든 이익의 10%를 취득하고 앞으로의 교역활동에 대해 최고 1/8의 자본참가권을 승인받았다. 그게 콜럼버스의 산타마리아호가 목숨을 걸고 미지의 바다로 떠나가 된 동기였다.

하나 재미있는 일은 아메리카에 사는 인디언이라는 이름이다. 콜럼버스가 아메리카 대륙에 처음 도착했을 때 그는 그곳을 아시아의 인도(印度)라고 오인했다. 죽을 때까지. 그래서 원주민을 인디오 또는 인디언이라 부르게 된 것이다. 진짜 인도에 사는 인도인들은 평생 보지도 못한 동포가 아메리카 대륙에 생김 셈인데, 지금은 그들과 구별하기 위하여 아메리칸인디언이라고 부르고 있다.

우리나라 속담에 장사꾼은 1전의 이익을 좇아 10리(里)를 간다는 말이 있듯이 그렇게 장사꾼은 치열하게 삶을 살 수밖에 없는 구조로 되어 있는 것이다. 자본주의 사회에서 돈이 많다는 것은 비판받을 일이 아니다. 합법적이고 사회적으로 용납된 도덕적 기준 위에서 축적된 부는 옳은 것이다. 무한경쟁에서 살아남기 위하여 밤낮 자기 머리를 쓰고 뛰어다니며, 남의 몇 배씩 일해도 보장된 길이 아니니까. 다만 장사꾼은 이윤의 추구와 부의 축적을 목적으로 하지만, 그것은 어디까지나 정당한 노력과 아이디어로 만들어진 부의 축적일 때 정당한 것이다.

"상인이 추구하는 이(利)를 욕심이라 생각하는 것은 잘못된 견해다. 속임수, 탐욕 등의 사도(邪道)를 떠나 올바른 방식으로 이익을 얻는 것은 상인의 도(道)인 것이다. 즉 이익을 얻는 것은 상인의 도이고, 이가 없는 장사는 있을 수 없다."

언젠가 책에서 읽은 구절이다.

블랙야크는 로하스로 간다

　근자에 들어 한동안 유행했던 웰빙(well-being)이 지고 로하스 (LOHAS)라는 말이 회자되고 있다. 로하스란 Lifestyles of Health and Sustainability의 약자로 건강한 생활을 지속적으로 가능하게 할 수 있 는 생활 스타일을 의미한다. 웰빙의 개념보다 포괄적이고 광범위한 개 념이라고 할 수 있다.

　이제 그 방면 전문가들은 웰빙 다음의 트렌드로 로하스 시대를 예상 하고 있다. 웰빙이 개인의 건강을 추구한다면 로하스는 건강과 함께 자 신이 사용하고 있는 제품의 생산 환경까지도 생각한다. 건강과 환경을 심각하게 생각하는 소비이므로 웰빙과 유사하다고 볼 수 있지만 소위 로하스 족은 정보에 밝고, 상품광고에 현혹되지 않으며, 독자적이고 비 판적인 시각을 갖고 있는 것이 특징이다. 그들은 개인의 건강뿐만 아니 라 사회의 지속 성장을 추구하고 환경을 생각하는 생활 스타일을 원한 다. 로하스를 선호하는 사람들은 자신의 정신적, 육체적 건강뿐만 아니 라 환경파괴를 최소화한 제품을 적극 찾는 소비 트렌드를 보인다.

　이 정부에서 야심차게 진행하고 있는 녹색성장도 로하스에 다름 아 니다. 태양광과 풍력을 이용한 전력생산을 극대화한다든지 저탄소성장 을 공언하는 것은 아직은 가격경쟁력 문제에 봉착해 있지만 인류가 꼭 풀어야 할 과제인 것이다.

　로하스 족을 겨냥한 관련 산업의 성장세도 두드러진다. 예컨대 국내 대표적인 온라인 마켓플레이스 옥션에서는 올해 들어 재활용이 가능하거나 재생에너지를 이용하는 제품, 생분해가 가능한 제품 등 로하스 관련 상품들의 판매가 부쩍 늘었다.

미국인 가운데 23%에 해당하는 5,000만 명이 현재 로하스 족이며 향후 10년 이내에 소비자의 50% 이상으로 늘어날 것으로 예상된다는 분석도 있다. 일본의 경우도 로하스 족이 약 30%에 달한다. 아직은 생소한 개념으로 받아들이는 한국에서도 현재 판매되는 로하스 관련 상품만 약 200여 종에 달할 정도이다.

특히 최근에는 유기농 농산물을 떠나 세제나 비누와 같은 초기단계 상품에서 휴대폰 충전기, 유기농 속옷, 생리대, 태양에너지를 이용한 조명기구, 시계 등 생활밀접형 상품으로 옮겨가는 양상을 보인다.

며칠 전 신문에서 삼성전자는 바이오 커버 휴대폰을 출시한다고 발표했다. 흥미로워 살펴보니 배터리 커버 등에 옥수수 전분을 섞어 자연 분해되는 바이오 플라스틱 소재를 사용했다는 것이다. 거기서 한발 더 나가 삼성전자는 제품을 제조할 때 '전기전자 제품 환경유해물질 사용제한지침'을 만족시키는 부품만을 사용한다고 주장한다. 또 제품의 소재, 제조뿐 아니라 개발과 디자인 단계에서도 환경을 생각한다는 '에코 디자인'을 도입한다는 것이다.

또한 우리 블랙야크가 환경부와 함께 폐휴대폰 수거 운동을 했듯 삼성전자도 폐휴대폰 수거에 적극 동참한다는 말도 있었다.

우리 블랙야크도 일찍이 이 점을 주목해 왔다. 우리가 사용하는 소재가 친환경적인가 지속가능한 환경을 생각하며 만들었는가에 관심을 가지고 있다. 해마다 4개월씩 나를 포함한 관련부서 직원들이 세계를 돌며 디자인과 함께 그런 소재를 찾고 있다.

지금도 유기농 재배 농산물을 비롯 에너지 효율적인 가전제품, 태양열 전력, 대체 의약품과 환경친화적 여행상품 등에 이르기까지 광범위하게 전개되고 있지만 로하스의 소비패턴은 분명 아웃도어 시장에도 밀려들 것이다. 우리 회사가 지향하는 '자연과 더불어' 라는 목표를 위하여 자연경영 바람을 확산시켜야 한다고 나는 생각한다. 자연에 초점이 맞춰지고 환경이 우리 일상생활의 일부분이 됨에 따라, 환경문제가 세상의 주목을 받고 있음을 잘 인식하고 있다. 비록 100% 천연 섬유로 만들지 않더라도 천연성과 자연스러움이 느껴지면서도 경량성과 기능성을 동시에 갖춘 원단을 제품에 사용하는 것이 그것이다. 파일 자켓을 만드는 폴리프로필렌, 폴리에스터 등은 충분히 재생가능한 소재로 만들 수 있는 것이다. 페트병 등 그런 폐품을 이용한 친환경 재생 원단이 인기를 얻을 것은 분명하다.

나는 일찍이 블랙야크의 담당자에게 일단 에코 트렌드에 맞는 소재와 친환경 소재를 사용한 상품 라인을 별도로 내보자고 제안했다. 물론 친환경 원단을 사용하기엔 아직은 시기상조일지 모르나 고객들의 반응을 지켜보면서 시장을 리드해 나가자고 말했다. '자연과 함께' 라는 아웃도어 브랜드의 특성상 필연적으로 에코 소재 사용은 확대될 것이지만 그런 제안을 할 때는 아무도 주목하지 않았을 때였다.

아웃도어 생산은 전문적으로 여러 부분이 조합된 산업이다. 뜻만 가지고 환경 친화적인 제품을 생산할 수는 없는 것이다. 가장 중요한 것이 원단인데 나염과 봉제, 디자인 측면에서 친환경 원단은 기존의 원단보다 가공하기가 쉽지 않다. 그러나 과학이 진보하면서 천연섬유 같은 느낌의 원단이 개발되기 시작했다. 그것은 아주 바람직한 현상이다.

블랙야크의 환경생각

국내 굴지의 원사 제조업체인 효성그룹은 2008년을 친환경 마케팅의 해로 정하고 다양한 실을 개발해 냈다. 효성은 친환경 섬유소재인 어망 및 페트병 등을 재활용해 나일론 원사인 '마이판리젠'과 폴리에스터 원사인 '리젠'을 출시했다. 쉘러코리아도 '쿨맥스 에코테크' 재활용 원단을 선보였다. 기존 쿨맥스 소재보다 착용감이나 기능면의 손실 없이 약 70%의 에너지를 절약한 소재라는 것이다. 이 원단은 유럽 환경기준이 내세우는 규격인 블루사인(Bluesign)을 받았다.

블루사인이란 섬유 제품의 전체 생산과정에서 유해물질이 최대한 배재된 상태에서 자연자원이 효율적으로 활용되었음을 보장하는 인증이다. 웅진케미칼의 '에코웨이'라든가 듀폰의 옥수수에서 추출한 원료로 개발한 '소로나'도 있다.

그 외의 원사업체 역시 보이지 않는 손에 의하여 치열한 친환경적 원사 개발에 열을 올리고 있는 실정이다. 블랙야크는 작년 자연 친화적인 이미지를 주기 위해 '오가닉 캐주얼' 라인을 별도로 만들었다. 지난해에 바지와 티셔츠 등 다양한 제품들을 출시했는데 이 라인에는 리사이클 소재와 코코넛 등을 사용한 원단으로 제품군을 생산하고 있다. 내년 시즌에는 20% 정도로 에코 관련 상품구성을 높일 계획이다. 이 같은 움직임은 당연한 것이다.

친환경 소재에 대한 소비자들의 인식이 아직 높지 않지만, 기능적인 가치 대비 가격과 함께 지구의 환경을 생각하는 기업의 정신을 잘 이해시키는 브랜드가 앞으로 시장을 주도하는 기업이 될 수 있다고 생각한다. 향후 아웃도어 브랜드들은 '자연과 함께'라는 친환경 이미지를 고객들에게 어떻게 홍보하고 시장을 리드할 것인지 고민해야 할 것이다.

이제 우리에게 주어진 과제는 에코 소재 상품들을 어떻게 브랜드의 홍보와 매출로 접목시킬 것인가에 대한 문제이다. 그것은 에코 마케팅이라 부를 수 있는데, 리사이클 소재의 가치를 어떻게 소비자한테 알리느냐 하는 홍보의 문제이다. 기능과 건강을 앞세우며 소비자도 환경에 일조한다는 윈윈 전략이 필요한 것이다. 다행히 사회적인 환경도 웰빙에서 로하스를 추구하는 분위기이다. 이런 추세라면 에코 상품의 잠재적인 가치를 아는 소비자들이 관심 있게 뒤따를 것으로 본다.

앞서 밝힌 대로 블랙야크는 로하스를 지향하고 있다. 미국에서 발행되는 〈로하스 저널〉에서는 흥미로운 발표를 했다. 로하스 족을 특징짓는 주요 변수를 다음과 같이 12개로 분석한 것이다. ⑴ 친환경적인 제품을 선택한다. ⑵ 환경보호에 적극적이다. ⑶ 재생원료를 사용한 제품을 구매한다. ⑷ 지속가능성을 고려해 만든 제품에 20%의 추가비용을 지불할 용의가 있다. ⑸ 주변에 친환경 제품의 기대효과를 적극 활용한다. ⑹ 지구환경에 미칠 영향을 고려해 구매를 결정한다. ⑺ 재생가능한 원료를 이용한다. ⑻ 타성적 소비를 지양하고 지속가능한 재료를 이용한 제품을 선호한다. ⑼ 전체 사회를 생각하는 의식 있는 삶을 영위한다.

(10) 지속가능한 기법으로 생산된 제품을 선호한다. (11) 지속가능한 농법으로 생산된 제품을 선호한다. (12) 로하스 소비자의 가치를 공유하는 기업의 제품을 선호한다. 로하스는 결국 나는 물론 우리, 내 이웃, 그리고 지구 공동체까지 생각하는 개념인 것이다.

블랙야크의 친구 윌리엄 린드세이

나는 외환위기의 한파가 몰아친 1998년, 주위의 반대에도 불구하고 중국 베이징에 현지법인을 설립했다. 개발도상국으로서 아직은 아웃도어 시장이 생소한 중국이었다. 그 큰 대륙의 나라 중국 심장부 베이징에 과감하게 블랙야크 1호점을 열었다. 1998년 1월이었다.

중국 최초로 생긴 아웃도어 전문매장이다. 11년이 지난 결과 블랙야크는 베이징의 유명 백화점 모두에 입점했고 대륙 도시 곳곳에 대리점 체인을 구축했다. 그리고 2008년 베이징 올림픽의 첫 이벤트인 에베레스트 정상에 성화를 올리는 등반대원들에게 블랙야크 등산복을 입혀 세계의 관심을 모았다.

그때 중국에서 우리 블랙야크가 지향하는 환경 친화적 기업 이념에 동조하는 사람을 만났다. 사람들은 중국을 대표하는 랜드마크로 누구나 만리장성을 떠올린다. 그 만리장성을 두 발로 걸어 완주한 최초의 인간, 중국 최서단인 깐쑤성(甘肅省)의 자위관(嘉?關)으로부터 최동단인 허베이성(河北省)의 산하이관(山海關)까지 총연장 2,470km에 이르는 대장정을 도보로 돌파한 영국인 윌리엄 린드세이(William Lindesay)였다. 중국의 대표 통신사인 신화사로부터 '만리장성 탐사를 가장 성공적으로 완주한 외국인’이라는 칭호를 받은 윌리엄 린드세이는 중국 아웃도어 환경보호의 대명사로도 불린다.

내가 히말라야를 자주 찾는 산악인이라는 걸 알자 윌리엄 린드세이는 자신도 탐험가라면서 반색을 했다. 나는 그와 친구가 되었다.

그가 내게 들려준 말에 의하면 만리장성을 걷겠다는 기획은 1969년 열한 살 때 막연하게 생각했던 것이라 한다. 그때 소년 윌리엄 린드세이는 텔레비전 앞에 있었다. 디스커버리 화면에는 우주선이 보내 온 지구 표면 사진이 있었는데 그곳에 가늘고 긴 띠가 보였고 자막엔 만리장성(The Great Wall of China)이라는 설명이 보였다고 한다. 어린 소년답게 호기심이 넘쳤던 윌리엄 린드세이는 세계지도를 펼쳐 놓고 중국 지도를 찾았다. 그리고 그 지도에서 만리장성의 위치를 발견했다.

만리장성을 텔레비전으로 처음 본 그날부터 윌리엄 린드세이는 그 엄청난 인간의 능력에 매료당했다고 말한다. 그리고 스스로에게 말했다. “저곳을 내 발로 걸어 끝까지 갈 수 있을까?”라고. 윌리엄 린드세이는 지리학을 전공하여 대학을 졸업한 후 1987년에 드디어 어린 시절의 꿈을 현실로 옮겼다. 800일 이상을 복원되지 않아 부서지고 망가진 만리장성 2,470km를 두 발로 걸은 것뿐 아니라 장성의 실체를 속속들이 살펴보았다. 그때까지 그와 같은 도전을 시도한 사람은 아무도 없었다.

윌리엄 린드세이는 자신의 만리장성 답사기 〈혼자서 만리장성을 거닐다〉라는 책에서 “그때의 체험은 평생 잊지 못할 것”이라고 말한다. 린드세이는 ‘만리장성 국제우호협회’를 창설한 데 이어 보존활동에도 앞장서고 있는 인물이다.

만리장성은 중국인의 자존심이다. 아직 만리장성 복원은 부분적으로만 이루어져 있다. 학자들에 따르면 중국 대륙 북쪽을 동서로 가로지르는 산봉우리를 따라 실크로드의 동쪽 끝, 타클라마칸 사막에 위치한 자위관까지 이른다. 총길이는 6,700km로 알려져 있으나 2001년에 500km가 추가로 발견되어 7,200km라고 고쳐 말하기도 한다. 그와 같은 인류 최초의 대토목공사 만리장성은 인공위성에서 보면 하나의 선으로 나타난다. 이제 만리장성은 더 이상 전쟁을 목적으로 사용되는 시설이 아니다. 매년 국·내외에서 1,000만 명 이상이 찾는 중국 제일의 관광자원이다. 중국인은 어떤 일이 있더라도 만리장성 기념비가 서 있는 해발 888m까지 오른다.

기념비의 글씨는 모택동의 것이라 하는데 이 기념비를 배경으로 기념사진을 찍는 것이다. 만리장성 기념비를 굳이 해발 888m에 세운 것은 중국어로 돈을 번다는 뜻을 가진 '발(發)' 자와 숫자 '8'의 발음이 같아 행운을 가져다준다고 생각하기 때문이다. 그래서 중국에서는 숫자 8이 겹쳐 들어가는 전화번호나 차량번호는 부르는 게 값일 정도로 인기가 많다. 우연의 일치지만 내 전화번호도 뒷자리가 0888번이다.

행사 때문에 가 보았던 만리장성은 두 개의 벽으로 구성되어 있었다. 그 사이로 말 두 필이 동시에 달릴 수 있는 이동통로가 나 있다. 남벽보다 높은 북벽은 여장(女牆:낮은 담)으로 꾸몄고 그 속에 총안(銃眼)까지 두어 북방으로부터의 공격에 대비한 군사시설물임을 일깨워 준다. 거기에 서면 황사가 부는 타클라마칸 사막과 모래바람이 이는 몽골고원이 가까운 듯한 착각에 빠진다.

몇 번 직접 가 본 장성엔 120m 간격마다 돈대(敦臺:높게 축조한 포대)가 세워져 있었다. 보통 2층 구조로 된 돈대는 위층을 적의 동향을 살피는 데 사용했고 아래층은 병사들이 먹을 식량과 말에게 먹일 사료, 장비와 화약 등을 보관하는 창고 겸 병사의 숙소로 썼다. 또 적의 침입과 전쟁 상황을 알릴 수 있도록 봉화대도 설치했다.

봉화는 낮에는 연기로, 밤에는 불꽃으로 군사 정보를 알리는 통신방법이다. 불을 피울 때에는 가축의 배설물을 태웠다고 한다. 사람의 출입이 많은 곳에는 관(關)을 두어, 출입하는 자의 신분과 휴대품을 철저히 확인했다. 그중 제일 동쪽에 있는 산하이관은 조선 사신이 많이 드나들었던 문이기도 하다.

블랙야크도 만리장성을 지킨다

블랙야크의 홍보대사 윌리엄 린드세이는 현재 만리장성 애호가협회(International Friends of the Great Wall)의 회장을 맡고 있다. 그의 환경보호 운동은 당연히 만리장성과 함께 한다. '세계문화유산기금회'에서 지정한 '위기에 처한 100가지 문화유산'의 목록에 포함된 만리장성의 보호가 그의 목표이다. 베이징 구간부터 그 출발점으로 잡았고 총 35개국의 자원봉사대원들과 함께 '만리장성 쓰레기 줍기' 운동을 전개한 것이었다. 거기에 베이징 블랙야크가 적극 동참하였다.

'만리장성은 블랙야크가 지킨다.' 는 기치를 내걸고, 2002년부터 윌리엄 린드세이는 블랙야크와 함께 중국의 만리장성을 지키는 파수꾼으로 함께 일해 오고 있다. 중국인들은 티베트를 시짱 자치구라 부르고 있는데 거기에 살고 있는 블랙야크를 잘 알고 있다.

환경보호라는 개념이 모호했던 중국인들에게, 외국인인 그의 작은 행동과 거기에 동참한 블랙야크가 보도를 통해 알려지면서 적지 않은 사회적 반향이 일었다. 문화재 보호 담당기관인 중국 문물국과 베이징 시 정부의 관심도 끌어내게 되었다.

만리장성에서 환경보호캠페인

린드세이는 우리 회사의 전폭적인 지원을 받으면서 활동에 가일층 힘을 받게 되었다. 그리고 만리장성 보호 운동은 적극적으로 전개되기 시작했다. 다만 '만리장성은 블랙야크가 지킨다'는 말이 중국인이 듣기엔 다소 어감이 좋지 않다는 현지 직원의 건의를 받아들여 '블랙야크도 만리장성을 지킨다'로 슬로건 문구를 바꾸었다. 블랙야크와 윌리엄 린드세이는 지속적으로 인류의 문화유산인 만리장성 보전을 위하여 실행 세부규칙을 만들어 중국 전역에 그 사실을 알렸다.

그 운동의 하나는 부애장성비호한(不愛長城非好漢)이다. '장성을 사랑하지 않으면 남자(사람)가 아니다.'라는 뜻이다. 일찍이 중국 국가주석 모택동이 장성을 오른 후 그 소감을 시로 표현했는데, 그 구절 중에서

따 온 말이다. 원전은 부장성비호한(不長城非好漢) 즉, '장성을 오르지 못하면 남자가 아니다.' 라는 원래 내용의 한 음절을 바꿔 '장성을 보호하자.' 는 의미를 전달한 것으로 많은 중국 사람들 사이에서 회자하고 있다.

그 두 번째가 등산객을 겨냥하여 전단을 나눠 주며 산야지약(山野之約) 캠페인을 펼친 것이다. 등산을 좋아하는 모든 사람들이 산에서 지켜야 할 8가지 조항을 나열하고 그 약속을 지키자는 구호였다. 자신의 쓰레기는 꼭 가지고 내려가며, 나무와 풀 등 자생식물을 보호하자는 등 한국으로 치면 아주 상식적인 것들이지만 중국인에게는 이제 시작인 것이었다.

운동을 시작한 뒤 3년이 지난 2005년 11월 12일, 수백 명의 산악인들과 보도매체들이 진산링(金山嶺) 만리장성에 모였다. 블랙야크에서 제공한 만리장성용 대형 쓰레기통 전수식을 보기 위해서였다. 이 날 블랙야크 베이징 직원들의 힘으로 옮겨진 120개의 대형 쓰레기통은 진산링 만리장성 보호국에 기증되었다. 윌리엄 린드세이도 참석한 이날 행사에서 전수식이 끝난 후 '산야지약' 의 구호가 적힌 인쇄물을 장성을 오르는 등산객들에게 배부하는 행사도 가졌다.

2008년 5월, 베이징 올림픽 성화가 에베레스트에 오르는 것을 본 나는 눈시울이 뜨거워졌다. 세계 최고봉에 블랙야크 장비가 올랐기 때문이다. 친환경 기업이며 브랜드 가치를 인정받아 많은 경쟁자들을 물리치고, 우리 제품이 올림픽 초모랑마 원정대에게 제공된 것이었다.

이런 블랙야크의 만리장성에 대한 애정을 중국인들은 매우 고맙게 생각하고 있으며, 중국인의 심성을 파고드는 마케팅은 꾸준하게 전개되고 있다. 아웃도어 개념이 전혀 없던 중국 시장에 블랙야크가 진출해 성공할 수 있었던 것은 이렇게 친환경기업이라는 이미지와 함께 꾸준한 마케팅이 큰 힘이 되었다.

또 하나, 상표권은 중요한 부분이다. 우리를 따라 중국에 이젠 많은 아웃도어 메이커가 들어왔지만 중국의 기업과 발음이 같은 이유로 고유의 브랜드 상표가 거절되는 경우도 많다. 블랙야크는 충성심 강한 야크답게 그 문제를 스스로 해결했다. 한국에서 만든 토종 상표이기에 상표를 등록하는 데 아무런 문제가 없었다. 이미 블랙야크 상호는 미국과 일본 등 여러 나라에 등록되어 있다.

블랙야크를 중국인들이 명품 브랜드로 인식하는 것도 고마운 일이지만 자랑스럽게 입고 다니는 모습을 볼 때 나는 즐겁기 그지없다. 미지의 산을 오르는 도전은 계속되듯이 중국을 떠나 세계 시장의 아웃도어 마켓을 향해 우리는 지속적으로 도전을 시도할 것이다.

블랙야크가 고맙다

블랙야크 환경홍보대사. 윌리엄 린드세이 (William Lindesay)

1984년 나는 회사를 그만두고 만리장성에 첫 번째 도전을 했다. 만리장성을 걷는다는 건 생각보다 더 힘들었고 생각보다 더 위대했다. 그때 나는 장성에서 깊은 감명을 받았다. 그걸 만든 사람의 힘을 새삼 느끼는 동시에 그들이 존경스러웠다. 첫해는 실패했다. 장성은 지금처럼 일부라도 복구된 때가 아니었다. 무너지고 부서지고 흔적이 없는 곳도 많았다. 이듬해 다시 시도했다. 역시 실패였다. 발도 다치고 병에 걸려 또 다시 좌절한 것이다. 그러다 1987년 드디어 2,470km 구간을 연결하여 걷는 데 성공했다. 어릴 적 꿈꾼 만리장성을 3차례의 도전 끝에 내·나이 30세에 종주에 성공한 것이다.

자위관(嘉?關)에서 시작하여 드디어 황해를 만나므로 나는 최초의 만리장성을 걸은 외국인이 된 것이다. 중국 언론은 나의 장성 종주를 대서특필해 주었다.

긴 시간 장성을 걸으며 새삼 인간의 상상력과 위대성에 놀랐다. 그럼에도 장성은 파괴되고 흔적조차 없어진 구간이 많았고 지금도 그런 소멸과 유실은 진행 중이다. 나는 그게 안타까웠다. 수세기에 걸쳐 만들어진 인류 유산이 환경의 변화와 인간의 무관심 속에 방치된 것을 언론과의 인터뷰에서 나는 강조했다. 이제는 세계의 문화유산 만리장성을 보호해야 한다고. 그리고 그 운동을 시작하겠다고. 내가 걸으며 느꼈던 만리장성의 보호를 위해 모두 나서야 할 때라고. 그리고 자신들이 얼마나 위대한 문화유산을 가지고 있는지 모르는 중국 사람들을 계몽시키려 마음먹었다. 그것이 내가 환경운동가로 바뀌는 계기가 되었다. 장성에는 문화가, 역사가, 과학이, 그리고 인간이 존재했다. 그래서 결심했다. 장성을 보호하는 데 일생을 바치기로. 그래 중국 여인과 결혼하여 지금 22년째 중국에서 살고 있다. 처음엔 사람들이 나를 이상하게 보았으나 몇 년을 지속적으로 그 보호의 필요성을 역설하고 행동으로 나서니 바라보는 시선이 변해 갔다.

실지로 쉘이나 크라이슬러 등 글로벌 기업의 후원과 블랙야크와 합동으로 보호운동을 지속하자 지켜보던 당국은 '베이징 문화유산 전문위원'으로 나를 위촉해 주었다.

내가 태어난 영국은 섬이기에 높은 산이 없다. 북부 고지대의 최고봉인 높이 1,342m의 벤네비스 산이 영국에서 가장 높은 곳이기도 하다. 그 지역에서 나는 형과 어릴 적부터 트레킹과 등산을 하며 자연과 친해졌다. 그 산군은 에베레스트 초등정 당시 대장이었던 존 헌트경과 크리스 보닝턴 등 유명 산악인들의 훈련 장소이기도 했다. 또 근처에 아주 오래된 성이 있었는데 AD 122년에 만들어진 성벽길 128km를 형과 둘이 걸은 것이 나중에 만리장성을 종주하게 된 동기가 되었는지 모른다. 대학에서는 지질학을 공부했고 졸업 후 노르웨이와 이집트 등지에서 유전 광구를 찾는 회사를 다녔다.

내가 블랙야크를 처음 만난 것은 2001년이었다. 나의 중국인 친구 중에 양사호라는 사람이 있었다. 어느 날 그가 블랙야크 옷을 입고 왔다. 디자인이 심플하고 또 고어텍스로 만든 기능성 옷이기에 관심이 갔는데, 그때 결정적으로 블랙야크 로고가 눈에 띄었다.

블랙야크는 자연의 파괴에 견디지 못하고 멸종될지도 모른다고 중국 당국에서 보호종으로 지정한 동물이다. 험한 자연 속에서 강인하고 거친 환경을 견뎌야 하는 등반가들에게는 잘 어울릴 이름이다. 야크는 고기, 우유, 치즈는 물론이고 그 털로 카펫을 만들고 옷감을 짜고 가죽으로는 천막을 만든다. 뼈와 뿔은 공예품으로 쓰이고, 나무가 없는 티베트에서는 그 배설물이 유일한 땔감이 된다. 그뿐만 아니라 장소를 이동할 때면 등짐을 져서 등반가들에게는 동반자 역할을 한다. 티베트인들은 야크를 신으로까지 숭배하고 있다.

나중에 등반가인 강 사장을 만나니 자신의 브랜드가 '히말라야 오리지널 브랜드'라고 했다. 무슨 말인가 싶었다. 그 자신이 등반가였고 또 등반 중 브랜드 이름을 얻었으니 한국 제품이 아니라 히말라야가 만들어 준 제품이라는 뜻이었다.

나와 같은 환경론자인 강 사장과 의기투합하여 지금 8년째 환경보호운동을 하고 있고, 올해 5월 역시 함께 캠페인을 벌일 계획이다.

아웃도어 브랜드 중 강 사장처럼 환경을 생각하는 중국 기업은 아직 없다. 강 사장은 나를 블랙야크 환경홍보대사로 임명했고 나는 그 직함을 자랑스럽게 생각한다. 나의 제안을 받아드린 블랙야크의 협조로 수백 개의 쓰레기통을 장성 보호국에 기증하고 직접 설치했다. 그리고 산야지약, 즉 산에서 등산객이 해야 할 약속 8가지를 인쇄하여 나눠 주며 캠페인을 벌였다. 쓰레기를 버리지 말 것, 동식물을 보호할 것, 다른 사람들의 쓰레기도 주워 하산할 것 등이 산야지약이다. 블랙야크는 그 산야지약 홍보물을 아예 제품에 달아 판매하고 있다.

또한 블랙야크는 베이징에서 티베트까지 한 달이 걸리는 생태 탐험 프로그램도 운영 중이다. 미국이나 유럽에서는 웰빙을 떠나 이젠 로하스 개념의 제품을 구매하는 추세로 나가고 있다. 즉 제품을 만들 때 얼마나 환경적으로 만들었고 그 회사가 얼마만큼 환경보호에 나서느냐를 보고 산다는 말이다.

중국엔 아직 그런 개념이 없지만 블랙야크의 시도로 환경에 대한 문제는 아웃도어계에 확산되고 있다. 내가 블랙야크와 함께 환경운동을 벌이는 만리장성은 유명 관광지다. 많은 사람들이 오르내리니 자연보호 의식이 없는 수많은 사람들이 버리는 쓰레기는 장성을 파괴하는 오염의 가속을 불러 왔다. 중국은 아직 환경에 대한 인식이 떨어져 있는 것이 확실하다. 중국의 경제 대국화 때문에 환경은 더욱 나빠지는데, 누가 하든 그들의 생각을 바꿔 나가야 했다.

공해는 비자도 여권도 없이 중국에서 한국으로 간다. 봄철만 되면 한국이 몸살을 앓는 황사가 그런 것 아닌가. 만리장성은 황해에서 끝난다. 장성뿐 아니라 중국을 깨끗하게 만들어야 한국도 또 황해도 맑아진다. 세계는 하나다.

4 내 고향 제주로 모십니다

스카우트 운동

세상은 온통 맛있는 음식 천국이다. 그러나 나는 내 나이 열 살 즈음에 맛본 음식이 가장 기억에 남는다. 이미 내 기억에 각인된 그 느낌은 평생 갈 것이다. 고향 서귀포를 떠나온 지 40년이 넘었지만, 내 마음의 창과 귀는 언제나 제주를 향해 열려 있다. 질펀한 바다를 바라보고 우뚝한 한라산을 보며, 나도 그 또래 누구나 그랬던 것처럼 청소년다운 상상의 나래를 펼 때이기도 하니까.

청소년은 이 나라 미래의 희망이고 꿈이다. 자아 정체성을 확립해 나가는 시기에 있는 청소년들이 무엇을 보고 무엇을 느끼며 어떤 행동을 하는가에 따라 그들의 미래는 달라질 수 있다. 필연적으로 우리 사회를 이끌어 갈 중심에 설 청소년들. 그들은 무엇을 꿈꾸고 있으며 무엇을 고민하고 있는가? 교육 백년지대계라는 말처럼 우리에겐 반듯하게 자라나는 청소년이 유일한 희망이다.

나는 2006년 2월 한국 스카우트 서울남부연맹 제5대 연맹장으로 선출되었다. 한국 스카우트연맹 장학위원으로 이 모임과 인연이 된 것이 연맹의 장까지 이어진 것이다.

스카우트 지도자로서 나는 자긍심을 느낀다. 야영을 통해 자연과 벗하며 호연지기를 기르는 커리큘럼이 산쟁이 적성에 맞기도 하지만 무한

한 가능성을 지닌 청소년들과 대화를 나누는 것은 즐거운 일이다.

그들에게 세상을 바꾸어 가기를 희망하는 어른들의 메시지를 전하고 청소년들의 숨은 잠재력을 일깨우는 것은 보람된 일이다. 내가 그랬듯 청소년기에 만났던 한 권의 책과 한 사람의 스승은 매우 중요한 것이다.

보이스카우트로 잘 알려진 청소년 운동은 영국의 육군 장군 베이든 포웰 경이 1907년 창설했다. 브라운시 섬에서 20명의 소년과 함께 야영을 실시한 것이 그 효시다. 그 후 각국으로 전파되어 오늘날 150개국 이상의 회원국을 가진 세계에서 가장 큰 청소년 운동으로 발전해 있다.

스카우트 활동을 통해 청소년들에게 민주시민으로서의 자질을 키우고 투철한 국가관과 민족의 주체성을 확립시키는 것이 한국 스카우트의 강령이다. 또한 국가와 사회 발전에 도움이 되고 세계 스카우트 활동을 통하여 국제이해를 증진시켜, 세계평화와 인류복지에 기여케 함을 기본 취지로 하고 있다.

이런 강령으로 비추어 볼 때 스카우트 활동은 다음과 같은 각별한 장점을 지니고 있다. 첫째, 조화로운 인격형성을 위한 목표와 교육과정(curriculum)을 지니고 있다. 스카우트 활동은 훈육 목표를 애국심의 고취, 품성의 향상, 체력의 단련, 유용한 기능의 체득, 사회에 대한 봉사의 5가지로 설정하여 실천하고 있다. 즉 스카우트 운동은 인지적, 정의적, 기능적 영역의 어느 한쪽에 치우침이 없는 조화로운 인간교육을 목표로 하고 있는 자아실현의 사회교육인 것이다.

이렇게 조화로운 인간을 육성하기 위해서는 가정교육과 학교교육만으로는 부족하다. 스카우트 훈육 목표 달성을 위해 교육과정을 가지고 있다는 점은 스카우트 활동이 교육적 활동이며, 체계적인 교육을 통해

바른 인재를 양성한다는 점이다. 둘째, 지도자 확보를 통한 스카우트 활동의 정통성 유지 및 활성화이다. 단체활동을 통한 자율적 체험과 인간관계 형성은 공동체 의식과 도덕성 함양에 매우 중요하고 바람직한 일이다.

특히 초등학교에서의 청소년 활동은 가정교육과 학교교육의 미비점을 보완하고 지 • 덕 • 체가 조화된 건전한 인격형성에 기여하고 있다.

그리고 모든 학생들에게 개개인의 희망에 따라 원하는 청소년 단체에 가입하여 활동할 수 있도록 가입을 적극 권장하고 지원하는 등 청소년 단체 활동의 활성화를 위해 적극적인 노력을 아끼지 말아야 한다.

또한 지도자의 지도성에 따라 그를 따르는 청소년들에게 커다란 영향을 미치고 단체의 발전과 운영에 효과가 다르게 나타난다. 단체가 추구하는 목적 달성을 위해 질 높은 지도자를 육성하기 위한 구체적인 훈련 과정을 개설하고 지원하는 점은 스카우트 활동이 지니고 있는 장점 중의 하나이다. 셋째, 스카우트 운동은 실천 강령을 두어 교육적 활동을 지향하고 있으며 일상생활을 통해 실천하게 함으로써 인간교육에 대한 효과를 높이고 있다는 점이다. 넷째, 오랜 역사와 전통 속에서 국민들이 스카우팅을 긍정적으로 인식하고 있다는 점이다.

다섯째, 봉사 활동을 통하여 사회 발전에 기여하고 있다는 점이다. 여섯째, 젊은 인재들을 건강하게 양성하고 있다는 점이다. 일곱째, 국제 협력 활동을 통한 국제 교류에 대한 매력을 지니고 있다는 점이다. 살펴본 대로 어느 것 하나 허투루 볼 수 없는 중요한 스카우트의 정신이다.

스카우트 세계대회

공부에 찌든 학생들을 자연 속으로 내보내 자연과 이웃에 눈뜨게 하고 모험과 개척정신을 기르게 하는 것이 스카우트 봉사활동의 목표다. 한국을 대표하는 청소년 연맹인 스카우트의 지도자는 자원봉사자들로 이루어져 있다. 유럽과 미국은 자원봉사를 개인이 챙길 휴가와 마찬가지로 반드시 해야 하는 것으로 받아들이고 있다. 바로 우리나라 곁에 있는 일본도 자원 봉사의 천국으로 불리는 나라다.

그 나라처럼 우리 스카우트 지도자들도 청소년의 미래를 함께 설계하고 그들이 어른이 되었을 때 자연스럽게 자원봉사를 유도해 내는 것이다. 돈을 받고 일을 하는 것과 스스로 보람을 느끼고 참여하는 것은 그 진정성에 있어 큰 차이가 난다. 그리하여 청소년들의 인생 방향을 설정하는 데 함께 고민하고자 서울 스카우트 남부 연맹장을 맡은 것이다.

제주도는 야외활동을 하기엔 최상의 조건을 가지고 있는 곳이다. 서울시연맹회장과 대한산악연맹 부회장으로서 기회만 되면 내 고향 한라산으로 많은 산악인들을 초대하여 함께 올랐다. 그럴 기회가 된다면 언제라도 그렇게 하겠다는 생각을 지금도 가지고 있다. 한라산의 아름다움과 서귀포의 수려한 풍경을 그들에게 보여 주고 싶기 때문이다.

스카우트 행사도 마찬가지다. 행사는 제주도에서 여러 번 있었지만 가장 기억에 남는 것은 두 가지다. 서귀포 국제 컨벤션센터에서 개최된 제38차 세계스카우트 세계총회와 제주와 함께하는 장애스카우트 통합 캠프다.

2008년 7월 14일, 제주도에서 한국 스카우트 역사상 처음으로 세계

총회가 열렸다. 필립 다 코스타 세계이사회 의장과 룩 파니소드 사무총장을 비롯한 많은 세계 스카우트 연맹 지도자들과 관계자가 참석했다. 스카우트의 역량을 충분히 알고 있는 우리나라 정부도 한승수 국무총리와 보건복지가족부, 김태환 제주도지사와 스카우트 의원연맹의 국회의원들이 대거 참석했다.

제주도는 평화의 섬이란 별칭도 있다. 스카우트 총회는 평화의 섬답게 '더 나은 세상 만들기'를 주제로 세계 스카우트 리더들이 모여 치르는 행사였다.

그해는 베이든 포웰 경이 스카우트 운동을 창시한 지 100년이 되는 때였다. 그 정신을 이어받아 새로운 100년을 준비하고 나라와 피부는 달라도 한뜻으로 뭉치자는 행사였다. 또한 스카우트 운동의 새로운 한 세기를 시작하는 그 총회는, 160개국 2,800만 명의 스카우트를 대표하여 세계평화에 이바지할 것을 다짐하는 자리이기도 했다.

2015년 세계 잼버리 개최지 선정에서는 청소년 스카우트 대원 등 101명의 대규모 유치단을 파견한 일본에 돌아갔다. 투표에서 싱가포르를 여유 있게 제치고 유치에 성공한 것이다. 한국은 '2010년 아·태 잼버리'를 국내로 유치하는 성과도 올렸다.

제주 국제컨벤션센터는 당시 말 그대로 국제 촌이 되었다. 160개 가맹국 중 참가한 국가가 155개국이었고 1,339명의 청소년 지도자가 제주로 왔다. 세계스카우트총회 중 국내 자원봉사자 153명이 영어, 프랑스어, 스페인어, 아랍어, 러시아어, 한국어의 6개국 공식 언어통역을 맡을 정도로 그야말로 범지구촌의 축제 행사였다. 행사 기간 중 제주 국제컨벤션센터는 작은 지구촌을 방불케 했다. 다양한 피부색과 언어, 종교와 문화가 한데 어우러진 세계총회는 스카우트 운동을 통해 세계평화를 이루려는 희망을 느끼기에 충분한 행사였다.

지구촌 곳곳에서 꿈의 섬 제주를 방문한 참가자들은 제주 곳곳을 견학하며 바쁜 일정을 소화했다. 중문관광단지에 숙소를 정한 참가자들은 내 고향마을의 천제연폭포와 주상절리 해안을 둘러보며 찬사를 쏟아냈다. 그리고 한라산 횡단도로와 성산일출봉 등 제주 곳곳의 명소를 찾아다니며 국제자유도시 제주의 신비로운 풍경을 만끽했다.

제주특별자치도는 이 행사 유치를 통해 관광수입 등 53억 원의 경제적 효과를 예상한다는 발표가 있었지만 전 세계로의 홍보효과를 생각하면 결코 돈으로 환산할 수 없는 가치를 지닌다. 세계적 규모의 이번 행사를 위하여 2007년 국회에서도 지원결의안이 통과되어 국가가 지원했고, 출범 2주년을 맞은 제주특별자치도가 적극적으로 후원했다. 행사는 5일간의 공식일정을 마치고 7월 18일 저녁 폐막되었다.

장애스카우트 통합캠프

그로부터 열흘 후인 2008년 7월 28일 '제주와 함께하는 장애스카우트 통합캠프'가 다시 제주시에서 열렸다. 우리 서울남부연맹 주최였는데 서울시 소재 특수학교 장애 스카우트 대원들과 일반학교 비장애스카우트 대원과 지도자 600여 명이 참가해 성황을 이뤘다. 개영식에는 제주특별자치도 도지사와 제주특별자치도의회 김용하 의장이 참석하여 통합캠프를 축하해 줬다.

장애인은 몸이 불편할 뿐이지 우리 정상인과 똑같은 사람이다. 장애인을 차별하는 가장 큰 문제는 무엇보다도 일반인들의 그릇된 인식이라 할 수 있다. 장애인이란 말만 꺼내면 뭔가 불편한 심기를 보이는 일은 참으로 잘못된 편견일 뿐이다. 장애는 누구나 겪을 수 있는 것이다. 장애인의 약 90%가 뇌졸중이나 교통사고 등의 후천적인 원인 때문이라는 조사결과가 있다.

복잡한 문명사회에서 갑자기 찾아오는 사고에서 누구나 자유롭지 못하다. 그럼에도 우리들에게는 아직도 장애라는 것이 선천적인 병이나 유전에서 비롯됐다는 그릇된 편견이 뿌리 깊게 퍼져 있다.

이런 일화가 생각난다. 내가 서울시산악연맹회장 시절에 서울특별시교육감배를 유치했다. 2005년 6월 19일 성동구 응봉동 성동암벽등반공원에서 제6회 대회시상식이 열렸는데 나는 그 모습을 바라보며 즐거웠다. 초등학교 5~6학년생들이 경쟁을 벌인 속도경기 여자초등 2부에서 1, 2위를 차지한 어린이 선수들 때문이었다. 1위 최현수, 2위 김혜원 어린이는 청각장애 특수학교인 서울 애화학교에 재학 중이었다.

그렇게 장애학생들을 별도로 구분하지 않고 똑같이 경쟁시키는 것은 서울특별시교육감배 청소년 등반경기대회가 갖는 특징이라고도 할 수 있다. 우리 사회가 장애인들을 대할 때 가장 문제가 되는 것이 평등한 기회의 박탈임을 생각하면 그때의 모습이 자꾸 떠오른다.

미래사회에서는 보다 많은 장애인이 생겨날 것이다 의학의 발달로 예전이라면 목숨을 잃는 사람도 살 수 있을 것이다. 발달된 의학기술로 살아나 장애인으로 살아가야 하는 사람이 많아질 것은 불문가지다.

사회는 발달되어 가고 있고, 그만큼 매년 일어나는 사고도 증가한다. 누가 장애인이고 누가 비장애인이라는 말은 이제 아예 없어져야 한다. 내가 당장 사고를 당해 신체부위 일부를 절단해야 한다면 나 역시도 현재 편견과 차별 속에 살고 있는 장애인의 반열에 서야 하는 경우가 생길 수 있는 것이다. 당장 내가 장애인이 되고 내 주변 사람이 나를 편견어린 눈으로 바라본다면 나의 심정은 어떠할까?

장애인에 대한 편견은 사회학습을 통해 형성된다. 따라서 비장애아동과 장애아동이 가능한 한 함께 일찍 유년시절부터 함께 학습하면서 통합될 기회가 제공되어야 한다. 이들 사이에는 장애니 비장애니 하는 벽 따위는 필요치 않게 될 것이고 더 나아가서는 모두 함께 더불어 살아가는 법을 자연스럽게 배우게 될 것이다.

그래서 통합교육이 필요하다는 이론이 생겨난다. 그러나 사회에서는 통합교육이 너무 늦게 시작되고 있다. 그래서 스카우트는 그런 편견을 없애기 위해 장애스카우트를 조직한 것이다.

이번 통합캠프에서 장애스카우트 대원과 비장애스카우트 대원이 1대1로 짝을 맺은 뒤 '두 짱' 이라는 이름으로 3박4일 간의 야영생활을 함께하게 되었다. 그 또래 청소년과의 상호교류를 통해 서로 간의 우정과 신뢰을 쌓는 것이다.

특히 통합캠프는 장애인과 비장애인 대원들이 지금까지 학교에서 받아온 특수교육과 일반교육을 통합시켜 서로의 차이를 이해하는 교육의 장이 마련된다는 데 그 의미가 있었다. 아름다운 제주도에서 장애스카우트 대원과 비장애스카우트 대원이 상호교류를 통한 서로의 우정과 신뢰를 나누다 보면 자연스레 서로의 차이를 이해하는 장이 될 것이었다.

그렇게 진행된 통합캠프에서는 장애인이나 비장애인의 구별이 무의미했다. 이곳에서 장애인의 행동이 정상이 되고, 장애가 없는 비장애인의 행동이 비정상이 된다.

이 말은 곧 비장애인이 장애인의 입장에서 생각하고 서로를 이해하도록 노력하라는 뜻이 담겨 있다. 청소년이 맑고 깨끗하게 커야 우리나라의 미래가 밝을 것이다. 스카우트 지도자로서 청소년들의 인격함양과 교육을 위해 봉사를 하며 스스로 이렇게 기쁜 적이 별로 없었다.

이번 캠프에서는 제주문화체험으로 돌하르방 만들기, 마라도 탐사, 해안동굴 탐사, 자연생태공원 견학 등이 이루어졌으며 '두 짱'이 함께하는 한라산 등반도 실시되었다. 통합캠프를 보며 나는 많은 감동을 받았다. 정말이지 모두가 하나가 되는 아름다운 세상이라는 생각이 들었던 것이다.

올해가 스카우트 창설 100주년이 되고 또 우리 스카우트가 새로 시작하는 원년이 되는 해다. 그런 뜻 깊은 새로운 출발을 세계스카우트총회에 이어 통합캠프까지 내 고향 제주에서 개최해 나로서는 그 의미가 새로웠던 것도 사실이다.

스카우트의 정신은 도전과 평화다. 천혜의 자연환경 속에 평화의 섬으로 자리매김하고 있는 제주에서 장애인과 비장애인이 함께하는 뜻 깊은 자리가 마련된 것은 우연이 아니고 필연이라는 생각도 들었다.

2009년 1월 우리 연맹은 다시 제주도에서 3박 4일간의 동계이동국 토탐험을 실시했다. 대원 200명과 지도자 20명이 참여한 가운데 우도와 한라산 등에서 스카우트 탐험을 성공적으로 마쳤다.

약한 여자 강한 어머니

2008년 3월 말, 나는 당시 17세인 소아암환자 서 모 군과 히말라야 안나푸르나 산군에 있는 푼힐(Poonhill, 3,193m) 전망대까지 함께 올랐다. 마침 로체, 마칼루 등반을 위해 먼저 네팔로 가 있던 오은선 대장도

계곡을 건너는
출렁다리

이틀 후 그 자리에 동참해 주었다.

한국 소아암재단과 블랙야크가 함께 한 서 군의 푼힐 등반은 한마디로 인간승리였다. 서 군은 뼈암으로 불리는 골육종으로 오른쪽 다리를 잃었고 목발에 의지해 등반길에 나서게 된 것이다. 서 군은 2005년 7월 암 진단을 받고 지난해 8월까지 다리 2번, 폐 2번, 머리 1번 등 모두 5차

레의 대수술을 받았다. 아직도 항암치료를 받느라 서 군은 머리카락도 다 빠진 상태였다.

일반인에게 푼힐은 말 그대로 히말라야가 연꽃처럼 펼쳐진 전망대 역할을 하는 장소지만 장애인 서 군에게는 자신과의 치열한 싸움을 요구하는 봉우리였다. 안나푸르나 트레킹 코스에서 푼힐 전망대는 가장 아름답다. 이곳에 서면 다울라기리 연봉을 비롯해 안나푸르나 산군과 네팔 사람들이 신성시하는 물고기 꼬리처럼 생긴 마차푸차레 봉우리를 볼 수 있다.

카트만두에서 포카라를 거쳐 차가 들어갈 수 있는 마지막 마을 나야풀에서 본격적인 산행에 나섰다. 나야풀에서 시작한 산행은 해발 1,475m의 힐레라는 산자락 마을 롯지에서 첫 밤을 보냈다. 무거운 짐을 반복해 옮기는 당나귀들은 잔등이 벗겨졌고 사람 역시 무거운 등짐을 지고 이 길을 오가고 있었다. 그러나 그들보다 목발에 의지해 한쪽 다리로만 오르고 있는 서 군의 고통은 본인만이 알 것이었다.

생각보다 쉽지 않은 일이었다. 외국인 트레커를 비롯하여 현지 주민들도 서 군의 분투에 박수를 보냈지만 시간이 갈수록 서 군은 고통스러워했다. 급기야는 길옆에 주저앉아 짜증을 부리기도 했다. 그럴 때마다 서 군의 어머니가 설득에 나섰다.

그때 그 모자의 모습을 보며 나는 모성애의 위대성을 실감했다. 세상의 모든 어머니들이 지니고 있는 모정은 위대하다. 끊임없이 힘들다고 짜증을 부리는 서 군의 투정을 어머니는 얼굴 한 번 찡그리지 않고 다 받아 주었다.

트레킹 이틀째 오은선 대장이 합류했다. 힘들다면서도 오 대장의 누나 같은 보살핌에 서 군은 새로운 용기를 냈다. 우리는 끝도 보이지 않는 까마득한 산길을 오르고 또 올랐다. 짐을 실은 당나귀들 목에 걸린 방울 소리와 서 군의 거친 숨소리뿐 산속은 고요했다. 지난밤 묵었던 마을이 발아래 작은 점으로 보일 때쯤 서 군이 입을 떼었다.

"분명한 것은 제가 그토록 원해서 온 원정이지만 저 혼자가 아니라는 느낌입니다. 추위와 열악한 환경과 고소증을 이겨 낸 저는, 저처럼 병마와 싸우는 환우들에게 힘이 될 수 있도록 이곳에서 무언가를 얻어 가고 싶어요."

말수가 적었던 서 군은 산속에서 서서히 변화하기 시작했다. 그렇게 산은 닫힌 사람 사이의 벽을 허무는 데 특효약이다. 서 군에게 히말라야는 방관자에서 참여자로 거듭나게 했다. 자신과의 싸움에서 이긴 서 군은 암을 몸에서 몰아내기 위한 오랜 치료도 이겨 낼 것이다.

"제 도전이 암으로 고통받는 아이들에게 희망이 됐으면 합니다."

그럴 것이다. 함께 동행한 서 군의 어머니도 힘든 산길에서 포기하지 않는 아들이 대견스러운 듯 돌아서서 눈물만 흘렸다. 또한 성민 군은 예전보다 말수도 많아지고 훨씬 더 밝아졌다고 즐거워했다. 길가에 나와 있던 현지 주민들이 크러치를 딛고 한 발로 히말라야를 오르는 서 군의 산행을 보며 놀라움을 떠나 서 군의 의연함에 박수를 보냈다. 일반인들에게도 힘든 산길을 장애인이 오르는 것에 감동하는 표정들이었다. 고개를 하나 넘어서자 동쪽 산위로 안나푸르나의 남봉이 고개를 내밀었다.

"힘들어요." 그렇게 말하면서도 만년설을 가까이 바라보는 서 군의 표정이 밝아졌다.

연꽃처럼 피어나는 히말라야

등산로는 숲길로 접어들었다. '랄리구라스'라는 나무들의 군락지였다. 나무에는 철쭉같이 생긴 붉은 꽃들이 무더기로 피어 있었다. 이 꽃은 네팔의 나라꽃이다. 푼힐을 오르는 봄의 산길은 그야말로 붉은 꽃길이었다. 고도가 조금씩 높아질수록 랄리구라스 꽃들이 흐드러지게 피었다. 서 군도 붉은 꽃가지 사이로 보이는 만년설 덮인 히말라야 풍경을 즐기는 듯 했다. 이미 고도계가 해발 2,400m를 가리키고 있다. 서 군에겐 걷는 만큼 매일 신기록을 갱신하는 걸음이지 싶었다.

아침 일찍 출발했는데 저녁이 다 되어서야 고라파니(Ghorepani, 2,750m)에 도착했다. 말에게 물을 먹이는 곳이라는 뜻의 고라파니 마을은 푼힐 전망대 바로 아래에 자리 잡고 있다. 깊은 산속에 제법 규모가 큰 마을인데 선물가게와 숙소들이 줄지어 있고 푼힐에서 일출을 보려는 사람들로 넘쳐나고 있었다. 한국에서 온 아주머니 트레커들도 보였다. 그들은 한 발로 이곳까지 온 서 군을 보며 파이팅!을 외쳐 주는 등 격려를 보내 주었다.

"병원 입원 당시엔 외출조차 제대로 못하고 입원실에만 머물러 있게 되어 그런지 애가 자꾸만 심리적으로 위축되었어요. 이번 산행이 위축된 자신을 펴는 계기가 된 것 같아요."서 군의 어머니 김미정 씨는 그렇게 말했다. 다시 한 번 말하거니와 모성은 지구상에 존재하는 어떤 것보다 위대하다. 세상에 존재하는 모든 사람들은 누구나 어머니의 그런 모성으로 태어났고 성장했다. 나 역시 예외가 될 수 없다.

"힘드네요. 그러나 이 지독한 암과도 싸웠는데 여기서 주저앉을 수는 없어요. 도움을 준 많은 사람들을 실망시킬 수는 없잖아요." 오랜 병원생활로 근육이 약해진 서 군으로서는 사람들의 도움 없이 산을 오르는 일이 결코 쉬운 일은 아니다. 그럼에도 할 수 있다는 희망과 의지의 힘으로 서 군은 여기까지 올라왔다.

"산행 중간에서 수십 번씩 포기하려고 생각했습니다. 그때마다 어머니께서는 다리를 잃었다고 네 자신까지 잃었다고 생각하지 말라며 자신감을 불어넣어 주셨습니다."

이튿날 새벽, 서 군은 경미한 고소증을 호소하였지만 끝까지 등정 의지를 포기하지 않았다. 성스러운 일출을 보러 푼힐 전망대로 오르는 새벽 산길은 많은 사람들로 부산했다.

우리는 드디어 푼힐 전망대에 섰다. 마차푸차레 쪽 하늘이 붉게 아침 기지개를 켜고 깨어나더니 다울라기리 연봉을 붉은빛으로 물들이기 시작한다. 아침 태양이 마차푸차레 봉우리 옆에서 솟아오르기 시작했다. 여기까지 올라온 서 군을 축복이라도 해 주는 듯한 둥근 태양이었다. 행운이었다. 이렇게 완전한 태양을 볼 수 있다는 것은. 태양이 서 군의 얼굴을 비추자 랄리구라스 붉은꽃처럼 그의 얼굴도 붉게 물들었다.

보통 사람들보다 몇 배의 노력으로 푼힐을 오른 서 군 뒤로 안나푸르나 연봉이 축복이라도 보내듯 정말 연꽃처럼 펼쳐져 있었다. 사방 어느 곳을 봐도 시야를 가리는 것 하나 없이 히말라야가 파노라마로 펼쳐졌다. 서 군이 외다리로 이곳에 우뚝 서 있었으므로 바라보는 사람들은 온몸에 소름이 돋을 정도로 감동적인 일출이었다.

"우리 아이가 3,200m 푼힐까지 오른 만큼 희망을 갖게 되어 정말 기뻐요. 암으로 다리를 절단해야 한다는 얘기를 듣고 한동안 굉장히 힘들어했지만 점차 상황을 받아들이고 이렇게 히말라야까지 오르다니 정말 고맙습니다."

서 군의 어머니는 아들의 곁에 서서 대견스러운 아들의 모습에 감격해했다. 서 군의 외다리를 보며 놀라는 세계 각국의 등산객에게 승리를 뜻하는 브이(V)를 만들어 보인다. 그들도 서 군에게 아낌없는 박수를 쳐주었다. 푼힐 전망대에서 일출을 보고 내려오는 모든 사람들의 얼굴에 기쁨이 가득하다. 눈이라도 마주치면 환하게 웃으며 서로에게 네팔 식 인사를 했다.

"나마스테. 나마스테. 당신 안의 신에게 나의 신이 경배를 올립니다." 푼힐을 오르면서 묵었던 숙소 방명록에 서 군은 "10년 후 다시 오겠습니다."라는 글을 남겼다. 그건 좌절하지 않고 히말라야 산자락을 오른 자신이기에, 암을 이겨 내고 10년 뒤에 다시 이곳을 찾겠다는 의지의 표현이겠다. 그 모습을 곁에서 지켜보던 나는 코가 매워 왔다.

그때 블랙야크는 성민군의 재활치료는 물론 소아암으로 고통받는 환자들을 위해 지속적으로 무엇인가 할 일을 찾아야겠다는 생각을 했다. 서 군의 푼힐 등정은 2008년 4월 5일 KBS 2TV '세상의 아침'에서 방영되었고, 지금도 다시보기에서 그 영상을 볼 수 있다.

네팔에서 귀국한 나는 푼힐에서 생각한 것을 실행에 옮겼다. 한국 소아암재단과 함께 '꿈과 희망을 나누세요'라는 슬로건으로 그들을 도울 수 있는 캠페인을 시작한 것이다.

오은선대장과
선의경쟁을 벌여
스페인의
에두르네

'소아암 환자를 돕기 위한 사랑의 헌혈증 나눔 캠페인' 이 그것이다. 물에 빠진 사람은 지푸라기라도 잡는 심정일 것이다. 아무리 힘들어도 여러 사람들이 도와주면 큰 힘을 얻고 희망이 생기게 되어 있다. 혈액관리 시행규칙에 따르면 한 장의 헌혈증은 수혈이 필요한 환자에게 진료비의 수혈 비용 중 환자 본인이 부담해야 하는 금액을 전액 공제해 준다. 특히 보험적용을 받지 못하는 사람들에게는 더욱 큰 도움이 된다.

전국 블랙야크 매장에 헌혈증을 가지고 오면 10% 특별할인권을 증정하고, 판매액의 1%를 한국소아암재단에 기부하기로 한 것이다.

소아암 환우에게 꿈과 희망을 나누려는 고객은 의외로 많았다. 우리는 그렇게 모아진 헌혈증과 모금액을 성공적으로 소아암재단에 전달할 수 있었다. 할 수 있다면 블랙야크가 산악인들을 지켜 낸다는 슬로건처럼 세상의 모든 장애인들을 지켜 내고도 싶은 것이다.

더불어 사는 사회 속에 존재하면서 이익을 창출해 온 기업은 사회와 함께 가야 한다. 기업 활동에 의해 파생된 많은 역기능적 부산물을 적극적으로 해결해야 할 의무도 있다. 즉 이것을 경영학에선 개화된 자기이익이라고 한다. 기업의 경영활동을 원활하게 하고 또한 기업 외부의 사회와 소비자의 욕구를 충족시키기 위해 봉사는 꼭 필요한 부분이다.

이것을 사회 지향적 마케팅이라고 해도 무방하다. 직접적으로는 기업 이윤의 사회 환원이고 간접적으로는 이를 통한 기업 이미지 제고이니까.

나의 거봉산악회 선배 강태선

엄홍길 대장

나도 강태선 회장님처럼 장애인들과 함께 푼힐을 오른 적이 있다. 희망원정대였는데 그때 뼈저리게 감동을 느꼈다. 장애인들과 함께한 체험의 기회는 감동이었다. 희망원정대는 그동안 어느 원정보다 큰 깨달음을 주었다. 장애인들과 킬리만자로나 히말라야 푼힐까지 트레킹을 할 때 봉사하는 기쁨은 남을 돕는다는 그런 차원

을 떠나 더 이상의 것을 얻을 수 있다는 걸 알았다. 공명심에 그런 말을 하는 게 아니다. 그런 기회가 아니면 언제 장애인들이 장엄한 히말라야를 보고 가슴에 담을 수 있을까? 그때 우리는 강 회장님처럼 도우미로 참여한 비장애인 한 명에 장애인 한 명을 붙여 등산을 했다.

엉금엉금 기어가면서 끝가지 포기하지 않는 그들이 우리에게 주는 감동은 각별했다. 그때 같이 울고 함께 웃던 장애인들과 우리. 그 후 귀국했을 때 부모 손을 항상 떠나지 못하던 자폐아가 우리 모임에 참석했을 때의 놀라움과 감격은 잊히지 않는다. 마음을 열고 나니 봉사가 이렇게 신나고 즐거운 것이라는 걸 알게 되었다. 희망원정대를 통해 역시 자연은 스스로 깨달음을 준다는 걸 증명해 보였다.

강태선 회장님은 내가 소속된 거봉산악회를 창립하신 분이다. 장태순, 홍영길 선배들과 함께 80년에 산악회를 창립하였을 때 나는 어린 나이로 거봉산악회에 입회했다. 그 선배들께서 원도봉산을 자주 올랐고, 내가 세 살부터 자란 우리 집이 거기 도봉산에 있었기에 자연스레 만남이 이루어진 것이다. 선배들은 등반을 잘한다고 젊은 나를 많이 챙겨 주었다. 내가 히말라야 14좌 완등을 할 수 있었던 초기엔 분명히 거봉 선배들의 배려가 큰 힘이 되었다.

나는 강태선 회장님을 모시고 3번이나 히말라야 등반을 했다. 93년 초오유-시샤팡마 원정대가 첫 번째다. 그때만 하더라도 한국 산악인들은 스폰서 찾기가 힘들었을 때다. 그때 거봉산악회 단일팀으로 꾸려졌는데 선배들의 재정 출혈로 나는 두 정상을 오를 수 있었다.

97년 안나푸르나 등반에선 대장님으로 모시고 갔는데, 형제 같았던 나티 셰르파를 잃었다. 그때 흘렸던 강 대장님의 그 뜨거운 눈물을 나는 잊지 못한다. 강태선 회장님은 직선적인 성격이면서도 정 많고 눈물 많으신 분이라는 걸 그때 깨달았다.

2003년 티베트 합동 등반도 강태선 회장님이 대장을 맡아 블랙야크 장비를 협찬하고 재정적으로 많은 부담을 하셨기에 가능한 일이었다. 그때 초모랑마 등정으로 나는 에베레스트 3회 등정이라는 영광스러운 기록도 얻었다.

나는 강태선 회장님이 종로의 등산장비점을 이제 한국 굴지의 아웃도어 메이커인 블랙야크로 키워 낸 성장과정을 비교적 잘 알고 있다. 같은 산악회이기에 내가 등반에 나설 때마다 도움을 주시는 걸 곁에서 지켜보았기 때문이다. 강 회장님은 대단히 집념이 강한 분이다. 한 번 옳다고 생각하면 절대로 포기하는 법이 없었다. 그런 노력과 땀이 지금의 블랙야크를 만들었을 것으로 믿는다. 머리는 차갑지만 가슴은 뜨거운 강태선 회장님을 단장으로 또 때로는 대장으로 모시고 히말라야를 가며 가슴 따뜻한 휴머니스트라는 걸 나는 잘 알게 되었다.

이제 블랙야크가 오은선 후배에게 기울이는 정성을 볼 때 나로서는 고맙고 감사한 일이라 생각한다. 경제적 부담 없이 등반에만 몰입할 수 있게 된 이상 우리나라 여성 산악인 중에 세계 최초의 14좌 완등자가 나왔으면 좋겠다는 것이 솔직한 나의 심정이다. 나는 사석에서 오은선 후배에게 말했다. 히말라야에선 살아남는 게 가장 중요하다고. 자연은 욕심 부려서 되는 게 아니며 물러설 때 과감하게 돌아서는 지혜가 필요하다고. 내 경험으로 볼 때 그건 확실하다. 등반의 최고 기술은 살아남는 것이라고 말하니 오은선 후배는 "그건 우리 블랙야크 방송용 광고 카피인데요?" 하고 말하는 것이었다.

강태선 회장님 고향이 제주도라는 걸 알고 있다. 섬나라 제주도에서 단신 상경하여 자수성가로 살아남은 것은 그 광고용 카피 그대로였을 것이다. 살아남은 것뿐 아니라 한국은 물론 중국까지 시장을 확대하는 글로벌 기업을 일구어 낸 것은 정말 대단한 성공이다.

올해면 환갑을 맞을 거라 생각되는데 가끔 뵙는 강 회장님은 아직도 지칠 줄 모르는 체력과 정신력을 보여 주고 있다. 아마 국내 아웃도어 CEO중 강태선 회장님만큼 히말라야 등반을 자주 한 사람은 없을 것 같다. 강 회장님은 등반에 나서도 꼭 2캠프 이상을 올랐다. 그 기록도 CEO 중 최고일 것이다.

한국 사람들은 성향이 그런지 아니면 메이커 마케팅 때문인지 몰라도 외국 브랜드를 많이 선호한다. 이제는 토종 브랜드를 키워야 한다. 외국 브랜드들은 그 과실을 가지고 외국으로 가지만 한국 브랜드들은 그 이익을 한국에 남겨 놓을 것이기 때문이다. 아웃도어의 기본이 되는 고어텍스는 만국평등이다. 그 원단을 만드는 회사가 하나밖에 없으니 그렇다. 또한 국산 장비 역시 외국의 기술에 비하여 결코 뒤지지 않는다.

4월 30일 나는 네팔 쿰부 히말라야의 팡보체로 떠난다. 휴먼재단에서 첫 번째 학교 설계도를 완성하여 시공하기 시작했기 때문이다. 팡보체가 고향인 술딤 도르지라는 셰르파가 있었다. 86년, 그 셰르파와 함께 에베레스트를 등반하다가 그는 죽고 나는 살아남았다. 팡보체는 그의 고향이다. 그곳의 아이들은 내가 만든 팡보체 초등학교를 다닐 것이다. 그 중에는 강태선 대장님과 내가 등반대장으로 참여했던 97 안나푸르나 원정 때 등반하다 숨진 나티 셰르파의 아이들도 포함된다.

5 미니멀리즘의 검은 야크

검은색이 아름답다

미니멀리즘은 단순하고 텅 빈 미학(美學)을 말한다. 그 단순함 속에서 예술적 가치를 관객이 자각하도록 유도한 미술 사조에서 유래된 말이다. 무채색 등이 그 특징인데 내게 있어서는 검은색이 그것이다. 검은색은 아름답다. 이건 내 말이 아니라 세계적 패션디자이너인 프랑스의 코코 샤넬의 말이다. 그녀는 지난 20세기 전반에 걸쳐 세계 패션의 흐름을 주도한 신화적인 인물로 평가받는다. 샤넬이 가장 아름답다고 주장한 색이 검은색이었다. 그녀는 샤넬 스타일(Chanel style)이라는 독창적인 패션을 선보이며 한 시대를 주름잡았는데, 장식이 많은 옷 자체를 싫어했듯 무채색인 검은색을 선호했다.

검은색은 순수하다. 블랙야크도 순순한 티베트 고원에만 사는 동물이다. 검정은 순수하면서도 품위와 격조를 나타내는 색이다. 남자의 정장도 검은색이 위엄이 있어 보인다. 대학 졸업식의 가운과 사각모 역시 검은색이다.

국가 귀빈들을 예우할 차의 색도 거의 검은색 일색의 세단인 걸 보면 검은색은 기품의 색으로 봐야 할 것이다.

93년 엄홍길과 히말라야를 갔을 때, 티베트 산속을 걸으며 귀국 후 등산장비에서 등산의류로 사업의 중심을 옮길 것을 생각했다. 그때 우리 등반장비를 지고 가는 눈에 띈 동물이 바로 블랙야크였다. 온통 검은색. 그 검은색이 왜 그때 눈에 확 들어왔는지 모른다. 억세지만 윤기 자르르 흐르는 검은 털이 히말라야 햇빛을 받아 빛나고 있었다.

"브랜드 이름으로 블랙야크도 좋겠는데요."

엄홍길이 그렇게 제안했다. 산악인을 위하여 묵묵히 등짐을 져주는 야크에게 엄홍길도 감사하고 있었던 모양이다. 소위 서로 필이 통한 나는 그때 브랜드 이름을 결정했다.

그 검은색이 한때 한국 아웃도어의 색깔을 휩쓴 적이 있다. 이 검은색의 유행을 시작한 것이 바로 블랙야크였다. 원정에서 돌아오자 티베트에서 긴 시간을 생각한 대로 블랙야크 상표등록과 함께 야크를 닮은 검은색 등산복을 출시했다. 그것까지는 생각하지 못했는데, 검은색은 뚱뚱하게 보이지 않는 색상이었다. 까다로운 여성들도 기꺼이 검은색을 입었다. 우리가 만든 등산복은 그야말로 불티나듯 팔려 나갔다. 우리 뒤를 이어 대부분의 브랜드에서 그 당시 전체 물량 중 50% 이상을 검은색으로 쏟아내고 있었다. 한동안 주말 지하철을 타면 차 안은 검은색 등산복으로 꽉 차 보였다. 몇 년마다 찾아오는 유행 바람과는 관계없이 검은색에 대한 믿음을 한국 사람들은 지금도 가지고 있는 듯하다.

2005년부터 공중파 방송에 검은 블랙야크 광고가 대대적으로 시작되었다. '사람이 산이다'를 이어 '야크는 생명이다', '야크와의 동행'이라는 캠페인성 연작 광고였다. 그걸 본 사람들은 이구동성으로 드라마틱한 고산등반의 어려움을 사실적으로 그려 냈다고 좋은 평을 해 주었다. 웬만한 드라마보다 좋았다는 사람도 있었다.

연작 CF는 스토리가 있다. 히말라야를 등반하는 5명의 원정대. 야크와 인간이 온갖 역경을 극복하며 함께 등정하는 고난의 과정을 스펙터클하고 장대한 서사 구조로 풀어 낸 것이다. 히말라야의 웅대한 설산을 배경으로 짐을 진 야크 떼와 등반대가 광활한 들판을 가로질러 등정을 시작한다. 차가운 얼음강물을 건너고 폭우 속을 가로질러 앞을 분간할 수 없는 폭풍설 속에서 설산의 눈밭을 헤쳐 가는 고난과 사투의 과정 속에 야크와 인간의 우정을 담았다.

베이스캠프에 당도하여 야크와 헤어져 등반대의 고독한 등반이 시작될 때 그들의 무사귀환을 비는 야크의 간절한 눈망울.

하나의 자일로 서로를 묶고 빙벽 구간을 통과하는 중 닥친 악천후 속 위기상황… 대장은 대원들의 이름을 하나하나 부르며 생존을 확인한다. 온힘을 다해 소리치는 대원들, 그러나 마지막 대원은 대답이 없다. 그의 이름만 설원에 공허하게 울려 퍼질 뿐. 이때 자일이 흔들리고 빙벽에 피켈을 내리찍으며 죽을힘을 다해 자신이 살아 있음을 알리는 마지막 대원… 그들의 정상을 향한 도전은 계속되고 등정에 성공한다. 베이스캠프에서 검은 야크의 눈망울을 바라보는 등반대원의 눈빛이 서로 교감한다. 이때 흘러나오는 대원의 독백, 야크가 나고, 내가 야크다. 야크는 생명이다!

이런 콘셉트로 제작된 CF의 주인공은 당연히 블랙야크였다. 폭풍설 속에서도 의연하게 주인의 짐을 지고 묵묵히 걷는 야크. CF 모델들은 실제 히말라야 등반 경력이 있는 전문 클라이머들로 구성되었다. 촬영 장소는 애초에 계획하였던 네팔 고산지대나 티베트를 바꿔 뉴질랜드에서 촬영했다. 히말라야 쪽은 우기에 접어들어 기간 내에 촬영이 불가능한 상황이었고 촬영장비를 운반할 마땅한 방법이 없었기 때문이다. 제작진은 히말라야 외에 존재하는 야크의 소재를 수배한 끝에 뉴질랜드에서 찾아냈다. 동물애호가이자 자연보호주의자가 자신의 농장에서 히말라야 야크 30마리를 키우고 있다는 정보를 입수한 것이다.

농장주가 히말라야 야크의 멸종 소식을 접하고 그 보존과 번식을 위해 새끼 야크를 히말라야로부터 들여와 키우고 있었던 것이다. 그러나 등짐을 지고 행군을 해 본 경험이 없는 야크들이었기에 2주 동안 강을 건너고 설산을 오르는 맹훈련을 감행했다. 마치 우리가 히말라야 등반을 위하여 한라산 설상훈련을 한 것처럼. 그 결과 역시 그 뿌리인 히말라야 야크로 여지없이 재탄생할 수 있었던 것이다.

동반자로서의 블랙야크

로케이션은 영화 〈반지의 제왕〉 무대인 뉴질랜드 퀸즈타운 리마커블 협곡이 대안으로 떠올랐다. 여러 검토를 거쳐 그곳이 촬영지로 확정되면서 〈반지의 제왕〉 특수촬영 팀과 관련 스텝들이 우리 CF를 위해 다시 뭉쳤다. 대원이 크레바스에 빠지는 컴퓨터 그래픽의 리얼리티는 압권이었는데, 추락하는 그 장면을 보고 크게 놀랐다는 시청자도 많았다. 이 CF를 찍은 블랙야크 광고대행사 측에서 제작 시놉시스를 설명할 때 내가 강조한 말이 있다. 등산의류와 장비는 고산등반자의 안전과 생존을 책임질 수 있어야 한다.

그리고 전문 등반대가 등반과정에서 겪는 생존의 위협 속에서 살아남는 사람들의 위대한 이야기라면 묵묵히 등짐을 견디는 블랙야크도 주인공이 되어야 한다고. 물론 전문가 집단에서 그 정도는 이미 인지하고 있었지만 우리 고유의 이미지인 블랙야크를 주인공으로 내세운 것은 그만큼 애정이 있다는 말일 것이다. 수많은 아웃도어 브랜드의 광고는 사람이 주인공이지만, 우리는 블랙야크가 주인공이다. 블랙야크라는 브랜드는 내가 히말라야에서 주의 깊게 관찰한 검은 야크를 그대로 따온 것이니 당연한 일인지도 모른다. 야크를 내세운 의도는 우리 브랜드의 가치를 확립하고 이미지를 차별화하고자 한 것이다.

그렇지만 아무리 훈련된 야크라 할지라도 카메라 앞에서 사람의 뜻대로 연기를 해 주진 않는다. 야크를 키우는 주인 일가족이 동원되어 며칠을 어르고 달래 가며 드디어 감독이 요구하는 촬영에 성공했다.

그렇기 때문에 이 광고의 액션은 리얼하고 사실적이다. 악천후와 사투를 벌이며 행군하는 야크와 대원의 처절한 표정이 살아 있다. 로케이션은 스노우 팜, 리스 밸리, 와나카 등 3개 지역에서 진행되었다. 뉴질랜드 산악 전문 스텝들과의 협조하에 강한 폭풍설과 험난한 지형을 찾아 촬영상의 위험을 무릅쓰고 한편의 다큐드라마를 연출해 냈다. 그리하여 히말라야의 스펙터클한 대장정이 화면 속에 펼쳐지게 된 것이다.

"등산의류와 장비는 악천후 속에서도 산악인의 안전과 생명을 책임져야 한다. 이번 CF는 어떤 악천후 속에서도 블랙야크의 강인한 생명력을 표현했다. 프리미엄 브랜드로서의 가치를 생동감 넘치는 블랙야크의 동선에서 발견할 수 있을 것이다.

야크가 실제로 히말라야 등반대에겐 없어서는 안 될 필수존재이듯 우리 블랙야크 브랜드는 등산객들에게 없어서는 안 될 동반자 같은 존재가 될 것이다." 이 광고를 총지휘한 박용학 전략기획팀장은 CF 배경을 그렇게 설정했노라 보고해 왔다. 다음 광고촬영은 몽고로 갈까 생각 중이다. 그곳엔 순종 야크를 키우는 유목민이 있다는 정보를 들었고 또 광막한 초원길이라 차량 이동이 가능하니까.

기회가 주어진다면 야크 사진전 같은 문화행사를 한 번 개최할까 싶다. 이제 한국인들은 네팔은 물론 티베트 여행도 많이 하고 있다. KBS 다큐멘터리 차마고도를 통하여 야크가 세계인에게 많이 알려져 있다. 다양한 각도에서 조명한 야크 사진전을 열어 권위자에게 심사를 맡기고 시상도 하면 작지만 즐거운 문화행사도 될 것 같다.

따지고 보면 야크에 대한 애정이 그냥 생긴 게 아니다. 내가 49년생 소띠라 그런지 히말라야 등반길인 93년 야크를 처음 보는 순간 친근감이 생겼다. 거기서 아이디어를 얻고 귀국해 BI회사에 야크 도안을 맡겼더니 기상천외한 그림들이 나왔다. 그들도 야크를 본 적이 없어 그랬겠다. 붉은 색, 누런 색 야크들. BI회사에서 디자인해 온 것이 마음에 들지 않아 몇 번 수정을 한 것이 지금의 상표가 된 것이다.

북한에 나무를 심다

나는 전국자연보호중앙회의 명예총재를 오랫동안 맡고 있다. 그동안 나는 사업과 초청방문을 통하여 북한을 여러 차례 방문하면서 무언가 이상한 느낌을 받았다. 정치적인 것이 아니다. 같은 땅 같은 산하인데 무엇인가 생경한 느낌이었던 것이다. 그 느낌이 초록 때문이라는 걸 조금 시간이 지난 후에야 알았다. 북한의 산에는 당연히 있어야 할 나무가 없었다. 한국에서 눈에 익숙했던 푸른 숲이 없으니 느낌이 이상했던 것이다. 한국과는 달리 산의 자연훼손이 심각했다. 나무가 없으니 산사태 흔적도 많이 보였고 야산은 거의 개간되고 있었다.

누구나 북한을 방문한 사람들은 나와 같은 느낌을 받았을 것이다. 등산을 하며 나무가 많은 산에 익숙한 시선이 나무가 없는 산을 보면 아주 생경한 느낌을 받는다.

나무가 없는 이유는 북한이 석유나 석탄 등 화석연료가 모자라 땔감으로 이용했기 때문이다. 북한이 자랑하는 단군릉 주변도 마찬가지였다. 나는 전국자연보호중앙회 명의로 북한의 단군민족통일연합회에 식목을 제안했다.

한국도 그런 시절이 있었다. 1960년대 초만 하더라도 북한과 같이 민둥산이 태반이었다. 그러나 우리 정부는 산림녹화의 필요성을 깨닫고 전 국민 식수기간을 정하여 산림녹화에 힘써 왔다. 그리하여 지난 40여 년 동안 우리는 눈부시게 성공적인 산림녹화를 이루었다.

그러나 북한은 심각한 수준이다. 북한 사람들이 땔감으로 무분별하게 베어 내고 식목을 등한시한 탓에 북한의 야산은 점점 사막으로 변하는 느낌이다. 나무를 베어 내기만 하고 심지 않으면 결국 사람들의 살 곳은 없어진다. 요즘 우리가 심하게 겪고 있는 황사도 따지고 보면 산림녹화를 제대로 하지 않아 생겨난 인재(人災)다. 중국 북부 사막 지역에는 지금도 땅속 깊이 아름드리나무 화석은 물론 공룡 화석까지 발견되고 있다. 이것은 과거 이곳이 울창한 산림이었지만 사막화가 진행되었다는 증거다. 사람뿐 아니라 모든 생명을 위하여 산림녹화의 중요성은 이제 새삼 거론할 필요조차 없는 일이다.

따라서 작은 힘이지만 북한에 나무를 심는 일은 상징으로도 꼭 해야 할 일이라는 생각이 들었다. 북한에 나무를 심는 것은 생명을 심는 의식이었다. 산에 나무를 심어 자연재해를 줄이고 산림을 육성하자는 우리의 제안은 그들에게 긍정적으로 받아들여졌다. 전국자연보호중앙회와 단군민족통일연합회 두 기관이 주최하고 블랙야크가 제반비용을 부담하는 등 후원을 맡아 계획은 실행되었다.

우선 북한이 자랑하는 단군릉 주변의 민둥산에 식목을 하기로 했다. 예전에 그곳을 돌아봤던 느낌으로는 대단한 석조 구조물에 비한다면 무엇인가 언밸런스를 이룬 느낌이 들었었다. 그것은 주변의 야산이 민둥산이었기 때문에 든 느낌이었다.

2007년 5월, 소나무 묘목은 인천항에서 직접 평양으로 가고, 뜻을 같이하는 우리 일행은 비행기 편으로 중국을 거쳐 북한으로 갔다. 평양 단군릉에 잣나무 1만여 그루를 북측과 심으며 비록 나는 울창한 숲을 보지 못하겠지만 후손들은 그 혜택을 누릴 거란 생각이 들었다. 또한 초록이야말로 생명이란 생각이 들었다.

북측 인부들은 쉬는 시간이면 담배를 많이 피웠다. 나는 그들에게 "담배처럼 유해한 연기를 나무가 빨아들이고 산소를 내뿜으니 식목은 좋은 것”이라고 말했다. 소떼를 몰고 판문점을 넘어 북한과의 민간교류 물꼬를 튼 故정주영 회장 생각이 났다. 그 개인의 노력이 지금의 금강산 관광이라든가 개성공단이란 가시적 성과로 나타났으니까. 그러나 단군 릉에서 나무를 심으며 정주영 회장 생각이 난 것은 북한 인부들의 흡연 때문이다. 고(故) 정주영 회장은 평소에 “그거 피우면 배부르냐? 돈 들여 건강 나빠지는 그런 짓 왜 해?” 라고 말했었다. 나 역시 젊었을 때 빠끔

북한 단군릉
나무심기

거려 본 적은 있으나 평생 담배는 피우지 않는다.

　　북한 나무심기 행사는 2008년에도 계속되었다. 묘목 1만여 그루를 심었던 그 해의 식목행사엔 직항편을 이용할 수 있었다. 나무를 심는 것은 백 년을 내다보는 행위다. 지구의 종말이 올지라도 한 그루의 나무를 심겠다는 철학자 스피노자의 말은 나무를 심는 마음을 잘 웅변하고 있다. 울창한 숲이 되면 맑은 물이 사시사철 흐르고 동물들의 보금자리가 될 것이며 토사를 막아 살기 좋은 땅이 될 것이다.

　　이명박 대통령은 ‘녹색시대’를 강조한다. 또 대통령은 “과거에는 북

의 농사를 도왔지만 이제는 북한 나무심기를 해야 할 때"라고 강조한다. 북한 나무심기 정책과 관련하여 이 대통령은 "북에 나무를 많이 심어 북한에 도움이 된다면 우리도 도움이 되는 것이고, 탄소배출권을 생각하면 대한민국 산업을 더 발전시킬 수 있는 것"이라고 설명한다. 그러나 나는 그런 원대한 꿈보다, 블랙야크는 산을 통해 번 돈을 산을 살리는 데 환원한다는 생각을 가지고 있다. 그건 내 앞의 환경이 아니라 미리 빌려 쓰고 있는 후손들의 자연을 위하여 당연한 일인 것이다.

폐휴대폰 수거

블랙야크는 작년 7월 폐휴대폰 수거 캠페인을 벌였다. 환경부와 한국전자산업환경협회 등과 함께 진행한 폐휴대폰 수거 캠페인은 성황리에 마무리되었다.

우리나라의 휴대전화는 1990년대 중반부터 본격적으로 보급되기 시작하여 2006년 5월 말 3,900만 명이 보유하고 있다고 한다. 휴대전화를 보유할 수 없는 영유아를 제외한다면 거의 모든 사람이 휴대전화를 보유하고 있는 셈이다.

그러나 폐휴대전화의 폐기는 여러 문제를 야기시키고 있다. 쓰지 않는 휴대전화를 버릴 때 환경오염과 재활용 필요성에 대한 시민들의 부족한 인식이 문제이다. 왜 수거해야 되는지, 수거하면 어디에 쓰이는지, 버리면 환경적으로 왜 나쁜지, 비싸게 주고 샀는데... 하는 막연한 생각만 하고 있는 것이다.

폐휴대전화의 재활용은 '환경적인 측면'이나 '경제적인 측면'에서 절대적으로 필요한 사업이다. 먼저 환경적인 측면에서 살펴보면 휴대전화 본체와 배터리에는 유해물질이 함유되어 있다. 이들이 매립되거나 소각될 경우 심각한 환경 피해를 유발할 수 있다.

본체에는 납과 베릴륨, 비소, 브롬계 난연제 등이 함유되어 있고, 리튬 이온전지에는 리튬코발옥사이트와 같은 인체에 해로운 물질이 함유되어 있다. 전해액은 소각 과정에서 다이옥신을 비롯한 독성 유해물질이 방출된다. 또 매립 시에는 침출수에 함유되어 토양 및 수질 오염을 야기시킬 수도 있다.

경제적인 측면에서 보면 폐휴대전화는 유가금속(금, 은, 동 등)을 함유하고 있어, 이들을 추출해 재생원료로 사용할 수 있는 것이다. 폐휴대전화 1t에서 추출할 수 있는 금은 400g. 금광석 1t에서 추출되는 금의 80배나 된다. 만약 이 사업이 탄력을 받는다면 도시 속에 존재하는 무공해 금광을 얻는 셈이다. 환경도 보호하고 또한 재활용 과정에서도 전자재활용산업분야의 일자리를 창출함으로써 고용증대에 기여하게 되는 일이기도 하다.

페휴대폰
수거 캠페인

블랙야크도 이 캠페인에 적극 참여하기로 했다. 다양한 캠페인과 함께 폐휴대폰을 가져오면 가격을 할인해 주는 행사를 통해 환경에 대한 고객의 의식을 변화시키려 노력했다. 소득도 컸다. 약 35만 대의 폐휴대폰을 수거하여 처음 세웠던 목표량 30만 대를 17% 상회하는 성과를 거둔 것이다. 수거된 폐휴대폰을 매각해 얻은 이익금 7000만 원은 어린이재단에 기부되었다. 폐휴대폰의 수거는 환경보호와 함께 자원개발이라는 두 마리 토끼를 잡는 행사였다. 기업이 사회운동에 참여한다는 것은 의무인 동시에 책임이라는 생각을 블랙야크는 하고 있다.

그런데 이젠 서울시에서 적극적으로 나서기 시작했다. 서울시는 휴대전화와 폐전자제품을 회수한 뒤 고가의 금속을 추출하는 '도시 광산화 사업'을 추진한다고 밝히고 있으니 잘된 일이다. 서울시의 자료를 보면 도시 광산화 사업으로 연간 1,842억 원 가량의 자원이 절감되고 8,000명 이상에게 일자리를 줄 수 있을 것으로 내다보고 있다. 또한 폐기물 매립 소각으로 발생하는 온실가스도 연간 133만 9,000t 이상 감소될 것으로 전망하고 있는 것이다.

독도 사관생도를 만들다

그런 사회운동의 참여 측면에서 블랙야크는 독도 문제에도 눈을 돌렸다. 일본이 자신들의 영토라고 생떼를 쓰는 마당에 독도수호국제연대라는 시민단체가 의로운 일을 하고 있었다. 독도수호국제연대는 일본이 전 세계 지도에 불법적으로 명기한 다케시마(Takeshima) 표기를 삭제하고 독도 주권을 수호하기 위해 지난 2006년 11월 창립한 비영리 시민단체다. 블랙야크는 독도수호국제연대와 독도아카데미 교육사업의 뜻에 동의하고 후원을 위한 협약식을 2008년 본사 강당에서 체결했다. 뒤이어 2009년 2월 14일 독도아카데미 소속 200여 명의 대학생이 내뿜는 열기가 블랙야크 강당을 가득 메웠다. 이날 블랙야크 본사 강당에는 '2009 독도아카데미 제 7,8기생 독도주권이론교육' 이 진행됐다. 이 프로그램에는 200여 명의 대학생이 참가했고 오후 2시부터 7시까지 각종 특강이 쉼 없이 이어졌다.

독도아카데미
후원 협약식

우리나라는 최근뿐만 아니라 과거에도 빈번한 일본의 독도침탈 야욕에 부딪혀 왔다. 하지만 언제나 우리의 관심은 그때뿐이었다. 그 관심도 우리나라의 영토가 확실하다는 지식과 이해는 배제된 채 일본에 대한 원색적인 비난과 악한 감정만으로 표현했다.

감정적인 대응으로는 아무 일도 할 수 없다. 일본은 독도를 빌미로 도발을 하고 있는데 이 부분에서 현명하게 대처하려면 독도주권이론 교육은 필수 코스인 것이다. 이것은 독도수호연대의 독도아카데미를 통하여 독도에 대한 관심을 독도지킴이로 만들려는 프로그램이다.

나는 연사로 참여해 '1%가 99%를 이끈다' 라는 주제로 젊은이의 도전 정신과 리더십에 대하여 강의를 했다. 그밖에 많은 학자들의 강의가 이어졌으며 팀별 토론수업 등 다양한 행사로 열기가 가득했다.

전국 50여 개 대학의 총학생회 임원 및 일반학생 200여 명이 참가한 독도아카데미는 올해로 8기까지 진행된 프로그램이다. 본사에서 영토주권 이론교육을 받은 뒤 블랙야크가 제공한 옷을 입고 독도로 향했다. 이들은 3월 1일 독도에 들어가 '독도수호선언문' 을 읽고 국토 수호의 사관생도가 될 것을 결의했다. 블랙야크가 독도아카데미 교육사업을 후원하는 것은 감정적인 대응보다는 논리적인 대처를 위해서다. 해외 유학생과 국내 대학생 등과 함께 독도 및 동해 지명표기 오류시정을 위한 국제적 실천운동을 전개해 나가는 부분에 주목한 것이다.

양보할 수 없는 영토주권 이론교육을 위하여 본사 강당에서 전문가에 의한 교육을 실시하는 한편 나 역시 올바른 국가관에 대하여 강의도 하고 있다. 한 나라에는 국가를 지키는 사관학교가 있듯 독도수호 사관생도를 만들어 낸다는 것은 사회적 책임이라고 생각한다.

히말라야의 상징인 블랙야크와 우리 바다 동쪽 최단에 위치한 상징으로 독도는 서로 닮았다. 문명으로부터 멀리 떨어져 있으니까. 국내 토종 브랜드로서 사회적 책임의식을 가지고 독도 교육사업을 지원하는 데 대해 우리는 긍지를 가지고 있다.

서울특별시 산악연맹 회장과 에베레스트 원정대의 대장, 2005년에 시작한 서울 국제볼더링 선수권대회, 9회째 열리고 있는 서울시교육감배 청소년 스포츠클라이밍대회, 삼각산국제문화제, 북한산국립공원에

서울시문화상

난립한 추모비를 한군데 모아 만든 합동추모탑 건립, 소아암재단 후원과 독도수호국제연대와의 제휴, 폐휴대폰 수거에 기울인 노력에 대해 환경부장관은 표창으로, 서울시는 문화상으로 격려해 주었다.

격이 높은 체육훈장 백마장도 받은 영광이 있지만, 내 개인적으로는 그것보다 서울시 문화상이 더 애착이 간다. 지금도 그렇지만 문화는 미래의 비전이기 때문이다.

함께 가는 사회

나는 불가능은 없다고 생각한다. 불가능이란 누가 먼저 해결 방법을 찾아내느냐의 문제일 뿐이다. 남대문·종로 시대를 거친 등산업계 1세대들의 덕목은 신용이었다. 씨줄과 날줄로 얽혀 있는 장비업계의 특성상 업체 간 서로를 잘 알고 있었다. 그 1세대 중에 지금까지 살아남은 업체는 소수에 불과하다. 그렇게 많이 명멸해 간 사람들을 볼 때, 그들이 공통점은 좌절에 있었다. 도저히 어려움을 뛰어넘을 수 없다고 포기를 했기에 업계에서 사라졌다. 동진레저도 그런 어려움에 봉착한 적이 많았다. 그러나 실망을 했을지언정 주저앉은 적은 없었다.

나는 예전에도 그렇지만 지금도 하루 5시간 정도 잔다. 그만하면 충분하다. 그런 점에서도 나에게 건강한 DNA를 물려준 부모님께 감사하는 마음이다.

그러나 하기 싫은 일은 평생 할 수도 없을 뿐더러 그리했다면 벌써 병이 나도 났을 것이다. 그런 면에서 '피할 수 없다면 즐겨라.' 는 말은 내 평생의 좌표가 되었다.

종로5가 동진산악에서 시작한 작은 공장과 매장은 신사동에 신사옥을 지어 옮긴 후 16년을 지내고 지금의 가산동 시대를 맞았다. 신사동 사옥에 있을 때는 공간이 좁아 직원끼리 부딪치는 때가 많았다. 디자인을 펴놓고 품평을 하려 해도 그런 전시공간이 턱없이 부족했다. 종로에서 공장을 경영할 때였다. 출근길 복도에 서서 10분만 미싱 돌아가는 소리를 듣고 있으면 직원들의 사기 상태를 알 수 있었다. 회사 분위기에 따라 능률이 다르다. 100바퀴 돌아가는 신나는 소리와 의욕 없이 90바퀴가 도는 미세한 소리는 분명히 감별된다.

원래 사무 공간이 좁으면 일의 능률도 오르지 않고 인간관계도 어려워진다. 항상 그것이 안타까웠다. 본사를 가산동으로 옮긴 후 지금의 건평은 사무 공간 실평수만 1,400평이다. 이제 충분한 공간이 확보되었다. 입주식에 온 외부 인사 한 명이 강당을 보더니 내게 물었다. 300여 평이 넘는 강당과 양쪽 복도 중간의 휴식공간은 너무 비효율적인 공간이 아니냐고. 그 사람의 말은 비싼 땅에 지어진 건물을 놀리고 있느냐는 뜻이었을 것이다. 그러나 그렇지 않다.

긴 복도는 엄홍길, 오은선 대장 등 유명 산악인이 기증한 사진 갤러리와 그림 전시공간으로 활용하므로 쉼터와 함께 문화공간 역할을 하고 있다. 직원들의 정서함양은 체력단련과 함께 회사가 부담해야 할 부분이다. 또한 강당은 다목적으로 활용되고 있다. 강당은 수주회의, 디자인 회의, 사회봉사 교육장소로 거의 매일 사용되고 있다. 새로 시작한 블랙야크 무료 시민등산학교 교육장으로도 활용되고 있다. 또한 블랙야크의 그 많은 아이템을 모두 걸어 놓고 한눈에 볼 수 있는 공간으로서 강당은 아주 유용하게 활용되고 있다.

다목적으로
사용되는 강당

지금까지는 수주회의를 하려면 호텔을 빌렸다. 호텔을 빌리면 준비를 하는 데 3일간이 필요하다. 인테리어를 하는데 하루, 수주 행사에 하루, 그리고 철거에 하루가 걸렸다. 그 비용이 수천만 원에 이르렀다. 하루 행사를 위해 비효율적이었던 것이다. 이제는 행사가 있으면 호텔급 식사를 유명 캐터링 회사에서 주문하여 주변 눈치 보지 않고 진행할 수 있다.

나는 가끔 회사의 평사원들과 회식을 한다. 생각보다 그들은 아주 말을 잘한다. 1분씩 돌아가며 자유 발언하는 프로그램이 있는데 아주 유익하다. 신입사원의 발랄함은 신선하다 못해 자못 도발적이다. "말을 1분 말고 3분 해도 되나요?" 하고 묻는 사원들도 있다. 과장급 이상만 되면 말을 잘 안 하는 것에 비한다면 매우 재미있는 만남이다. 그렇게 되니 나는 전사원의 이름을 기억한다.

한 사람보다는 둘이 낫고, 둘보다는 다수가 낫다는 생각을 한다. 에너지 넘치는 평사원들의 기를 살려 줄 이유가 거기 있다.

언젠가 제주 MBC 방송에서 사람에 대한 휴먼 다큐멘터리를 찍으러 왔다. 찾아온 아나운서의 말이 재미있다. 인터뷰 때문에 자료조사를 하다 제주도에서 만난 사람이 '그 사람은 너무 바빠 만나기 힘들 거'라는 말을 들었다는 것이다. 그리고 다른 자료를 보니까 만만한 사람이 아니라 내심 겁이 났다는 것이다. 그런데 막상 만나 보니 생각 외로 편하다고 말한다.

그렇듯 나는 사람을 편하게 맞는 편이다. 지위고하를 막론하고. 그래야 내가 편하니까. 말을 빙빙 돌려 말하는 사람은 질색이고 또 나 역시 직선적 성격이다.

블랙야크 역시 사장과 사원 간 격의가 없다. 신사동 사옥부터 사내 아이디어 공모전을 진행해 왔다. 부서별 아이디어 공모전은 왕중왕전을 거쳐 입상자들이 포상을 받는다. 그들이 현장에서 몸으로 겪은 아이디어는 검토를 거쳐 회사 정책방향에 반영된다. 직원들은 설마 사장이 그걸 읽겠느냐고 생각할지 모르지만 공모한 아이디어 문안을 나는 언제나 읽는다. 다만 심사권한은 없다. 심사위원들은 각 부서의 책임자들로 이루어져 있다. 직원 자신이 발의한 것이 채택되면 서로에게 좋은 일이다.

직원 입장에서 본 생각과 경영자 입장에서 본 생각이 일치되어 가는 과정이니까. 아이디어의 양은 많을수록 좋고, 질은 높을수록 좋다.

갤러리와
휴게실

나는 조회시간에 가끔 사원들에게 말한다.

"박사가 별 거 아닙니다. 우리 회사 포장부서에 5년만 근무하면 누구든 포장에는 박사가 될 겁니다. 그런데 왜 박사라고 부르지 않습니까? 체계적으로 논리를 정리하지 않으니까 그런 겁니다. 그 노하우를 정리하여 주변의 검증을 받으면 그게 박사논문입니다. 언제나 아이디어를 메모하세요."

이제 아이디어 공모전은 조직과 직원이 서로 상생하는 제도로 든든히 정착되었다.

열정의 블랙야크

패션 컨설턴트 다나베 히데노리

강태선 사장님과 함께 2009년 2월에 독일로 출장을 갔다 왔다. 세계 최대 규모의 뮌헨 국제 스포츠용품 및 패션 박람회(ISPO)였다. 강 사장님은 미국 솔트레이크 시에서 열린 아웃도어 리테일러 쇼(OR)를 다녀온 지 며칠 되지 않았을 때였다.

거대한 ISPO 전시장을 돌아보는 강 사장님의 발걸음을 따라다니기에 젊은 내가 힘에 붙였다. 아웃도어 시장에서 비즈니스를 오래 한 CEO답게 디자인과 색상, 그리고 원단에 대하여 꿰뚫어보는 시각이 놀라웠다. 단편적이지만 강 사장님의 상담을 지켜 본 바, 감각이 아주 뛰어난 분이라는 것을 알 수 있었다. 동물적 감각이랄까? 상담의 핵심을 뚫어 딱 이야기하는 걸 곁에서 듣다 보니 이 시점에서 블랙야크에게 필요한 게 무엇인지 정확하게 인식하고 있었다.

지금 한국엔 외국 유명 브랜드가 다 들어와 있다. 서로 벤치마킹을 통하여 성장하고 있으므로 디자인, 품질 모두 세계 평균적이라고 말할 수 있다. 다만 한국의 아웃도어 시장은 성장 과정에서 중간에 공백이 있었고 단기간에 컸다. 일본도 아웃도어 메이커는 많지만 마켓은 오래전부터 형성되었고 서서히 커 가고 있는 중이다. 다만 한국에서처럼 외래 브랜드가 아니라 일본 토종 브랜드가 1등을 하고 있다.

아웃도어 시장은 당연히 등산만이 아니다. 등산복만 고집하는 것은 더 큰 시장을 포기하는 것과 같다. 아웃도어이지만 라이프스타일로 시장을 확대해 나가야 한다. 등산복 메이커로 성장한 브랜드가 개발한 아웃도어는 캐주얼 패션화의 성공으로 자연스런 생활 속의 옷으로 확산되고 있다. 당연히 마켓이 커질 수밖에 없고 그 성장세는 당분간 지속 될 것이다. 한국도 요즈음 그렇게 가고 있다. 마치 교복처럼 학생들이 선호하는 아웃도어 의류는 시대의 요청이다.

등산복은 기능 쪽을 강조하는데, 패션화에 성공하려면 기능을 강조하면서도 크고 무겁다는 편견을 없애야 한다. 요즈음 청소년들은 감각적으로 만든 디자인을 따져 입는다. 등산복이 아니라 생활 옷이 되는 트렌드는 이미 아웃도어 시장에 접목되어 있다.

그러기에 이미지 마케팅이 중요한 것이다. 기능이 앞서가는 아웃도어의 특색에 패션 감각을 접목하여 시장에 내놓아야 한다. 그러기 위하여 나는 앞으로가 중요한 시점이라고 생각한다. 블랙야크의 전통을 지켜 나가면서 어떤 식으로 패션을 리드해 나갈 것인가를 고민해야 할 시점이다. 아웃도어 메이커뿐 아니라 스포츠 의류와도 싸워야 한다. 실제로 전쟁 상황이다. 싸워 이기려면 생활 스타일에 맞춰 로열티를 높여야 한다는 것이다.

전문가 입장에서 분석한다면 등산복에서 블랙야크는 다른 유명 브랜드에 비하여 결코 떨어지지 않는다. 까다롭기로 정평이 난 일본 시장의 블랙야크 진출은 그만큼 품질, 가격, 디자인이 검증되었다는 말이다. 다만 앞서 말한 대로 일상복으로서 패션의 감각을 보완해 나가야 할 지점에 와 있는 것이다.

해외 브랜드는 직영과 라이센스 계약이 있다. 직영과 라이센스 판매 방식에는 차이가 있다. 지금 해외 유명 브랜드는 직영체제로 가려는 경향을 보인다. 브랜드의 통합적인 이미지 관리를 위해서다. 블랙야크의 중국시장 진출도 그런 흐름을 따르고 있다. 중국 직영점도 좋은 위치에 자리 잡고 있으며 유명 백화점 입점은 마케팅 측면에서 매우 유리하다. 백화점을 이용하는 고객은 어느 나라에서나 고급 손님으로 인식되고 있다. 일류 백화점 입점과 좋은 장소의 대리점 확보는 서로 상승하는 이미지 메이킹을 가져온다. 중국의 시장이 크다는 건 누구나 안다. 예전엔 생산기지로서 의미가 있었지만 이젠 소비시장의 기능으로 바뀌고 있다. 전략적인 접근이 필요한 때라고 생각한다.

블랙야크의 성공적인 중국시장 진출은 모든 부분에서 시너지 효과가 있다. 그러나 이미지를 강화하여 인지도를 높여야 하는 과제가 남아 있다. 국내용을 벗어나 세계적인 브랜드로 나서기 위하여 블랙야크의 이미지 강화는 필수 조건이다.

 사내 분위기는 가족처럼 좋다. 인간적이고 직원끼리도 끈끈한 유대가 있다. 그건 강점인 동시에 약점이기도 하다. 일은 네트워크다. 더 중요한 건 일을 통한 커뮤니케이션이다. 각 부서마다 일의 종류가 다르므로 분위기가 다를 수밖에 없지만 일을 위한 목소리는 하나가 되어야 한다. 물론 부서마다 잘하고 있다는 걸 알고 있다. 그러나 내가 말하는 건 좀 더 효율적인 융합을 말하는 것이다. 브랜딩을 위해서는 좀 더 장기적인 기획이 필요하며 결정된 방향에로의 전사적(全社的)인 집중이 요구되는 것이다. 국내용을 벗어나 메이저급이 된다는 건 매출이 많다고 되는 건 아니다. 세일을 하면 당기 매출은 상승하지만 장기적으론 순간적인 처방에 불과하다. 소비자를 따라가는 게 아니라 소비자가 따라오게 하는 기획이 필요하다. 특히 아웃도어 비즈니스는 그렇다. 그런 부분에서 한국은 이제 시작이고 앞선 메이저 브랜드를 끊임없이 벤치마킹해야 한다.

그런 면에서 바쁜 CEO가 세계 아웃도어 쇼를 놓치지 않고 직접 찾아가는 열정은 조직에 큰 힘을 불어넣는다. 그런 정신을 따르려는 블랙야크 직원들을 보면서 큰 가능성을 느낀다. 내부 식구들의 그런 열정을 로열티로 등치시키는 노력이 끊임없이 필요한 부분이다. 블랙야크는 세계 브랜드를 지향한다. 나는 블랙야크가 그렇게 될 것을 믿고 있다. 한국에서도 해외 브랜드와 싸워 나가며 우뚝 선 블랙야크가 국제 브랜드가 되는 날이 기다려진다.

즐기며 몰입했던 수업

　나는 제주에서 고등학교를 마치고 상경한 후 바쁘게 살 수밖에 없었다. 그러나 누구나 그렇듯 새로운 배움에 대한 목마름은 끝이 없었다. 그래서 큰마음 먹고 40대 후반에 야간대학 전문대 과정에 입학했다.

　낮의 바쁜 일에 시달린 피곤한 몸이 과연 수업을 따라갈 수 있을까 내심 두려웠다. 그런데 오히려 수업시간에 정신이 맑아졌다. 그건 현장을 알고 나서 배우는 것이기에 그랬다. 배움이 즐거우니 체력은 문제가 아니었으나, 시간이 턱없이 부족했다.

　그래서 잠을 줄이기로 했다. 하루 5시간 이상을 잘 수 없는 버릇이 들다 보니 어느 사이 이제는 나의 생리가 되었다. 이런 강철 체력을 만들어 준 부모님과 그렇게 키워 준 한라산의 음덕에 감사하는 마음이다. 전문대 2년을 마치고 정규 대학교로 편입하여 뒤늦게 학사모를 썼다. 그러나 배움에 대한 갈증은 해갈되지 않았다.

　나는 그것으로 만족하지 않고 고려대 경영대학원(BMP)을 수료했다. 그후 동국대 경영대학원을 끝내고 다시 동국대 MBA까지 마쳤다. 5년 동안 석사과정을 두 개 끝낸 셈이다.

MBA졸업식

MBA 수업은 힘들었다. 30대의 젊은이들과 영어로 수업하는 게 힘들었고 강의 역시 영어로 진행되었기에 고생했으나 또 그런 대로 보람이 있었고 재미를 느꼈다. 현장 경험은 공부에 실질적으로 뒷받침이 되어주었다. 아는 것이 힘이란 말에 공감한다. 예를 든다면 생산과정의 프로세스다. 불량률을 제거하는 경제학 이론은 내가 현장을 잘 알기에 귀에 쏙쏙 들어왔다. 역시 이론은 굉장한 것이다.

학교에서 배운 이론을 현장에 접목시키니 불량률이 제로에 가까웠다. 불량제품을 생산하면 브랜드에 먹칠을 하는 것인 동시에 경제적으로 큰 손실이 발생한다. A/S 때문에 오고가는 운송비며 시간의 손실, 담당직원들의 업무 손실들이 그 속에 포함되어 있다. 현장을 잘 알고 있으니 학교에서 배운 이론을 충분히 접목시킬 수 있었고 불량률을 낮추는 것이 가능한 이유였다.

학교생활은 재미있었다. 나이 차는 많이 났지만 학교에선 언제나 인기가 좋았다. 산악인으로서 혹은 성공한 기업가로서 강연 요청이 많이

2008년 오은선의
히말라야 등정보

들어온다. 다른 곳에서의 강연 요청은 시간상 거절할 때가 있지만 내 고향 제주에는 가능한 한 꼭 간다. 단, 어디서고 나는 강연료는 꼭 받는다. 그걸 다시 돌려주더라도 그래야 한다. 1회 강연에 꽤 큰돈을 주는 걸 보니 1급으로 분류되는 모양인데, 나는 현장 경험을 위주로 이야기한다. 내가 경험한 것에 학교에서 배운 이론을 접목한 것이므로 공허한 말이 아니다.

산(山) 이야기를 주로 빗대어 경영을 말하지만 그렇다고 산뿐만 아니라 경제와의 연관성을 말한다. 한 번이면 끝났다고 생각하는데 다시 초대를 받는 경우가 많다. 세상엔 전문적 강사가 많지만 이론뿐 아니라 현장 경험이 함께하는 말이 가치가 있다는 증거다.

삶도 경영도 산과 함께

예전에 제주대학 최고경영자 과정의 강의 초대를 받았다. 교실을 메운 그들에게도 사업과 등반은 과정이 똑같은 것이라는 말을 했다. 등반은 전략을 짜고 열심히 훈련을 해야 한다. 체력, 하계·동계 훈련, 클라이밍, 눈사태에 대비한 훈련 등이 그것이다. 겨울 한라산을 찾는 이유가 그 훈련 때문이다. 그러나 힘든 훈련을 했다고 해서 등반에 다 성공하는 것은 아니다.

실제로 등반 시에 일어나는 변화는 예측할 수 없을 정도로 많다. 계획이 실패를 했다고 주저앉을 수는 없다. 불가피하게 전략에 변화를 줘야 하고 전략을 수정할 때도 있다. 카라반을 하다가 포터들과 임금문제로 트러블이 발생하기도 하고, 또 어느 지역은 그 지역 포터를 써 주지 않으면 통과가 불가능하기도 하다. 날씨가 나빠지면 운행에 차질도 있고 때로는 스트라이크에 추가 요금을 줄 때도 있다.

기업경영도 마찬가지다. 전략을 짠 대로 모두 성공한다면 누구나 성공한 기업가가 될 것이다. 그러나 현실은 역시 등반과정과 같다. 현장은 끊임없는 변화가 있다. 기업환경은 끊임없이 변화하는데 한 번 전략을 짰다고 그대로 시행할 것을 고집할 수는 없는 것이다.

특강 중

마치 등반대가 일정을 날씨에 맞춰서 수정하듯이 기업경영도 현장상황에 맞춰 변화를 주지 않을 수 없는 것이다. 자주 이런 강연을 하다 보니 여유도 생겨 가끔 청중을 웃기기도 하는데, 강연 중에 조는 사람이 없는 걸 보면 내 말이 설득력이 있는 것 같아 고맙게 생각한다.

내가 말하고자 하는 핵심은 '섬김 경영'이다. 고객은 왕이란 구호를 떠나 고객을 섬긴다는 자세가 왜 필요한가를 말하고자 한다. 상품의 최종 소비자는 고객이다. 그건 바로 고객이 주인이며 우리 회사의 소유자라는 생각을 해야 한다는 것이다. 고객에게서 나오는 돈으로 회사는 운영된다. 우리는 중간 관정에서 품질과 디자인을 주인의 취향에 맞게 만드는 것 뿐이다.

그러므로 주인을 섬기는 마음으로 최고의 제품과 최상의 서비스로 고객들의 니즈를 만족시켜야 1등 브랜드가 되는 것은 자명한 일이다.

바쁜 회사 일과 쪼개어 어쩌면 오은선 대장과 함께 히말라야를 갈지도 모른다. 세계 여성 산악계의 역사를 다시 쓰고 있는 오은선 대장에게 블랙야크는 전폭적인 후원을 보내고 있다. 히말라야 등반 산 선배로서 나는 그녀가 원하는 걸 도울 뿐 일체 간섭을 하지 않고 있다. 등반은 그녀가 하는 것이고 그녀는 이미 세계 산악계에 새로운 역사를 쓰고 있는 전문가이니까.

2009년도는 소의 해이며, 바로 야크의 해이기 때문에 블랙야크가 올해에 거는 기대는 크다.

그래서 강연 청탁이라든가 어떤 약속을 할 때면 상황에 따라 못 갈 수도 있다는 걸 전제한다. 히말라야는 참 매력적이다. 가 봐야 백색의 세계와 지근거리는 두통뿐이지만 늘 그리워하는 대상이 히말라야다. 가서 블랙야크도 보고 오은선 대장에게 격려의 말도 전하고 싶다. 누가 알겠는가? 오은선 대장의 역사적인 쾌거가 이루어지는 날 그 자리에 함께 있을 수 있는 영광을 얻을지.

2008년 마나슬루 봉
정상에 선 오은선 대장

주경야독의 실천

동국대경영부총장 한진수

MBA(Master of Business Administration)란 기업경영 전반에 걸친 이론학습과 사례연구를 통해 장래 기업조직에서 필요한 유능한 경영관리자를 양성하는데 그 목적이 있다. 수업내용도 실전과 유사하게 구성해 경영의 업무를 사전에 체험하는 동시에 CEO들은 자신의 경영 방식을 점검하면서 최신 이론을 접목 시키는 과정이다.

급변하는 환경 속에서 부단한 자기개발 없이 현상에 안주할 경우 쉽사리 도태되고 마는 세상을 살고 있다. 이런 무한경쟁 속에서 우리에게 주어진 제한된 시간과 재원의 한계를 넘어 뚜렷한 비전을 갖고 자신만의 역량을 키워나가야 한다. 우리 동국대 MBA과정은 글로벌 경영인의 창출이라는 시대적 소명에 한 발 앞서가는 혁신적인 교육기관이다.

어디나 그렇겠으나 우리 대학원의 최고경영자 과정이나 MBA 공부는 어렵고 힘들다. 특히나 강태선 사장은 경영 일선에서 아주 바쁜 시간을 보내는 CEO다. 새로운 학문과 시간과의 싸움을 생각건대 강태선 사장이 학업에 열중하는 시간은 힘들었을 것이다.

강 사장은 우리 동국대 경영대학원 최고경영자 과정을 끝낸 후 제 1회 MBA 과정까지 마쳤다. 그 시간이 내가 알기론 5년 정도 된다. 그 근기와 집념은 대단한 일이다. 학업에 전념하는 모습에서 교수들 사이에서도 인기가 좋았다. 강 사장은 언제나 에너지가 넘쳐 주변 사람들로 하여금 그 아우라를 나누게 하고 있다. 사실 적지 않는 나이임에도 젊은이들 보다 더 긍정적인 삶을 살고 있는 강 사장은 동문들 사이에서도 큰 형님처럼 존경을 받고 있었다. 그러니까 학생장을 두 번이나 한 것이 아니겠는가? 사실 강태선 사장 같은 분은 우리학교에서 꼭 모시고 싶은 분이다. 그런 인연이 5년간 지속되었다는 건 우리로서도 영광이다. 강 사장은 우리 학교에서 장학금을 받았는데 그분이 돈이 없어 받은 게 아니다. 그만큼 학교에 도움을 주었으며 학교가 감사한다는 반증인 것이다. 들리는 말로는 동문들을 블랙야크에 두 명이나 취업시켰다고 한다. 담당 교수로서 고마운 일이다.

중소기업에 취업하라는 말은 3-4학년에게 20년 전부터 하는 말이다. 대그룹 선호야 어쩔 수 없지만 결국 대기업의 조직원은 부분은 볼 수 있어도 전체를 보긴 어렵다. 대기업엔 소위 명문대라고 주장하는 인맥이 존재하는 게 현실이다. 그곳에서 생존한다는 게 참 어려운 일이다. 그럴 바에야 꿈을 펼칠 수 있는 중소기업을 찾으라는 말은 매우 설득력있는 지침이 된다. 경영이라든가 회계에 관하여 잘 가르쳐 바로 현장에 투입 될 수 있는 제자를 그런 중소기업에 보낸 후 감사하다는 말을 들을 때 보람을 느낀다.

사실 MBA 과정은 쉽지 않다. 강 사장 자신이 추구했던 등반처럼 공부역시 자신과의 치열한 싸움이 되었음이 틀림없다. 평소 잘 알고 있는 강 사장에게 공부의 어려움을 물어 본 적이 있다. 그때 강 사장은 "즐거우니까 한다. 배움은 즐거움이다."라고 말했다. 공부를 어렵고 힘들다고 생각하는 것이 아니라 일상적으로 즐기는 놀이처럼 생각하면 누구라도 재미있는 공부가 될 것이라는 말이다. 하긴 고사(故事)에도 그런 말이 있다. 공부하는 것이 노는 것이요, 노는 것이 공부하는 것이다. 학이유 유이학(學而遊 遊而學) 이 그것이다.

MBA 수업에 몰두했던 강태선 사장을 지켜보면서 주경야독(晝耕夜讀)은 바로 이런 분들을 두고 하는 말이라는 걸 실감했다. 낮에는 농사짓고 밤에는 글을 읽는다는 주경야독. 농경사회의 그 육체적 고단함 속에서도 공부를 이어가는 데서 이 사자성어가 만들어졌다. 여기에서 밭갈 경(耕)을 날 경영 경(經)으로 바꾸면 바로 강태선 사장을 지칭하는 것이다. 새로운 글로벌 경영방식에 대한 체득을 통하여 자신의 브랜드를 국제적으로 키우고자하는 꿈이 이루어지기를 바란다.

우리 MBA 과정은 피교육자 중심의 맞춤식 교육을 지향하여 실용적이며 내실 있는 교과과정을 가지고 있다. 국,내외를 비롯한 마케팅을 혁신적으로 이끌 창조적이면서 글로벌 스탠다드(Global Standards)에 부합하는 인재로 탄생 시키는 것이다.
현장경험은 매우 중요하다. 그런 면에서 강태선 사장은 이론을 배운 후 현장에 접목시키는 것이 아니라 현장 경험을 이론으로 검증 받는 과정이었을 것이다. 그런 경험이 이론 교육과 맞물려 모든 면에서 생산성의 품질을 한 단계 끌어 올려 시너지 효과로 나타나기를 기대하는 것이다. 우리 MBA를 끝낸 강태선 사장의 앞으로의 행보에 주목하는 부분이 바로 거기에 있다.

내가 학장시절 우리 대학에서 개교 백주년 기념으로 에베레스트 트레킹이 추진되었다가 진행 되지 못한 적이 있었다. 그때가 절호의 기회였는데 못 가본 것이 아쉽다. 그런 말을 하면 언제나 강 사장은 함께 그곳을 가자고 한다. 그 말대로 언젠가는 꼭 에베레스트를 갈 것이다. 등반은 못하더라도 강 사장과 함께 베이스캠프까지라도.

사람들의 행복과 불행을
좌우한다는 것은
정말 큰 부담이 아닐 수 없다.
그런 결정을 쉼 없이 해야 하는
경영자에게 지독한 고독과
외로움은 어쩌면 숙명과도 같은
것인지도 모른다.

1 블랙야크의 철학

경영철학

"네 영혼이 고독하거든 산으로 가라."는 어느 시인의 말이 있다. 사람은 누구나 외롭고 고독하다. 그렇지 않은 것처럼 보이는 사람도 그의 내면 한구석엔 언제나 외로움이 도사리고 있다. 사람이니까. 사람이니까 외로운 법이다.

한반도 최남단의 섬 제주도에서 서울로 상경한 후 나는 늘 외로웠다. 그 외로움은 가족과 죽마고우 친구들로부터 너무 멀리 떨어져 있다는 것일 수도 있으나 꼭 그것이 전부는 아니었다. 사업을 전개하는 과정에서의 외로움은 그런 감상적인 것만이 아니기 때문이다. 무엇이든지 결정을 내려야 하는 경영자로서 결단의 외로움이라고 보는 것이 맞는 말이지 싶다. 사업 규모가 작을 때도 결정의 순간은 매번 힘든 법이다. 다만 기업의 규모가 커지면 커질수록 거기에 반비례하여 스트레스 지수가 상승할 뿐이다.

따지고 보면 사업을 시작하면서 나는 끊임없이 결정을 내리는 순간의 연속선상에서 살고 있었다. 나의 결정이 잘못 되었을 때 얼마나 어려운 상황을 맞을 수 있는지 경험으로 배웠다.

그 지독히 쓴 맛은 경험자들이 잘 알 것이다. 또 한편 옳은 결정으로 기업의 성장이라는 달콤한 대가도 받았다. 그때는 목적한 정상을 오른 것처럼 성취감이 넘쳤다. 최고경영자로서 판단을 잘못했을 때 기업뿐 아니라 많은 사람들의 행복과 불행을 좌우한다는 것은 정말 큰 부담이 아닐 수 없다. 그런 결정을 쉼 없이 해야 하는 경영자에게 지독한 고독과 외로움은 어쩌면 숙명과도 같은 것인지도 모른다.

그렇게 대답하면 실망스런 표정을 짓는 사람도 있다. 무언가 그럴 듯 한 말을 기대했다가 평범한 대답을 들었다는 표정이었다. 하지만 그 말 이 품고 있는 속 깊은 내용을 아는 사람들은 내 말을 간단하게 이해한다. 산을 오르는 것과 기업경영은 많은 면에서 닮았다. 산 정상에 오르려면 오르막과 내리막이 중첩되듯 기업경영도 끊임없는 불확실성에 대한 도 전과 응전의 연속이다. 고독하고 외로운 것까지도.

산을 오르기 전 누구나 자신의 힘으로 과연 목적한 정상에 오를 수 있 을 것인가 생각하게 된다. 국내 산에서도 그걸 고민하고 결정을 내리지 만, 히말라야 원정 대장처럼 대원의 생사가 걸린 산을 오르려면 더 깊은 생각을 해야 한다.

훈련 상태, 체력, 의지, 기술, 팀웍, 보급, 경제, 입산허가에 현지 고용 인들의 채용에 이르기까지 고려해야 할 점은 기업과 똑같은 과정을 밟는다. 거기에 현지의 정치적 상황과 여러 변수를 분석하고 최종적으로 해낼 수 있다는 결정을 내리는 과정도 똑같다. 그럼에도 항상 변수가 생긴다. 과학적 일기분석이 틀리는 불가항력이 생겨 등정에 실패를 하기도 하고, 포터나 셰르파의 스트라이크도 생기고, 심지어 돌발 상황으로 대원을 잃기도 한다.

그럼에도 포기는 없다. 주어진 돌발 변수를 해결해 나가며 목적한 정상으로 향한다. 그런 결정을 내리는 원정대 대장처럼 최고경영자 역시 판단은 고독한 법이다. 그런 의미에서 영혼이 고독하거든 산으로 가라는 표현은 많은 의미를 함축한 금언이라고 생각한다.

조지 말로리

지금처럼 첨단 장비와 교통이 발달되지 않았던 1924년이다. 조지 말로리를 포함한 영국 원정대는 에베레스트를 도전하게 된다. 지금은 네팔 루크라까지 비행기가 가지만 그 시절엔 인도에서부터 걸어야 했다. 장비도 열악했고 산소도 없을 때니 정말 목숨을 걸어야 에베레스트 등반을 할 수 있었다. 실제로 조지 말로리는 그 등반에서 팀의 막내였던 앤드류 어빈과 함께 실종이 되었다. 돌아오지 않는 말로리와 어빈은 과연 에베레스트 정상을 밟고 실종 된 것인가, 그렇지 않았는가에 대해 세상은 몹시 궁금해했다. 만약 그들이 그때 정상을 오른 증거가 있다면 에드먼드 힐러리 경의 초등 역사가 바뀌는 것이니까.

1999년 산악인 에릭 시몬슨(Eric Simonson)이 대장이 된 다국적 원정대는 다큐멘터리 팀을 구성하여 조지 말로리의 시체를 찾아 나섰고,

급기야 정상 부근에서 그의 시신을 발견했다. 다만 그곳은 정상 부근이지 정상은 아니었다. 그런 조지 말로리가 에베레스트 등반을 떠나기 전 한 사람에게 질문을 받았다.

조지 말로리의 그 말은 이제 일반인도 사용하는 유명한 금언이 되었다. 사실 하나뿐인 목숨을 걸고 세계 최고봉을 오르려는 결정을 하기까지 조지 말로리는 얼마나 많은 고민을 했을까? 그 결정에 이르는 과정과 그 목적을 간단하게 설명할 수는 없겠다. 깊은 속내를 밝힐 시간적 여유도 없고 또 길게 설명해 봐야 상대가 이해하지 못할 것이기에 선불교의 선문답처럼 간단하게 말했을 것이다.

나는 기업도 마찬가지라고 생각한다. 산을 오르듯 경영한다는 것은, 미지의 산에 도전하는 산악인의 정신이라는 말이다. 산악인의 정신은 기업의 목적인 성공을 향한 의지로 무장한 경영자의 마음과 다르지 않다. 다시 말한다면 포기하지 않고 올라야 목적한 산을 등정할 수 있듯 기업정신 역시 그런 것이다.

산을 오르는 것과 경영이 닮았다고 이야기할 때 빼놓을 수 없는 조건이 있다. 성공은 기다리는 자의 것이 아니라 끊임없는 현안에 대한 도전 속에서 이루어진다는 것이다. 중요한 것은 과정이며 이 세상에 공짜는 없다. 등정을 위하여 혹은 기업의 성공을 위하여, 대장과 경영자는 외로운 결단을 해야 하는 엄중한 처지에 늘 노출되어 있다.

내가 그동안 수차례 히말라야 등반을 한 사실을 아는 사람들은 묻는다. 한국의 산은 오르기 쉬우냐고. 절대 그렇지 않다. 큰 산이나 작은 산이나, 산을 오르는 행위는 언제나 어려움이 있기 마련이다. 깊은 계곡을 건널 때도 있고 어떤 때는 험한 바위를 오르내릴 때도 있다. 여름 등반이 다르고 겨울 등산이 다르다. 야간 등산이 다르고 새벽 등반 환경이 다르다. 끊임없이 변화하는 시장 상황과 같이 산을 오르는 시간 역시 변화무쌍한 불예측성이 존재한다.

그렇듯 사업 역시 불변의 환경 속에 있는 게 아니라 높은 산처럼 시시각각 변하고 있다. 때로는 휘파람이라도 불고 싶은 완만한 능선이 나타나는가 하면 뜻하지 않은 눈사태를 맞을 때도 있다. 그런 불확실성을 극복해야 목적한 봉우리에 오를 수 있는 것처럼, 기업경영도 마찬가지다. 엄중한 비즈니스의 상황에선 도전정신과 좌절을 모르는 열정과 투지가 꼭 필요한 덕목이다. 그리고 어디까지나 자신의 능력을 똑바로 알아야 한다. 산을 오를 때 자신의 체력에 맞춰 산행을 하듯 기업경영도 자신의 능력에 맞게 해 나아가야 하는 것이다.

진검승부

그런 제반 상황을 고려해 고독한 결정을 내렸으면 열정적으로 돌파해 나가야 한다. 글로벌한 시대의 경제는 모든 움직임에 빠른 판단을 요구한다. 오죽하면 지구촌이라고들 할까. 아니 그 말도 이미 넘어선 것이,

한국 반대편 남미에서나 히말라야에서도 이메일 한 통이면 바로 옆방에서 대화하는 것처럼 할 수 있을 정도로 지구는 가까워졌다. 그러므로 스피디한 예측의 판단이 매우 중요해졌으며 움직임의 때를 잘 알아야 하는 것이다. 그런 한편 물러 설 때 역시 빠른 판단을 필요로 한다.

오히려 현대는 작지만 빠른 것이 크고 느린 것을 이기는 시대라고 할 수 있다. 과거 아날로그 시대에는 경험과 기술의 축적과 근면성이 경쟁력이었다. 그러나 우리가 살고 있는 현재의 디지털 시대는 창의력과 지혜에 더하여 스피드가 경쟁력이다. 누가 한 발 빠르게 미래를 준비하고 예상되는 문제점에 대하여 도전하여 완성하느냐에 따라 승패가 결정될 것이다.

어쩌면 이 말은, 이익이 있을 때는 나아가고 없을 때는 물러선다는 이기심이라고 가볍게 생각할 수도 있다. 그렇지 않다. 모든 일엔 때가 있으며 그 때를 놓치지 말라는 말이다. 초 단위로 금융시장과 사업 환경이 바뀌는 지금의 상황에서 경영자의 판단이 얼마나 중요한지 말하고 싶은 것이다.

사업은 진검승부와 같다. 일례로 검도(劍道)를 예로 들어 보자. 검을 들고 치고 들어가야 할 때라는 판단이 들면 전광석화처럼 나서야 한다. 그런 타이밍을 놓치고 물러서고, 물러서야 할 때 앞으로 나아간다면 이는 때를 놓친 것이다. 검도는 한 순간에 승패가 결정나는 시합이다. 생사의 갈림길에서 찰나에 때를 포착해야 하는 무술이다. 함부로 덤벼들어도 안 되고, 또 반대로 겁을 내고 물러서면 더욱 위험한 지경에 빠지게 된다. 또한 상대를 속이려는 경망스러운 몸짓은 손해가 될지언정 이득이 되지 못한다. 나아갈 때 나아가고, 물러설 때 물러설 줄 알며, 과감하게 공격하되 함부로 날뛰지 않는 절제된 판단이, 이 시대 경영자들에게 요구되는 덕목이라 생각하는 것이다.

말이 나온 김에 사무라이 집단에 대하여 생각해 보자. 사무라이의 무사도는 지금도 다시 생각하게 만드는 요소를 가지고 있다. 지나친 경도나 지나친 편견을 갖지 않는다면, 사무라이가 지녀야 할 덕목은 귀를 기울일 만한 가치를 지니고 있다. 차근차근 살펴보면 우리는 그 무사도가 공자·맹자 등 옛 선현들의 가르침과 놀랍도록 유사하다는 사실을 발견하게 될 것이다.

사무라이 규범 가운데 가장 엄격한 가르침은 의(義)이다. 의란 정의로운 도리를 가리킨다. 도리이기에 이것은 필연적으로 의무와 연결된다. 정의로운 도리, 즉 의리(義理)는 사무라이들에게 무엇을 해야 할 것을 요구하고 또 명령하는 것이다. 타인과의 관계가 1차적인 인간 감정인 애정만으로 이루어질 수는 없다. 애정을 갖고 있지 않다면 의지할 수 있는 것은 인간의 이성에 입각한 의무와 도리이다. 무엇이 정의로운 도리인가 하는 것은 시대마다 다를 것이며 개인, 집단의 가치관에 따라 다를 것이다.

혈기가 넘치는 무모한 용기는 도적이라도 가질 수 있는 것이다. 그러나 사무라이에게 있어서 용기란 반드시 의(義)가 뒷받침되어야 한다. 공자는 "의가 없으면 용기도 없다."고 말했다. 사무라이들이 말하는 용기가 반드시 강건한 육체에서 비롯되는 용맹스러움만을 뜻하는 것은 아니다. 용기의 정신적인 측면은 침착함이다. 진정으로 용기 있는 사람은 항상 침착하고, 결코 놀라지 않으며, 어떤 일이 일어나도 마음의 평정함을 잃지 않는다.

산악인들의 의리는 유별나다. 서로 믿고 의지하지 못한다면 어떻게 밧줄 하나에 내 목숨을 맡기고 등반에 나설 수 있겠는가? 미지의 세계를 탐색하려는 산악인과 새로운 시장을 개척하려는 기업인의 의지는 그런 면에서도 아주 많이 닮았다.

아무도 오르지 않은 정상을 향해 공략시기를 결정하는 정확한 판단, 나가고 물러설 줄 알아야 하는 자제력, 거기에 올인하는 똑바른 노력이 필수다. 지극하면 서로 통한다는 말대로 불교에서 말하는 팔정도(八正道)는 이런 부분에서 시사하는 바가 크다. 바른 견해(正見), 바른 사유(正思惟), 바른 말(正語), 바른 행위(正業), 바른 생활(正命), 바른 노력(正精進), 바른 마음챙김(正念), 바른 정신집중(正定)이 그것이다.

(주)동진레저의 여명

그러므로 앞서 내가 말한 '산을 오르듯 경영한다.'는 표현은 사실적이다. 히말라야를 오르는 전문 산악인이 한국의 작은 산을 오른다고 쉬운 게 아니다. 힘든 건 누구나 매한가지다. 그러나 누구는 정상에 오르고, 누구는 못 오르는 현상을 볼 수 있다. 내가 볼 때 그건 인내력의 차이라고 생각한다. 누가 더 끈기 있게 물고 늘어지느냐, 포기하지 않고 끝까지 매달리느냐에 따라 소위 프로와 아마추어의 차이가 생기는 것이다.

국내 시장에 등산용품이 처음 등장한 것은 1960년대 후반부터였다. 군수품을 개조한 엉성한 등산용품이 초기 시장을 형성했다. 60년대 말만 하더라도 산에 다니는 사람을 이상하게 보던 때였다. 당연히 등산은 일 없는 백수이거나 극소수의 전문가만 하는 것으로 인식되었다. 그러므로 등산장비를 만들거나 수입하는 사람도 없었던 때였다. 통관절차를 거친 등산장비 수입품도 세관 당국의 눈으로 볼 땐 사치품으로 분류해 높은 관세를 물렸다.

그래서 당시 텐트와 침낭과 배낭은 미군 야전용 일색이었다. 취사도구도 군용 반합이었고 등산복도 군복을 개조하여 염색한 것을 입고 다녔다. 신발도 워커가 주를 이뤘으니 군수품이라고 헌병에게 빼앗기기도 했던 시절이다. 그러다가 겨우 국산장비라고 부를 수 있는 등산용품이 양산된 것은 1970년대 초반이다. 그것을 한국 등산용품의 여명기로 볼 수 있다.

68년 제주 오현고를 졸업한 나는 대학진학의 갈림길에서 돈을 벌기 위해 상경했다. 대학진학을 하기에는 홀어머님의 고생이 너무 싫었던 이유도 있었다. 남대문에서 옷 도매장사를 하던 이모집에서 장사를 배우기로 결심했다. 의류상을 하는 이모를 도우며 2년간 생산과 유통, 자재, 경리, 자금의 모든 부분을 관리하며 장사에 대한 자신감을 쌓았다.

당시 남대문에 성행하던 좌판 수준의 군용 개조 등산장비업을 유심히 살펴보게 된 계기가 그때였다. 나 역시 한라산을 무수히 오르내렸으나 서울이 그 정도였으니 등산장비에 대해선 문외한일 수밖에 없었다. 아웃도어 개념이 없었을 때였으니 그렇게 한국은 등산용품이나 의류에 대하여 불모지나 다름없었다. 당시 산에 오르는 사람을 보는 사회의 시각도 싸늘했다. 할 일 없는 동네 한량이나 실업자로 여길 정도로 등산에 대한 인식은 부정적이었다. 일반인들에겐 당연히 관심이 없었고 일부 전문 산악인만 등산을 했던 시기이기도 했으니까. 남대문 시장에는 그런 개조된 군수품 등산장비를 파는 곳이 몰려 있었다.

시간이 지나며 좀 더 구체적으로 등산용품에 주목하게 되었다. 나 자신이 한라산 자락에서 태어나 산을 좋아하는 탓도 있었으나 분명히 사업으로서 전망이 있어 보였다.

당시 내 판단으로는 경제가 발전하는 속도에 비례하여 등산용품 시장은 분명히 규모가 커질 것이라는 생각이 들었던 것이다. 지금처럼 산악인이 천만 명이라는 숫자는 꿈에도 생각하지 못했고 아웃도어 시장이 이렇게 커질 줄도 몰랐다. 다만 일본에 비추어 볼 때 국민소득이 높아지면 필연적으로 야외 활동의 빈도가 잦아진다는 걸 믿었다. 분명히 호황의 시대는 올 것이라는 생각이 들었다.

그러나 그 생각만으로 등산용품 장사에 뛰어들겠다는 것은 망하겠다는 말과 같았다. 하지만 나는 뜻을 굽히지 않았다. 그래서 70년대 초, 이모로부터 독립하여 등산용품 장사에 본격적으로 뛰어들었다. 뛰어들어 봤자 남들처럼 소규모 소매형식이었으나 그곳에서 등산용품 시장이 커질 거라는 내 확신은 점점 구체화되어 갔다.

오래 기다린 덕분일까? 아니면 당시 정세가 그랬을까? 장사는 그런 대로 잘되었다. 개조한 군용품과 드문 외제품을 취급하면서 제대로 된 국산 등산용품을 꼭 만들어 보겠다는 오기도 작용했다. 그런 목적의식과 자존심이 종로5가에 등산용품만 취급하는 '동진산악'이라는 등산전문점 간판을 걸게 했다. 서울시 종로구 종로5가 321-25번지. 지금도 그 자리에 있는 동진매장이 그곳이다. 10평의 공장과 3평짜리 매장을 겸한 그 장소가 나중의 (주)동진레저의 첫 출발지였다. 그때가 1973년 2월이었고, 내 나이는 20대 중반이었다. 종로에서 처음 등산용품점을 시작할 때도 그곳 역시 제대로 된 시장이 없었다.

등산용품의 생산

동진산악 자체 공장에서 '자이언트'라는 브랜드로 처음 배낭을 만들기 시작했다. 초창기에는 동호인 중심의 산악회에 배낭을 공급하며 시장을 두드렸다. 그렇지만 국산 등산용품 시장은 도무지 커질 기미가 보이지 않았다. 그래도 기다렸다. 나름대로 틀림없이 호시절이 온다는 시장의 흐름과 예측을 믿었고 거기에 산악인 특유의 오기도 발동한 것이다. 77년부터 '프로자이언트'라는 자체 브랜드로 텐트, 배낭, 침낭, 신발을 비롯한 등산용품 제작을 본격적으로 시작했다. 용품의 국산화 초창기였으므로 당시 우리는 손꼽히는 장비제작 업체였다. 우리 동진산악의 본격적 종로 진출은 군용제품이나 워킹용품 위주의 판매를 하던 동대문을 전문등산장비 거리로 탈바꿈시키는 역할도 했다.

그 시절을 알 수 있는 작은 에피소드가 하나 있다. 당시는 전화조차 귀할 때였다. 가정용 청색전화와 사업용 백색전화가 있었는데 그때 받은 동진산악의 전화번호가 2266-3493이다. 그 전화번호는 지금까지 나와 함께 하고 있다. 앞의 국번호에 2자가 하나 더 붙은 채 36년의 세월을 지내 온 것이다.

몇 년 전 어느 늦은 밤, 그 번호로 낯선 사람의 전화를 받았다. 미국에서 걸어 온 전화였다. 오래전에 이민을 갔다는 교민이었다. 한국에서 산을 다닐 때 장비를 사러 종로 동진산악을 자주 들린 추억 때문에 일부러 걸었다는 귀한 전화였다. 당시엔 카라비너와 피켈처럼 암벽이나 빙벽 장비라든가 수입 버너와 배낭 등 등산용품이 동진에 제일 많았다는 것이다. 동진에 걸린 이탈리아 캐신 피켈을 너무 비싸 만져보기만 한 추억도 떠올렸다.

내가 종로시대를 잊지 못하듯 고객도 그 시절을 소중한 추억으로 간직한 것이 틀림없다. 그 사람은 나를 잘 아는 듯했고 나도 대화중에 그 얼굴을 기억할 수 있었다. 함께 산을 다닌 선배였다. 그게 미안하고 안타까웠지만, 우리는 한동안 종로 시절에 대하여 이야기를 나누었다.

그렇게 동진산악에서 법인을 만들며 (주)동진레저로 바뀐 종로의 매장은 나에게 잊지 못할 애환과 추억이 깃든 장소다.

지금의 블랙야크를 창조해 낸 현장이자 내 젊음의 땀이 고스란히 묻어 있는 곳이기 때문이다. 지금도 그 매장에 애정을 기울이고 있는 이유가 바로 거기 있다.

당시 전문 산악인들 사이에 "동대문 간다."는 말은 종로5가에 밀집한 등산장비점으로 물건을 사러 간다는 말에 다름 아니었다. 등산장비점 하면 일반인들에게는 남대문 시장의 등산장비점이 주로 알려져 있지만 전문등반가들은 종로를 선호했고 아직도 버릇처럼 그쪽을 찾는다.

이것은 한국의 초창기 산악운동이 시작될 때부터 그곳이 산악인들과 인연이 맺어진 때문이다. 이곳이 번성하게 된 동기는 교통편도 한몫했다. 종로5가는 도봉산이나 북한산으로 가는 버스가 출발하던 정류장이 있었으니, 자연스레 이곳에서 출발 약속을 하거나 하산 후 모임을 갖게 되었다.

그래서 산악인들의 발길이 끊임없이 이어졌던 것이다. 지금도 종로의 장비점은 젊은 날 산에 빠졌던 고참들이 향수를 잊지 못해 자주 찾고 있다. 근처의 먹자골목 역시 산악회

블랙야크의 시발이 되었던 종로점

집회로 붐비는 이유가 그런 전통이 있기 때문이다.

이는 일회성 손님들이 자주 찾는 남대문 시장과 차별화된 종로만의 문화이기도 하다. 1970년 경부고속도로가 개통되고 동대문종합상가 일대에 고속버스터미널이 생겼다. 자연스레 동대문시장이 각 지방에서 올라오는 소매상들의 집결지로 활성화되자, 이곳의 등산장비점들도 그 덕을 톡톡히 보았다. 점차 등산 인구가 늘어나는 추세였고 도매를 하다 보니 버너, 배낭, 텐트 등 물량이 딸렸던 호시절이 있었다. 그 당시 이곳의

호황 시절에 장비 도매와 소매로 돈을 번 사람도 꽤 있었다.

나는 '자이언트' 앞에 '프로'를 붙인 '프로자이언트' 브랜드를 하나 더 만들고 1977년엔 용품 생산을 다변화하여 텐트, 침낭까지 만들기 시작했다. 또한 기하급수적으로 늘어나는 산악인들을 위하여 정식으로 통관절차를 밟아 수입된 기술 장비를 매장 가득 진열해 놓기도 했다. 그것이 소문이 나서 전문 산악인들에게 사랑을 받았듯 좀 전에 말한 미국교민의 전화도 그 시절의 회상일 것이다.

신바람 산바람

1982년 1월 야간통행금지가 해제되었다. 이름을 줄여 야통으로 불리던 통행금지는 사실 경제활동에는 적 같은 존재였다. 해방 이후 남한에 진주한 미군정 사령관이 치안유지의 명목으로 도입한 야통은 같은 아시아 국가 중 유일한 한국적 비극이었다. 1945년부터 1981년까지 37년간 지속되었던 야통은 국민의 생활을 통제했던 대표적인 악법이었다. 야통은 밤에 발생하는 범죄를 미연에 예방할 수 있다는 순기능도 일부 있었지만, 국민의 기본권인 신체의 자유를 구속한다는 비판을 늘 받아 왔다.

경제는 다른 말로 시간과의 싸움이며 물류다. 그런데 통금 시간에는 공장도, 물류 수송도 멈춰야 하니 참 답답한 노릇이었다.

그런데 그게 해제되었다. 야간통행금지 해제 배경은 86아세안게임 및 88올림픽을 앞두고 경제활동 활성화와 관광사업 진흥을 도모하기 위한 것으로 설명하고 있다.

어찌 되었든 야간통행금지 해제는 국민의 기본권과 자율권을 회복한 상징적인 사건이었다. 또한 국민의 생활에도 많은 변화를 가져오게 되는데, 철야영업의 간판을 내건 가게가 등장하고 극장에서는 심야영화를 상영하여 화제가 되기도 하였다. 산업계는 2교대 근무를 3교대 근무로 바꾸어 공장을 하루 24시간 내내 가동할 수 있게 되어, 수출 지향의 한국경제가 성장을 가속화할 수 있는 새로운 계기가 되기도 하였다.

당연히 등산업계에도 신바람이 불었다. 전국을 야간에도 자유롭게 이동할 수 있게 된 산악동호인들은 그야말로 물 만난 고기였다. 그때 등장한 것이 '무박산행'이었다. 통금이 해제되자 나는 토요일 오후에 목적지까지 야간에 달리고 산행이 끝난 일요일 서울로 돌아오는 무박산행이라는 상품을 개발해 전국의 산을 찾아가기도 했다.

가장 기본적인 장비가 없는 사람이 태반이었던 걸 보면 그 때는 등산이란 산에 가서 놀다 오는 것으로 인식되던 시절이었다.

생활이 바쁜 서울 사람들에게 야간산행이 새로운 유행으로 자리 잡았다. 등산 인구가 기하급수적으로 늘어나는 것과 함께 무박산행 역시 코펠과 텐트, 배낭 등 등산용품을 불티나게 팔려나가게 한 히트상품이었다. 그런 여러 요인이 중첩되어 자연히 등산용품업계는 호황을 맞았다. 물건이 없어 못 팔 정도가 된 것이다.

역시 내 예측이 맞았다. 오랜 기다림은 약이 되었다. 장비의 국산화를 준비한 자와 준비를 하지 않은 자의 차이였다. 동진레저는 그때 외형이 크게 늘었다. 산악인구는 점점 더 늘어만 갔다. 한국의 국민소득이 높아지며 등산 인구가 폭발적으로 늘어나기 시작한 것이다. 거기에 통행금지 해제로 등산용품업계는 도약의 전기를 맞았던 것이다.

또 하나 잊을 수 없는 일이 있다. 정치가 불안정한 상황에서 각 정당들이 '정치적 산악회'를 많이 만들었다는 것이다. 김영삼 전대통령이 만든 민주산악회가 대표적인 예일 것이다. 70년대에서 80년대로 넘어가던 시기의 정치적 격동이 등산업계에 힘을 보탠 것인데, 정치인들이 잘 안 풀릴 때마다 산을 찾은 것도 산악 홍보에 많은 힘이 된 것은 웃지 못할 사실이다. 물론 사람이 있는 곳에 표가 있다는 정치인들의 쇼였겠지만 산을 찾는 사람들이 그만큼 늘었다는 반증이기도 한 것이다.

그때 동진레저는 호황기를 맞았다. 남대문에서 종로로 옮기며 꾸준하게 등산 쪽만 바라보며 사업을 전개했던 덕분이었을 것이다. 물론 모든 사업이 늘 순탄한 길만 있는 건 아니다. 그러나 넘지 못할 벽이 없다는 긍정의 힘과 절대 좌절하지 않겠다는 스스로의 다짐이 나를 변화시켰다고 믿는다.

그런 지혜를 나는 산에서 배웠다. 등산의 본질은 결국 자기 자신과의 싸움이기 때문이다. 숨이 턱에 차고 힘든데 정상을 오르는 길이 끝이 안 보이면 스스로 포기하고 싶을 때가 수도 없이 많다.

하지만 그 순간 좌절하고 싶은 자신과 타협하지 않고 소처럼 우직하게 한 걸음 한 걸음 나아가야 한다. 그런 노력이면 어느새 정상에 올라 있는 자신을 발견하게 될 것이다. 그런 보편적인 진리는 산뿐만 아니라 삶에도 적용되는 법칙인 동시에 사업에도 준용되는 원리라고 나는 항상 생각해 왔다.

2 한국경제의 기적

3저시대의 본질

등산업계만 호황이 아니었다. 당시 한국경제 역시 도약기였다. 소위 '3저 호황시대'를 맞은 것이다. 미국발 경제위기 유탄을 맞고 있는 지금 우리가 눈여겨볼 대목이다. 과거를 알면 미래가 보이는 것이니까. 당시 달러 가치가 평가절하되면서 거기 맞물려 있는 일본 엔화가 절상되었다. 그렇다 보니 한국의 수출경쟁력이 좋아졌다. 또 선진국 금리가 낮아지므로 외채상환 압박이 줄어들었다. 거기에다 당시 유가가 10달러대로 하락했던 것이다.

이것이 한국을 도약시킨 3저 호황의 실체다. 3가지 상황이 겹치면서 1986년에는 건국 이래, 사상 최초로 31억 3,000만 달러의 무역흑자를 달성할 수 있었다.

4,000억을 넘나드는 지금이야 그렇지만 당시로 보면 꿈같은 수치였다. 거기에 힘입어 경제성장률 또한 1986년의 12.9%, 1987년의 13%, 1988년의 12.4%로 고공행진을 이어갔다. 그것이 소위 한강의 기적이다.

그런데 '약한 달러'는 재정적자와 무역적자의 쌍둥이 적자에 시달리던 미국이 인위적으로 만든 것이다. 여기에 주목해야 한다. 1985년부터 미국의 무역수지 개선을 위해 엔화와 마르크화의 평가절상을 유도한다는 기조로 정책을 편 결과 한국이 어부지리를 얻은 것이니까.

일본과 독일의 눈부신 성장 이면엔 미국의 쌍둥이 적자가 있었다. 따라서 그 두 나라를 견제한다는 미국의 그런 정책 발표 1주일 만에 엔화는 8.3%, 마르크화는 7%가 절상됐고 달러의 가치는 이후 2년 동안 30%가 폭락했다. 이로써 일본의 수출품은 경쟁력이 떨어졌으며 그 추세가 부동산의 거품붕괴로 이어지면서, 지금까지 후유증을 앓고 있는 일본의 '잃어버린 10년'의 바탕이 된 것이다.

아무튼 그때는 한국의 수출이 비약적으로 신장하고 경제가 호황을 맞은 시기였음은 분명하다. 국민소득이 올라가고 여유가 생기면 자연히 여가활동과 함께 자신의 건강을 챙기게 된다. 산악인구가 늘어날 수밖에 없던 구조였다.

지금 세계경제가 요동치고 있다. 과거를 보면 미래가 보인다는 말대로 그 당시 세계경제와 한국경제를 비교해 볼 만한 가치도 있는 것이다. 나중에 언급하겠지만 블랙야크의 중국시장 진출도 중국의 국민소득이 한국처럼 일정 부분 올라가면 아웃도어에 대한 욕구가 늘어난다는 판단에 따른 것이다. 그리고 우리나라와 견주어볼 때, 좀 빠른 듯해도 그때가 적기라는 생각에 주변의 만류를 뿌리치고 진출한 것이다.

글로벌 시장으로의 도약을 꿈꾸는 블랙야크로서는 세계경제에 민감할 수밖에 없었다. 지금 요동치고 있는 달러와 엔 가치의 고공행진은 과연 어떤 현상을 불러올까? 그 부분을 집중하여 바라볼 이유가 바로 거기 있다.

유사 이래, 특수를 맞았던 3저 호황의 첫째 요인은 일본의 엔고 현상이었다. 엔에 비하여 원의 가치하락은 한국의 해외시장 가격경쟁력을 강화시켰다. 그 결과 수출이 늘어나고 무역수지가 3년 내리 기록적인 흑자를 기록하게 된 것인데, 이는 순전히 미국의 경제정책 때문에 한국경제가 얻은 어부지리라는 건 이미 밝혔다. 둘째로 은행의 저금리는 제2차 석유파동 이후 침체에 빠진 경제를 부양하려는 선진각국의 지속적인 금리인하 때문이었다.

1981년 하반기부터 시작된 노력이 더욱 탄력을 받아 1985년 이전 8%를 웃돌던 유로달러 금리가 1986년 이후에는 6~7% 수준을 유지하게 되었다. 이로써 한국 외채의 65%를 차지하던 변동금리 부 외채 상환 부담이 그만큼 줄어들었다.

마지막으로 저유가는 1985년 12월 OPEC 회원국들이 고정유가제를 폐지, 시장점유율 확대경쟁을 하게 하면서 도래하였다. 그 결과 1985년 이전 배럴당 30달러선이던 텍사스 중질유가 1986년 이후에는 10달러대로 하락하게 되었다. 현재도 하늘 높은 줄 모르고 배럴당 200달러까지 뛴다는 예측이 무색하게 50달러 선을 지키고 있다.

그 당시 유가 하락으로 한국경제는 수출가격경쟁력이 비할 바 없이 좋아졌고 경상수지는 1986년에 이어 1987년 98억 5,000만 달러, 88년 141억 6,000만 달러의 흑자를 기록하게 되는 것이다.

물론 이런 과실은 한국이 가장 크게 혜택을 받았으나 아시아 경제 내부에서도 변화가 일어났다. 중국을 비롯하여 말레이시아, 태국, 인도네시아 등 후발 개도국들의 성장률도 그때 두드러지게 나타났다.

대기업들의 시장 진입

그런 호황 속에서 국민들은 건강에 관심을 가지게 되고 산악인구가 급증했던 것이다. 동진레저가 성공하자 대기업들이 외국 브랜드를 런칭하며 기다렸다는 듯 국내시장에 뛰어들었다. 경쟁은 치열해졌고 시장은 금방 포화상태에 도달했다. 자금력을 앞세운 대기업과 힘겨운 싸움이 시작된 것이다. 나는 고민 끝에 당시 뒤처지는 브랜드 인지도를 제품력으로 극복하겠다는 승부수를 띄웠다. 나는 그때 인건비가 싼 중국이나 동남아 공장을 마다하고 국내 직영공장을 고집했다.

높은 원가부담을 감수하며 시도한 정면돌파는 성과를 거두었다. 그러나 시장엔 언제나 피 말리는 경쟁이 있게 마련이다.

통금해제에 이어 아시안게임에 서울올림픽 특수까지 바라보게 되자 한국 굴지의 그룹도 앞 다투어 등산용품 시장에 뛰어든 적이 있었다. 바야흐로 아웃도어 춘추전국시대가 열린 것이다.

무한경쟁이었다. 재벌들은 나름대로 외국과 합작한 브랜드를 선보였지만 그 틈바구니 속에서도 동진레저는 전혀 밀리지 않았다. 당시 동진레저를 모르면 간첩이라는 말이 산악인들 사이에 회자될 정도였으니까.

88올림픽 특수를 타고 한국의 스포츠 용품의 제조기술과 디자인도 상당 부분 업그레이드되었다. 올림픽을 맞아 정부가 추진한 국제규격 표준이 당시에 있었다. 거기에 맞춰 기술 개발을 하는 업체를 육성하기 위해 보조금도 주고 인증서 제도도 도입했다. 당연히 국내의 의류는 세계 수준까지는 아니더라도 상당한 수준의 품질을 구축했던 시기였다.

그런데 올림픽은 성공했는지 모르지만 스포츠용품 시장이 매우 어려운 시기가 또한 그때였다. 언뜻 이해가 안 가지만 그건 사실이다. 기술력이 증진되었는데 부도를 내는 업체가 속출했다. 잘 나갔던 P회사, H사, N사 등이 그때 관리업체로 전환되었다. 그 원인 분석에는 여러 가지 이유가 있으나, 나는 시장의 부재(不在)에서 그 원인을 찾는다.

88올림픽이 끝나자 그 좋아진 품질의 스포츠용 의류를 팔 시장이 없어진 것이다. 품질좋고 대량 생산 체계는 구축해 놓았는데 국내 시장에선 그것을 소화시킬 시장이 없었다. 눈을 돌려 해외 시장을 보면 더 깜깜했다. 미국에는 나이키, 유럽에는 아디다스와 푸마, 일본엔 미즈노와 아식스등 유명 브랜드가 판치고 있었는데 신생의 한국 브랜드는 그것과 싸울 여력이 없었다. 당시 구매력이 없는 중국에 팔수도 없었다.

그러나 우리는 그때도 견딜 만했다. 의류가 아닌 등산용품이 주력 상품이었으니까. 1990년까지 동진레저의 등산용품은 만들기가 바쁘게 팔려 나갈 정도로 바쁜 시절을 맞았다. 그 좋았던 시절 장비점마다 자체 브랜드도 많이 개발하였으나 지금은 찾아보기 힘들다. 당시 우리가 만든 프로자이언트와 블랙야크, C사, D사, S사 정도를 꼽을 수 있다.

70년대에는 아웃도어라는 개념이 없을 때였다. 당시 내가 개발한 브랜드는 자이언트와 그것을 발전시킨 프로자이언트였다. 장비국산화를 해 보자는 호기심에서 배낭 등 등산장비 제작에 나선 것이고, 그게 제대로 된 동진의 제조업 시작이었다. 장비점을 운영하며 알 수 있었던 각종 브랜드와 장비의 장단점을 분석해 국산화에 심혈을 기울였다.

우리의 고객들에게 고품질의 제품을 저가에 공급하기 위한 것이었고 그렇게 함으로써 더 많은 수요를 만들어 내려는 전략적 차원의 효과를 노렸다.

두 개의 자체 상표를 토털 상품화시키는 데 성공한 우리 동진은 장비점으로서는 당시 대표적으로 성공한 브랜드라 할 수 있다. 동진은 종로통의 대형 장비점으로 굳게 자리 잡았고, 우리가 개발한 브랜드 프로자이언트 배낭이나 코펠 등의 제품도 호평을 받기 시작했다.

그러나 앞서 말한 대로 기업의 운영은 산행과도 같다. 오르막길이 있으면 반드시 내리막길이 있다. 시대적 격동은 등산업계에 약도 되지만 독도 되었다. 또 한 번의 바람이 불었다. 그 바람은 등산용품업계에 대지진과 함께 후폭풍을 몰고 왔다.

1992년, 산에서의 취사와 야영이 전면 금지된 것이다. 당연히 야외용품인 코펠과 버너를 만드는 소규모 업체에 가장 먼저 불똥이 튀었고 텐트를 만들던 중견기업들도 휘청거리기 시작했다.

당국이 산에서의 취사나 야영을 전면 금지한 것은 국민들이 산을 먹고 마시는 장소로 인식한 탓도 있다. 하지만 그래도 전면적인 금지는 우리로서는 받아들이기 힘든 극약처방이었다. 그 여파로 등산용품업계의 70% 이상이 문을 닫을 정도로 심각한 타격을 입었다. 불황이 없을 것이라 믿었던 동진레저도 예외는 아니었다. 아니 오히려 잘 나가던 동력 때문에 나는 더 혹독한 시련기를 겪어야 했는지도 모른다. 역시 세상엔 공짜가 없다. 당연히 감당하기 어려운 고통도 따랐다. 장사는 그런대로 할 수 있었지만 제조업은 또 다른 분야였다. 역시 경험과 현장을 몰랐거나 거시경제 흐름을 알 수 없었던 탓일 수도 있었다. 장비 제조업에 본격적으로 뛰어든 나는 그때 거의 망하다시피 했다.

포기는 없다

그때 잊을 수 없는 에피소드가 하나 있다. 1993년이었다. 현대자동차가 야심작인 소나타 새 모델 출고기념으로 전 사원들에게 침낭을 선물하려는 계획을 세웠다. 원하는 선물을 추천하라는 노조의 앙케트에 직원들은 침낭을 압도적 지지로 결정했다. 그런 결과가 나온 것은 그때 우리나라에서 등산 붐이 일기 시작한 것과 무관하지 않았다.

급작스레 결정된 기념품이라 그런지 3만 2,000개의 침낭 공개 입찰이 8월 15일에 있었다. 그런데 납품기일이 9월 6일이었다. 20일 안에 물건을 만들어 납품을 하라니! 이건 당시의 생산 규모로 볼 때 어느 업체도 감당할 수 없는 말도 안 되는 입찰이었다. 낙찰을 받더라도 20일 안에 3만 2,000개의 침낭을 만든다는 건 불가능한 일이었다.

침낭에 소요될 원부자재를 준비하는 시간에도 못 미칠 기간이었다. 설혹 원부자재가 마련되었다고 해도 생산이 문제였다. 우리 공장 생산시설을 24시간 풀가동해도 20일 후의 납기를 맞추기는 불가능한 상황이었다. 당연히 말도 되지 않는다며 경쟁업체들은 모두 응찰을 포기했다. 우리 동진도 내부적으로 반대가 많았다. 도저히 불가능한 일이라고.

다른 곳도 그렇지만, 대기업과의 납기를 못 지키면 당연히 클레임을 당하기에 회사는 큰 손해를 입을 것이었다. 금전적인 피해와 함께 그간 쌓아 온 우리의 신용도 추락할 것은 분명했다. 당시로서는 큰 물량이었으니 아무리 궁리해도 어려운 문제였다.

그러나 그 당시 회사는 어려운 상황이었고 돈이 되는 그 물량을 놓치기에는 너무 아까웠다. 그리고 이렇게 주어진 기회를 놓친다면 험난한 시장논리에서 어떻게 살아남을 것이며, 또 앞으로 무수히 만날 더 어려운 문제들은 어떻게 풀어나갈 것인가 하는 생각이 들었다. 짜지 않은 소금이 의미가 없듯 이윤이 없는 기업 역시 무의미한 것 아닌가!

그때 문득 외로웠다. 동시에 그 외로움 속에서 내가 힘들게 겪어 냈던 산행이 생각났다. 외롭기 때문에 치열하게 이를 악물고 버틴 시간들. 바로 불가능에의 도전 정신이었다. 전쟁터를 방불케 하는 생존의 세계에서, 등반에 나설 때처럼 나를 믿을 수밖에 없다.

누가 나 대신 정상에 가 줄 수 없다는 것을 잘 알고 있다. 내가 오르려 결심하면, 스스로에게 무서운 집념과 힘을 쏟게 할 것이다. 그냥 치고 정상을 오를지, 아니면 여기에서 야영을 하고 내일 오를 것인지, 아예 철수를 할 것인지를 결정해야 할 순간이었다.

결단의 과정은 삶을 죽음으로 바꾸기도 하고 죽음을 벗어나 생존으로 나가게 하기도 한다. 등반은 언제 집중하고 힘을 써야 할지 판단을 하게 한다. 사업 역시 그러하다면 이제 전사적으로 역량을 쏟아 부어야 할 때가 된 것이라는 결론을 얻었다. 이것이 우리 회사의 한계를 시험해 보는 기회가 될 것이며, 끝까지 도전해 보자는 생각이 동시에 들었다.

현대자동차에 단독으로 입찰을 했고 낙찰을 받았다. 왜 이것을 만들어야 하는가에 대하여 직원들을 설득하고, 그들과 함께 해낼 것이란 투지를 불살랐다. 위기를 극복하는 초인적인 힘을 발휘해 보자고 직원들을 설득했다. 사업도 그렇지만 개인의 삶에 있어서도 가장 큰 적은 유혹이다. 겁이 나 물러서고 싶은 유혹. 현실에 안주하고픈 유혹. 남들이 편하게 간 길을 따라가고 싶은 유혹. 이런 것을 파괴하고 우리 한 번 불가능에 도전해 보자. 눈에 핏발이 선 내 설득이 주효했는지 직원들이 작심을 하고 나섰다. 곧이어 침낭 생산에 들어갔다.

24시간 돌아가는 봉제공장에서 많은 생각이 들었다. 주어진 상황을 이겨 낸다는 그런 투지가 없고 현실에 머물고 싶어 한다면 그건 경영자에겐 히말라야에서 맞닥뜨리는 눈사태와 같은 것이다. 잠시 살려고 하다 영원히 잠을 자게 만들 눈사태를 나는 이겨 내야 했다.

가슴으로 흘린 눈물

장사가 잘 된다는 동진의 1년 침낭 판매 숫자가 1만 개 정도였다. 3만 2,000개라는 숫자는 상상이 안 가는 숫자였다. 피할 수 없다면 즐기라는 말대로 직원들이 마음을 다잡고 생산을 시작했더니 놀라운 결과가 보이기 시작했다. 생산량이 날이 거듭될수록 눈에 띄게 늘어나는 것이었다.

모든 직원들이 밤샘을 하며 최선을 다했으나 목표량은 아직 끝이 안 보였고 납기일은 다가오고 있었다. 마른 수건 물 짜는 식으로 우리는 죽기 살기로 일에 매달렸다. 최고조의 생산능력을 동원하니 납기 며칠 전에는 하루 300개씩 생산되고 납기 이틀 전에는 500개씩 완제품이 나오기 시작했다.

마지막 이틀 동안 믿지 못할 놀라운 생산량이 나온 것이다. 물론 나도 그랬지만 직원들은 마지막 이틀 동안 전혀 잠을 자지 않았다. 졸다가 기계를 돌리고, 또 깜빡 졸다가 기계를 돌리면서 침낭을 만들어 냈던 것이다.

20일간의 전투가 끝나는 날 우리는 결국 침낭 3만 2,000개를 만들어 냈다. 지금 생각해도 그것은 정말 대단한 일이었다. 그 짧은 시간에 3만 2,000개를 만들어 납품했다는 것은 기적 같은 일이었다. 납품을 끝내고 맥주 몇 박스를 사서 공장 직원들을 찾아갔다. 직원들은 그 맥주를 마시다가 그 자리에 푹푹 쓰러져서 잠이 들었다. 그 모습을 뒤로 하고 공장 문을 나서는 내 눈에는 이미 흥건한 눈물이 고여 있었다.

경영자라는 것은 늘 칼날 위에 서 있는 느낌을 갖는다. 사업이란 모두 돈과 연관이 되어 있다. 돈이 중심축 역할을 하며 거래처, 고객, 은행, 회사 직원, 경쟁사까지 얽히고설켜 있다.

경영자치고 신중하지 않은 사람은 없다. 한발 삐끗하면 크레바스에 빠지는 것이 사업이니까. 그러나 그 칼날을 벗어날 수도 없는 게 또한 경영자란 생각이다. 도전하고 이루어 낼 때의 희열과 성취감은 히말라야 정상에서 느끼는 것과 느낌이 같은 것이기도 하므로.

그렇게 사업을 전개해 나가며 나는 새로운 시대에 대한 고민을 시작했다. 한국의 등산장비 업계는 곰곰이 따지고 보면 몇 번의 부침이 있었다. 77년 고상돈 대원이 한국인 최초로 에베레스트를 오른 후 등산 붐이 크게 일어나며 장비업도 호황을 맞았다.

79년 10월 26일, 박정희대통령 시해사건이 일어나자 계엄령이 선포되며 등산객들의 발길이 뚝 끊겼다. 그러나 그것은 잠시였다. 80년 들어 통행금지가 해제되자 등산장비업계 전체가 크게 살아났다. 그때가 종로 장비 거리에서는 가장 장사가 잘 된 때였을 것이다.

그러나 다시 한 번 시련의 시기가 찾아왔다. 역시 사업은 예측불허다. 1992년, 산에서 취사와 야영이 금지되면서 등산장비 업체들은 된서리를 맞은 것이다.

당시 등산시장 중 용품시장이 90%라면 의류는 10%에 불과했다. 갑자기 야영과 취사 금지 조치가 내려지자 업체의 70%가 망했다. 취사야영금지제로 버너, 코펠, 텐트 등의 수요가 끊어지며 매출이 급전직하로 곤두박질쳤다. 우리 동진도 이러한 업계 전반의 불황이 그대로 전해 왔지만 다른 업체가 문을 닫아도 우리는 힘겹게 버티고 있었다. 그 시기엔 참으로 절망스러웠고 고통스러웠던 시절이었다.

시간이 많았으므로 그때 참 산을 많이 찾았다. 한편으로 그때는 내가 만든 장비를 직접 사용하며 장단점에 대해 공부한 시기이기도 했다. 따지고 보면 제주도가 한라산이니 그곳을 오르내리며 산을 알다가 서울에 와선 바쁜 관계로 산을 잊었었다. 그러나 장비를 직접 체험하지 않고는 고객이 원하는 것을 실감할 수 없었기에 다시 시작한 등산은 반면교사 역할도 했던 것이다.

블랙야크를 만나다

그러나 시간이 갈수록 시장 상황은 더 나빠졌다. 나는 여기저기 번지던 급한 불을 끄고 사업 규모를 축소했다. 자연히 시간이 더 남았다. 그 시간을 활용해 내가 꿈에 그렸던 히말라야 등반을 가기로 했다. 93 초오유, 시샤팡마 원정 단장으로 후원을 하며 엄홍길 등반대장과 함께 간 원정이다. 난관에 봉착했을 때마다 산을 오르는 생각으로 힘을 얻었던 나는 히말라야에서 한 생각을 가다듬었다.

그곳에서 찾아낸 해법은, 90%의 등산용품 시장에 비교할 때 10%에 불과한 등산의류 시장에의 진출이었다. 그리고 투박한 아웃도어 의류에서 패션 감각과 기능성을 접목한 등산복을 만들겠다고 생각했다. 그때까지만 하더라도 등산복은 산악인들만 사용하는 전문장비로 인식되던 때였다. 산악계뿐 아니라 아웃도어 시장의 수평적 보급을 위해서 등산용 의류를 패션과 접목해 새로운 시장을 개척하겠다는 계획이었다. 여태 해 오던 등산용품에서 내 나름으로 발상의 전환을 한 것이 바로 등산의류였던 것이다.

그런 생각을 구체화시키던 차에 티베트에서 우리 원정대 짐을 운송하던 검은 야크를 만났고 거기서 블랙야크라는 상표를 얻은 것이다.

항상 산에서 아이디어를 얻었듯 히말라야에서는 한국에서 새롭게 펼칠 브랜드 이름을 받은 것이다. 히말라야에서 돌아오자 나는 즉시 미국으로 날아갔다. 고어텍스 등 고급소재를 공급하는 회사들을 방문하여

계약을 맺고 차분하게 아웃도어 의류시장에 진입하기 위한 변신을 준비
했

주력 아이템 등산용품에서 의류로 돌리며 블랙야크라는 상표로 제품
을 시장에 내놓을 준비를 시작했다. 이듬해부터 블랙야크 의류는 시장
에 선을 보이기 시작했는데, 그때 나는 파격적으로 검은 색상을 도입했
다. 당시 우리의 시도는 큰 뉴스거리였다. 왜냐하면 검은 색상의 등산복
이라는 생각은 아주 생소했기 때문이다. 그런데 그게 적중했다. 인기를
얻어 본격적으로 대량 출시한 것은 1996년부터인데, 그때 나처럼 주 아
이템을 의류로 돌린 업체들은 대개 살아남았다.

패션을 가미한 블랙야크 등산복은 '산에 패션 시대가 온다'는 광고
를 타고 서서히 등산계에 퍼지기 시작했다. 경쟁업체들도 검은 색상의
등산복을 출시하기 시작했다. 그 검은 색상의 등산복이 한동안 등산문
화의 트렌드가 된 적이 있었고 우리 동진레저의 규모는 상대적으로 커
져만 갔다.

어떻게 보면 나는 기회가 오면 놓치지 않는 사업 운이 좋았다고 할
수 있다. 그러나 그것이 전부는 아니다. 기회는 기다리는 자에게 온다는
것은 받을 준비를 전제로 한 말이다. 나는 기업을 경영하는 데 올바른 결
정을 내리기 위해 블랙야크의 임원들과 토론도 하고 조언을 받는다.

그래도 결정에 대한 책임은 언제나 최고책임자에게 돌아온다. 자신
의 결정을 지켜보는 눈들이 항상 있기에 올바른 판단을 위해 자신을 가
다듬고 노력하고 있지만, 한번 결론을 얻으면 불같이 밀어붙이는 것도
산이 준 지혜일 것이다.

IMF와 블랙야크

　호사다마라던가? 아니면 사업은 역시 산을 오르듯, 오르막이 있으면 반드시 내리막길이 있는 것일까. 1997년 느닷없이 IMF가 찾아왔다. 아니 말이 틀렸다. 세상엔 느닷없이 찾아오는 것은 없다. 찾아올 것이 찾아왔을 뿐이다. 3저 호황을 맞아 경제가 좋아지자 한 맺힌 것처럼 너도나도 해외여행 붐을 이룬 시기였는데 여행 수지적자는 그때부터 누적되기 시작했다. 물론 그것이 전부는 아니고 구조적 문제가 있었지만 곧 닥칠 국가부도 사태를 누구도 몰랐다는 말이다.

　거시적 안목으로 대비를 하지 못한 탓에 단군 이래 우리나라는 가장 큰 고통의 시간을 견뎌 내야 했던 것이다.

　당시의 시대적 상황을 이해하는 것은 매우 중요한 일이다. 그래야 한 번 걸려 넘어진 돌에 두 번 걸리는 실수를 안 하는 법이니까. 3저 호황을 누렸고 그 과실을 달게 따 먹었던 그 당시 한국경제의 성장세는 주식시장의 표현을 빌린다면 천장을 쳤다. 그 이후로 급격한 둔화 현상을 보이고 있었다. 그 현상은 1990년대로 넘어가며 기업들의 가동률이 급격히 떨어지고 무역수지가 적자로 넘어가는 시기였다.

　올림픽 특수 이후, 한마디로 한국경제의 취약성이 그대로 노출되던 때라고 말할 수 있다. 흑자 행진을 계속하던 무역수지는 1990년에만 약 22억 달러 손실로 나타났다. 3년 후인 1993년에 이르러 적자 폭은 열 배 이상 더 커져 237억 달러가 되었고 당해년도의 외채는 1,045억 달러에 이르고 있었다.

이쯤 되면 나라가 못 견디는 것이다. 끔직한 IMF 사태가 그때부터 예고되고 있었다. 산이 높으면 골이 깊은 법이다. 그러나 당시 김영삼 정부는 기초 펀더멘탈이 튼튼하므로 일시적 유동자금의 경색이라는 공허한 발표만 내놓았다.

악재는 그것뿐이 아니었다. 1990년대부터 불기 시작한 세계경제의 화두는 시장개방이었다. 1993년 우루과이라운드 협상 타결과 그때까지 세계교역의 질서를 조정해 온 GATT 체제가 사라지고 대신 WTO 체제가 된 것이다.

그건 한마디로 각국의 '총성 없는 무한 경제전쟁'의 돌입을 알리는 계기가 되었다. 또한 자국 이익을 위하여 세계경제는 블록화로 나가고 있었다. 1994년 유럽경제지역(EEA)과 북미자유지역(NAFTA)이 그것이다. 이와 같이 거역할 수 없는 시대의 흐름 속에 수출로 경제를 이끌어 가던 우리나라도 할 수 없이 시장개방에 동참한다.

1997년 말까지 우리나라의 수입 자유화율은 99.9%에 달했다. 거의 완전개방에 가까운 것이었다. 또한 김영삼 정부는 선진국의 경제협의체체인 경제협력개발기구(OECD)에 가입했다. 대통령이 자신의 치적이라고 자랑하는 사이 국민들도 선진국이라도 된 양 의기양양했다. 폼 한번 잡은 대가는 혹독했다.

OECD가 요구하는 경상무역의 거래자유화, 자본이동에 대한 규제해제를 했다. 아직 기초체력이 없는 우리나라로서는 구조적 모순이 한꺼번에 터지게 되는 시한폭탄을 껴안은 셈이 되었다.

그 말이 증명된 것이 한보, 기아그룹, 삼미, 진로, 대농, 해태, 뉴코아, 한라, 청구 등 재계 상위 순위를 달리던 대기업들이 줄줄이 부도가 난 것이었다. 대기업의 도산은 필연적으로 금융혼란을 가져왔고 은행은 대출금 회수에 나서게 된다.

결국 견디다 못한 정부는 1997년 국제통화기금(IMF)에 구제금융을 신청한다. 한국이 디폴트 직전에 몰린 초유의 사태가 벌어진 것이다. 그 후 우리나라는 IMF관리체제로 들어갔고 당연하게 블랙야크에게도 시련의 시간이었다. 대기업의 부도와 금융권의 혼란은 증시에도 영향을 미쳐 주가지수가 400대 이하로 떨어졌다. 자연히 외국 자본은 빠져 나가고 환율은 지금처럼 급등했다.

중국의 진출

시장 상황의 불안은 블랙야크에게도 시련의 시간이었다. 서로 유기적으로 연결된 현대 경제에서 거품이 꺼지던 때였으니까. 문제는 그때 우리 동진레저에서 중국에 진출 중이라는 점이었다. 우리 동진의 중국 진출은 93년에 저가 노동력을 활용한 생산기지를 중국에 만들자는 개념으로 접근했었다. 한·중 수교 직후인 93년, 중국의 싼 인력을 보고 처음 20만 달러를 투자해 다롄(大連)에 제품공장을 차렸다.

그런데 얼마 뒤부터 어처구니없는 일이 이어졌다. "당신 공장에서 전기를 너무 많이 써서 인민들이 쓸 전력이 모자란다."고 일방적으로 전기를 단전해 버리는가 하면 "동진 공장 차가 너무 다녀 도로가 망가졌다."며 도로보수비를 요구했다. 그 돈을 주지 않으면 도로를 막아 버렸다. 중국인 공장 직원들은 원단을 빼돌리고도 "전부 옷 만드는 데 썼다."
며 태연하게 말하곤 했다.

　다롄 공단은 기초공사도 안 된 상태로 기반시설, 물류 시스템 등이
엉망이었다. 우리는 '묻지 마 투자'에 대한 실패를 인정하고 결국 2년
만에 공장을 철수했다. 비싼 수업료를 내고 중국을 배운 시기였다. 그러
나 소득도 있었다. 이때의 아픈 경험을 바탕으로 96년 50만 달러를 투자
해 톈진(天津)에 생산라인을 재설치하고 정착시키는 데 성공했으니까.

　결과적으로 나는 중국에 두 번 도전한 셈이다. 비싼 수업료를 내고
배운 학습효과 덕분인지 처음은 실패였지만 재도전은 성공적으로 시스
템을 안착시킬 수 있었다.

　두 번째 도전은 생산과 함께 그동안 꿈꾸어 오던 중국의 소비시장을
공략하기로 했다. 톈진(天津)의 생산라인은 소비시장 공략이 주안점이
었으므로 원부자재를 한국에서 가져다가 소품봉제용으로 돌렸다.

　중국 아웃도어 소비시장을 파고든다는 계획대로 1998년엔 베이징에
블랙야크 1호점을 열었다. 당시 아웃도어 시장이 형성돼 있지 않던 중국
에서 블랙야크 1호점은 모든 브랜드를 통틀어 최초의 전문 매장이었다.

　IMF사태가 진행 중이었던 그때 국내에선 그런 나를 무모하다고 말
렸다. 정신 나간 사람이 아니냐는 냉소에 가까운 말도 들었지만, 시장
선점의 기회를 잡기 위해 나는 모험을 선택했던 것이다. 물론 그때 나를
말린 사람들의 충정을 이해 못하는 건 아니다.

　기업은 투자에서 성장 동력을 얻는다. 무한경쟁에서 멈춰서면 바로

넘어지는 속성을 가지고 있는 게 기업이다. 그런 상황에 투자를 지속한다는 건 모험이었다. 금융 혼란으로 산업생산과 설비투자는 감소하고 있는 상태였기 때문이다. IMF로 한국의 생산 증가율은 전년 대비 마이너스 6.1%를 기록하게 된다. 많은 기업이 자포자기 상태에 놓인 시기였다.

그 여파로 중소기업의 생존율은 아주 각박했다. 우리처럼 중소기업은 더 말할 나위 없이 어려웠다. 그 자신도 살아남으려는 금융권은 대기업에 대해서도 여신회수에 바빴는데 중소기업에 대해서는 말해 무엇 할까.

돈줄은 막히고 투자는 개점휴업 상태였던 시기였다. 당시 달러 당 환율이 1,900원대로 치솟았는데 어떻게 중국투자가 가능했겠는가. 수출과 수입이 끊기니 대그룹들도 자구책을 강구 했던 시기이기도 했다. 실업대란, 저성장에 고물가라는 스태그플레이션이 온 때였다. 한국이라는 나라도 그렇지만 동진레저 역시 총체적 위기에 빠지게 된 때 자금압박 속에 투자를 계속한다는 건 큰 모험이었다.

지금은 IMF 때보다 더 어렵다고들 말한다. 글을 쓰면서도 정부의 경제대책이 정말 중요함을 새삼 느낀다. IMF의 상황은 정부의 아마추어리즘으로 더욱 악화되었기 때문이다. 김영삼 정권의 과시욕 때문에 선진국 클럽으로 불리는 OECD에 무리하게 가입하면서 국민들에게 세계화의 환상을 심어 주게 된다.

그 결과 해외여행이 급증하면서 앞서 말한 대로 만성 해외여행 적자가 기록되기 시작했다. 그때는 정부는 물론 전문가들도 몰랐다고 하는데 어떻게 한 국가의 경제를 책임지는 부처에서 국가부도 사태를 예견하지 못했단 말인가?

　　나쁜 조짐으로서의 시작은 당시 재계 13위였던 한보그룹의 부도였다. 자산 5조에 부채가 무려 6조 6천억에 이르는 메가톤급 충격이었던 것이다. 비교적 건실한 것으로 알려진 한보가 도산하자 외국인 투자자들은 한국경제를 다시 보기 시작했다.

　　한국 정부의 국정 능력과 구조조정 의지를 의심하던 차에 기업 신용도까지 재평가해야 할 사건이 터진 것이다. 국제 신용평가기관인 미국의 무디스는 한보의 주거래처인 제일은행은 물론 대출이 많이 물려 있던 외환은행, 조흥은행도 신용등급을 하향조정하였다.

　　3월 20일에는 삼미그룹이 특수강의 공급과잉과 북미 현지투자 실패로 도산하였고 진로그룹, 대농그룹 등이 계속 부도를 맞았다. 기업들의 부도로 손실이 커져 가자 금융기관들은 부도 가능성이 있는 기업으로부터 대출을 조기회수하기 시작했다. 그 결과 상대적으로 건실한 기업까지 어려움에 처하게 되었다.

　　쓰나미처럼 몰려온 부도 릴레이는 재계 8위 기아자동차 사태로까지 발전했다. 기아가 법정관리로 넘어가자 외국인 투자자들의 한국에 대한 인식은 돌이킬 수 없이 나빠졌다.

　　스탠더드 앤 푸어스는 8월에 한국을 '안정적(Stable)'에서 '부정적(Negative)'으로 하향 평가했고 10월 말경에는 A-로 다시 낮췄다. 이는 우리나라가 외환위기의 벼랑으로 내몰리게 되는 결정적 신호탄이었다.

　　10월 28일 미국 증권회사 모건 스탠리(Morgan Stanley)는 국제 증권딜러들에게 "아시아 지역에 투자된 자금을 회수하라. 손해를 보더라도 현 단계에서 즉각 팔아치우고 빠져나오라."는 내용의 긴급 통지문을 보냈다. 이날, 원화 대비 달러는 폭등하기 시작했고 가격 제한폭까지 급등하여 거래가 중단되었다. 이때부터 정부가 개입했지만 이미 백약이 무효가 된 것이다.

드디어 11월 21일 국제 통화기금 지원금융 신청에 들어갔고 12월 3일 IMF의 지원 결정이 났다. 총 85억 달러를 지원받으면서 우리는 IMF 관리체제에 들어간다.

3 폭풍이 휩쓴 땅에도 꽃은 피고 샘은 솟는다

위기를 기회로

정부의 경제대책은 정말 중요한 것이다. 아마추어가 정책을 책임지는 자리에 있다면 정부를 믿고 따르는 기업들은 방향을 잃고 주저앉게 되는 것이다. 앞선 실패에서 교훈을 얻고 두 번 다시 같은 실수를 반복해서는 안 된다는 말이다.

그런 상황 속에서 오랜 시간 고심한 끝에 우리는 중국에 계속적인 투자를 하기로 결단을 내렸다. 위기일수록 준비하는 자에게는 기회도 함께 찾아온다는 생각이었다. 생존 전략은 의외로 간단했다.

이미 궤도에 오른 기존의 한국 마켓을 공고히 하는 동시에 새 시스템을 적용한다는 것이었다. 모든 부분의 가능성과 개선점을 다시 하나하나 점검했다. 업무품질, 제품품질, 사람품질이 그것이다. 그 과정을 통하여 제품의 완전무결한 생산이 존재하는 것이니까.

　　그것은 대기업이나 중소기업이나 같이 적용되는 생존 방식이다. 동진레저는 우리의 방식대로 군더더기를 뺀 효율극대화를 통하여 해내겠다는 근성을 체질화시켜 나갔다. 그 결과 긍정적인 효과도 얻었다. 우리 제품의 품질과 기능성은 믿어도 된다는 인정을 두루 받게 되었으니까. 그때는 참으로 판단 지점이 어려운 때였다. 계속투자 결심을 하게 만든 배경은 '사람품질'의 믿음에 따른 것이다.

　　적기 투자라고 생각이 들면 다른 사람들이 놀랄 정도로 나는 과감하다. 물론 그 결정은 시스템에 의한 것이며 그런 막중한 결정을 하게끔 나는 임원들에게 전폭적 신뢰를 보내고 있다.

　　우리 모두는 누구나 할 것 없이 궁금해하는 것 하나가 있다. 그것은 자신이 속해 있는 조직이나 단체, 기업에서 자기를 어떻게 평가하고 어떤 시각으로 바라보고 있을까? 라는 것이다. 그건 나도 마찬가지여서 기업을 운영해 오면서 내 주변에 있는 사람들과 우리 직원들이 날 어떻게 보고 있는지 종종 궁금해질 때가 있다.

　　그런데 어느 날 마음을 비웠다. 그런 생각을 버린 것이다. 그것이 그렇게 중요하지가 않다는 생각이 들었기 때문이다. 그런 생각은 자신의 주관이나 소신, 철학이 없는 사람들이 하는 걱정이라는 걸 알았다. 하루가 다르게 환경이 변하는 글로벌 시대에 갈 길은 험난하고 멀다. 누구나 꿈꾸는 성공을 하기 위하여서는 누가 날 어떻게 평가하는지를 궁금해하는 것 보다 나 자신이 어떻게 평가받을지를 먼저 규정하는 게 옳다. 자신이 선택한 그 방향대로 움직이면 다른 사람보다 더 빨리 목적한 지점에 도달할 것은 분명하고 거기에 따른 평가를 받으면 되는 것이니까.

최초의 아웃도어 전문점 블랙야크

그렇게 IMF가 한창 진행 중이던 1998년 중국 베이징에 블랙야크 1호점을 오픈했다. 11년이 지난 오늘날 블랙야크는 옌사(燕莎) 등 베이징의 유명 백화점 18곳에 입점했고 직영 매장 15곳을 가지고 있다. 이 가운데 9개는 중국의 수도 베이징에 자리하고 있다. 대리점은 상하이, 선양(瀋陽) 등 대도시에 103곳이 운영되고 있다.

한국 브랜드도 많이 들어왔는데 결국 견디지 못하고 한두 군데 빼놓

블랙야크
북경 1호점 오픈

고 철수를 했거나 철수 중이다. 단기 이익을 보고 투자를 한다는 건 중국에선 이제 통하지 않는다. 쓴 시련은 기업을 단련시킨다. 그런 수련의 계절을 견디어야 열매가 맺는다. 중국에서의 작은 성공은 이제 시작이지만 시장을 선점하면 결국 시장을 지배한다는 가장 기초적인 경영원칙에 따른 덕분이라고 생각한다.

어느 나라에나 준용되는 법칙이 한 가지 있다. 노동력을 팔아먹는 건 일정한 사이클이 있다. 나는 그 기간을 15년 정도로 보고 있다. 한국을 보면 그것을 알 수 있는데 1975년부터 한국은 저임금으로 수출입국을 이루어 냈다. 그것이 꽃을 피우며 85년을 거쳐 90년에 한계가 온 것이다. 그런 공식을 중국에 대입한다면 중국도 15주년 사이클이 맞다.

1996년부터 활발히 발전한 중국 경제는 이제 13년차가 된다. 앞으로 2년 정도가 중요한 시기라는 생각이다. 지금도 중국이 예전처럼 저임금이 아니라고 난리들인 걸 볼 때 값싼 노동력에 편승하는 건 더 못 버틸 것이고 그 문제는 앞으로 더 심화될 것이 분명하다.

지금은 유명 외국 브랜드까지 가세해 한국 아웃도어 시장이 수조 원대를 바라볼 정도지만 초창기 시장은 보잘 것 없는 규모였다.

현재 한국의 등산의류업계는 전대미문의 호황을 누리고 있다고 말한다. 그러나 그리 오래 가지는 않을 것이라는 걸 기억해야 할 것이다. 그 대안으로 중국 진출의 선택은 우연이 아닌 필연이라고 생각한다.

블랙야크가 중국 시장을 개척한 것은 지금의 수익이라는 단기적 전망 때문이 아니다. 등산이라는 개념이 없는데다 산을 즐기는 인구도 적은 데가 중국이다. 지금도 장화나 고무신, 또는 운동화로 산을 오르는 사람들이 대부분일 정도로 중국의 등산용품 시장은 한밤중이다. 하지만 나는 거기서 무궁무진한 성장 가능성을 본다. 현재 중국은 서울올림픽을 끝낸 우리나라의 그때와 너무 비슷한 상황이다. 소득도 높아지고 아웃도어에 대한 안목도 높아졌다.

차세대 한국을 대체할 시장이 부재한 상황에서 다음의 시장은 중국 대륙이다. 중국의 5% 인구만 산을 찾더라도 6,500만 명이나 된다. 일반 국민의 소득도 꾸준히 올라가고 있지만 상위 10%인 1억 3,000만 명은 한국의 평균 소득을 넘어섰다는 통계가 있다.

이런 점을 볼 때 중국의 소비시장은 이미 형성되어 있는 것이다. 우리가 블랙야크 1호점을 낼 때만 하더라도 무주공산이었는데 지금 중국 시장을 보면 세계의 유명 브랜드가 모두 모였다. 물론 숫자에 함몰하여 갑자기 들어간다고 해서 사업이 되는 게 아니다.

중국이라는 시장은 결코 만만한 곳이 아니다. 그런 기업은 매운 맛을 보고 철수를 하는 걸 많이 보았을 것이다. 중국은 아직도 사회주의를 고수하는 나라다. 따라서 중국 시장은 미리 개척하고 노하우를 쌓아 놓아야 자리를 잡을 수 있는 곳이다.

중국의 약진

당연히 중국 업체들도 자체 브랜드를 만들기 시작했는데 아직 품질이 떨어져 블랙야크와 경쟁 상대가 아니다. 블랙야크가 명품으로 소문이 나고 시장을 선점하다 보니 비싸도 팔려 나간다. 블랙야크 제품은 중국 브랜드보다 1.8~2배나 비싸다. 2003년부터 외국 브랜드들이 중국에 진출하고 있으나 이미 시장을 선점한 블랙야크를 넘어서진 못하고 있는 상황이다. 블랙야크는 현재 중국 아웃도어 시장 점유율 3위를 기록하고 있다. 1, 2위는 저가의 중국 브랜드가 차지하고 있으므로, 고가의 외국 브랜드로는 블랙야크가 유럽의 유명 브랜드를 앞질러 1위인 셈이다.

블랙야크는 차별화·고급화 전략과 동시에 매장에 있는 대부분의 제품을 한국산으로 디스플레이했다. 한국산이 중국 제품보다 고급스럽다는 이미지가 중국인들에게는 강하기 때문이다.

처음 8년간은 한국 블랙야크가 생산한 제품을 직접 가져가 한국 브랜드라는 걸 알렸다. 한국 브랜드라는 인식이 확실히 심어진 지금, 소재는 한국에서 가져가고 중국 현지공장에서 생산하는 제품의 비중을 늘리고 있다. 그러나 초창기 블랙야크 브랜드 이미지가 강하게 심어져 있기 때문에 중국 소비자들은 제품의 원단과 디자인이 한국에서 온다는 걸 잘 알고 있다.

중국의 개인 소득이 가파르게 올라가고 있으므로 이젠 생산보다는 소비시장에 주목할 때라는 생각이 든다. 5년 후쯤이면 등산장비나 용품의 생산도 중국에서 일반화될 것이다.

중국 시장은 지금도 우리의 열 배 크기다. 크고 새로운 시장을 지척에 두고 무시한다면 기업이 생존할 수 없다. 물론 시장개척은 하루아침에 이루어지지 않는다는 걸 유념하고 각고의 노력과 오랜 숙성시간이 필요하다. 초기 중국 투자가 실패로 끝났을 때, 그 실패를 미래를 위한 투자며 자산이라고 여기기로 했던 나의 생각은 결과적으로 옳았다.

그런 지혜를 나는 등반에서 배웠다. 실패 시에는 언제나 일어날 수 있다. 그러나 그것을 딛고 다시 도전해야 한다. 등반이란 결국 골짜기와 능선을 합리적으로 오르고 내리는 행위라고 볼 수 있다.

나는 사업도 이와 같다고 생각한다. 여러 가지 어려움이 있다고 사업을 포기한다면 더 이상 기회는 없는 것이다. 어렵더라도 숨을 고르고, 우회하더라도 꾸준히 가다 보면 정상에 이르듯이 좌절하지 않는다면 다시 기회가 오는 것이다.

위기는 언제나 올 수 있는 것이다. 그러나 위기와 함께 기회도 온다는 마음으로 대처한다면 두려워하기만 할 일이 아니라는 결론을 얻는다. 블랙야크의 중국 진출에 대하여 한국 사회는 우호적인 평가를 해 준다. 가끔 중국 시장에 대해 강의 요청도 들어오는데, 나는 시간이 허락하면 기꺼이 연단에 선다.

그때마다 나는 앞으로 5년 내에 중국에서 세계 최고의 스포츠 용품 브랜드가 나올 것이라고 예견한다. 현재 세계의 고급 브랜드 제조공장이 중국에 다 들어가 있다. 기술이전도 급속도로 이루어지고 있다.

그리고 소비시장은 급속도로 팽창하고 있는 중이다. 생산과 소비가 모두 가능한 대형 시장을 배경으로 두고 있으니 중국산 톱 브랜드 탄생도 시간문제일 수밖에 없다는 결론에 도달한다.

상품과 브랜드

기업은 상품을 팔지만 고객은 브랜드를 산다. 이제 브랜드 없는 마케팅은 상상할 수도 없다. 현재와 같이 급변하는 세계 시장에서 우리의 기업들이 경쟁력을 갖고 살아남을 수 있을 것인지에 대해 통찰력을 발휘한다면 결론은 브랜딩으로 귀결된다.

브랜드, 즉 이름이란 무엇인가? 일제의 창씨개명(創氏改名)에 목숨까지 걸고 격렬하게 저항하였던 것은 우리에게 있어 이름이 갖는 의미가 그만큼 소중했다는 것을 말한다. 상품에 있어 사람의 이름과 같은 것이 바로 브랜드(brand)다.

또한 자기 자신의 존재를 아이덴티티(identity)라고 한다. 우리말로 의역하면 정체성이다. 국가나 사회, 개인 모두 나름대로의 아이덴티티를 가지고 있다. 흔하게 요즈음은 정체성의 위기라고들 말하는데 자신의 존재 가치에 대하여 방황하기 때문이다. 이러한 아이덴티티를 가장 집약적으로 표현하는 것이 바로 이름이다.

우리 블랙야크를 떠올리면 검은색 털, 강인한 체격과 만년설 빛나는 히말라야를 떠올리게 된다. 아웃도어, 특히 산을 좋아하는 사람들에게 히말라야는 하나의 로망이다. 히말라야가 아니더라도 산에 관심이 있는 사람들에게 야크는 등반대의 짐을 실어 나르는 동반자의 이미지가 먼저 떠오를 것이다. 브랜드는 그 대상물을 상징화하는 역할을 한다.

예를 한 가지 들어보자. 얼마 전 바쁜 시간을 내 영화 한 편을 봤다.

저예산으로 만든 독립영화 〈워낭소리〉였다. 입소문만으로 벌써 300만 명이 넘어섰다는 말을 들었다. 평생 땅을 지키며 살아온 농부 최 노인에겐 30년을 부려 온 소 한 마리가 있다.

소의 수명은 보통 15년, 그런데 이 소의 나이는 무려 마흔 살. 살아 있다는 게 믿기지 않는 이 소는 최 노인에게 최고의 친구이며, 최고의 농기구이고, 탈것을 끌어 주는 유일한 자가용이다. 최 노인 역시 소처럼 늙고 힘이 없으나 소와 함께 매일 밭일을 한다. 소에게 해가 갈까 논에 농약도 치지 않는 고집쟁이 최 노인의 진정성을 소도 알고 있다.

무뚝뚝한 노인과 무덤덤한 소. 둘 사이를 교감하는 무언의 느낌들. 우리는 소를 떠올리면 우직하고 순박한 모습을 연상하게 된다. 그러한 소의 이미지는 농경사회를 바탕으로 하는 우리에게 호의적인 감정을 갖게 한다. 영화를 보며 느낀 점인데 소는 우리에게 과거의 이미지에만 국한된 것이 아니었다. 영화를 통하여 휴먼스토리에 대한 믿음으로까지 연결되고 있었다.

공중파를 타고 있는 블랙야크의 CF 역시 그런 콘셉트로 만들어졌다. 우직스런 최 노인과 소의 관계와 마찬가지로 블랙야크는 등반가와 서로 교감하고 있다. CF 속의 블랙야크도 영화처럼 무뚝뚝하다.

그러나 그 눈빛에서 등반가들과 소통한다. 그렇게 블랙야크는 고객에게 신뢰받을 수 있는 이미지로 남아 계속 관계를 이어가야 한다. 고객과 무언의 대화 속에 교감하는 소처럼 듬직하고 따뜻한 감정을 심어 줘야 한다.

브랜드 마케팅은 우리가 당면한 과제다. 품질은 기본적으로 매우 중요한 요소다. 그러나 우리의 욕심과는 달리 고객의 머릿속에 남아 있는 브랜드 이미지는 반드시 제품의 품질 지상주의는 아니다. 그렇기 때문에 마케터들은 종종 방향을 잃을 때가 있다. 이러한 상황에서의 소비자로부터 우리의 제품이 경쟁사와 다르다는 인식을 끌어내는 방법으로 등장한 것이 브랜드를 통한 차별화 전략이다.

블랙야크는 제품을 구성하는 물리적인 속성뿐만 아니라 소비자에게 나름대로의 의미를 부여하여 쉽게 경쟁자가 모방할 수 없는 제품의 개성을 창출시켜 왔다. 현재의 시장 환경은 과거와 다르게 스피드를 내고 있다. 오늘날과 같은 개인 중심 시대에 있어서 브랜딩은 우리에게 커다란 전략적 의미를 갖는 것이다.

미국의 경우, 매년 3,000 개 이상의 브랜드가 시장에 나오고 있다. 하나의 브랜드를 시장에 정착시키기 위해서는 보통 1억 달러 이상의 비용이 소요된다는 통계도 있다. 그러므로 이런 시장 환경에서 강력한 브랜드를 소유한다는 것은 매우 중요한 일이다. 글로벌화된 시장에 정착한 브랜드가 얼마나 큰 힘이 되는가를 상상하기란 그리 어려운 일이 아니다.

그렇다면 우리의 방향은 어떻게 설정할 것인가. 블랙야크라는 브랜드는 단순히 소비자에게 우리의 제품을 다른 기업의 제품과 식별할 수 있는 도구로 쓰이는 것에 만족하지 않을 것이다. 블랙야크에 대한 특별한 느낌을 갖게 함으로써 소비자가 브랜드에 대한 선호도를 높여 나가야 한다. 블랙야크에 대한 소비자의 애정은 제품 판매 증진으로 나타나게 된다. 이미 소비자에게 긍정적으로 인식된 블랙야크는 기업과 소비자 간의 커뮤니케이션의 효율을 높여 나가야 한다. 그러기 위하여 우리는 시민등산교실과 주부 모니터링 제도를 실시하고 있으며 또한 사회에 기여하는 환경운동과 산악문화에 앞장 서 왔던 것이다. 이런 제도를 통하여 블랙야크의 성장과 신제품의 성공 가능성을 높여 나가야 한다.

황소의 품성은 우직함에 있다. 소는 언제나 한국인들에게 가족처럼 인식되었던 믿음과 신뢰의 대상이다. 블랙야크 역시 티베트의 순수한 소임엔 틀림없는 것이다.

블랙야크가 중국 베이징에 최초의 전문 매장을 오픈했을 때 만감이 교차했다. 아웃도어 개념이 전혀 없는 중국 시장에 블랙야크가 진출한 것은 미지의 산을 오른 것과 같았다. 정말 산을 오르는 것과 기업경영은 닮은꼴이다. 남을 앞지르려면 몇 배로 힘들고 잠시 쉬다보면 쉽게 따라잡히고… 그래도 꾸준하게 올라야 한다. 기업도 등산과 마찬가지로 체력 안배를 해 가면서 올라야 더 멀리, 더 높이 오를 수 있다.

산을 오르다 보면 바람과 눈보라 절벽을 극복해야 하는 것처럼 자금 조달, 생산성 향상, 시장분석 등 넘어야 할 장애가 많다. 그런 걸 모두 극복하고 정상을 서면 자신감이 붙는다.

그리고 파노라마가 펼쳐지는 것처럼 여태 보지 못했던 산 아래 세상이 보인다. 더 넓게 보인다는 건 새로운 시장을 발견하는 이치와 같다. 그렇게 등정 자체가 사업상에도 영적 깨달음을 주는 경우도 많다.

넓은 시장 하면 중국이다. 블랙야크는 옌사(燕莎)、사이터(賽特)、헝지(恒基) 백화점 등 베이징의 유명 백화점 모두를 뚜벅뚜벅 제 힘으로 걸어 들어갔다. 황소처럼 한국토종 브랜드의 저력을 블랙야크는 보인 셈이다. 중국의 유통망은 외국기업이 쉽게 접근하기 어려울 정도로 복잡하지만, 자신의 길을 가는 블랙야크가 넘지 못할 벽은 아니었다. 이런저런 자랑거리가 많지만 나는 중국에서 동진레저의 성공은 아직 시작되지 않았다고 생각한다.

이제 블랙야크는 선수금을 받는 메이커가 되었다. 일종의 주문생산인데 고객이 100을 주문하면 40%나 50%를 준다. 한국에서 소재를 가져가는 문제도 있거니와 브랜드 차별화를 위하여 그렇다.

블랙야크는 중국에선 이제 톡톡히 명품 대접을 받고 있다. 그들 소득을 생각할 때는 상당한 가격대를 형성하고 있다.

현재 베이징 블랙야크는 한 벌에 30만~40만 원인 고어텍스 재킷 등 고가품 위주로 중국 마켓을 공략하고 있다. 이런 추세로 나간다면 블랙야크의 중국 내 매출은 앞으로 3년 안에 한국을 능가할 것으로 나는 기대하고 있다.

그러기 위하여 유한공사 베이징 블랙야크는 중국화를 추진했다. 한국의 대한산악연맹처럼 중국은 탐험협회와 등산협회 두 부분으로 나뉘어 있다. 중국인 에베레스트 초등자 두 명이 두 곳의 회장을 맡고 있다. 탐험은 등산보다 광의적 개념인데, 바다·산·오지·극지를 망라하기 때문이다. 그 탐험협회에서 근무했던 고위직 한 사람을 2008년 10월 베이징 현지 법인 블랙야크 사장으로 영입했다.

블랙야크가 중국 내 최고 아웃도어 브랜드로 인정받고 있는 만큼 브랜드 현지화 전략의 일환이었다. 중국에서는 사장을 총경리로 호칭한다. 추이창시에(崔昌燮) 사장의 임명은 중국인의 눈으로 볼 때는 혁신적인 인사였던 모양이다.

압구정 본사를 방문한 추이창시에

당시 그의 사장 발탁은 중국 언론의 주목을 받았다. 추이창시에 사장은 티베트 등산협회와 중국 과학탐험협회, 특종 탐험 전문위원회에서 활동한 바 있는 등반가 출신이다. 또한 베이징 장강체육발전 유한공사와 베이징 연선체육광고 유한공사 및 베이징 풍우설무역 유한공사 총경리 경험이 있는 경영인이기도하다. 중국 내에서 활동하는 해외기업이 현지인을 사장으로 임명하는 일은 극히 드문 경우였을 것이다.

추이창시에 사장은 시장 확장 욕심을 냈지만 나는 말렸다. 중국에 처음 진출할 때 그곳 상거래 관행에 익숙하지 않아 비싼 수업료를 냈기 때문이다. 가장 대표적인 게 외상 거래였다. 중국 상인들은 소매를 하며 이득을 못 내면 도매로 외상을 가져가도 갚을 생각을 하지 않았다.

그걸 모르고 초창기에는 제품을 요구하는 대로 줬다가 돈이 회수가 안 돼 고생하기도 했다. 그렇게 공급하다가는 깨진 항아리에 물 붓는 식이라는 생각이 들었다. 그 후 유명 백화점 등에 직영점을 내고 홍보를 겸하며 브랜드 가치가 올랐을 때 외상 관행을 바꾸었다.

주문을 받을 때 선수금 10% 이상을 받았고, 대신 선수금에는 중국은행 이자를 쳐주었다. 그렇게 선수금을 받고 주문을 접수하여 생산하는 전략을 세웠는데 그게 적중했다. 최근에는 블랙야크 인지도가 올라가니 이젠 10%가 아니라 30~40%씩 선수금을 내겠다는 상인까지 생겼다. 그건 추이창시에 현지 사장의 의욕적인 판매망 확충에도 도움이 되고 안전장치가 생긴 셈이니 잘된 일이라 할 수 있다.

중국 내에서 아웃도어 부문 인지도 상위를 달리는 동력을 활용해 내년까지 블랙야크 시장을 국내 못지않은 규모로 키워 나가겠다는 계산이다. 친환경기업이라는 이미지와 함께 전략적 마케팅을 펼쳐 매장을 넓히고 있다. 묵묵한 소처럼 IMF 때도 투자를 하며 중국 시장을 지켜온 블랙야크는 중국의 등산전문잡지 〈싼예(山野)〉에서 등산전문가들이 꼽은 가장 인기 있는 브랜드로 선정되기도 했다.

또 다른 등반지

중국이라는 산을 오르고 나니 또 다른 세상이 보인다. 블랙야크는 현재 7개국에 수출하고 있다. 홍콩, 대만, 중국, 싱가포르, 일본, 뉴질랜드, 프랑스 등이다. 일본의 보이스카우트 장비도 블랙야크에서 공급하고 있다. 디자인의 강국 프랑스에, 꼼꼼하기로 소문난 일본에, 당당히 블랙야크 이름으로 수출한다는 것은 무얼 의미하는가? 그만큼 아웃도어 시장에서 블랙야크가 인정을 받는다는 말이 된다. 아웃도어의 본거지라 할 수 있는 미국과 유럽이라는 시장에서 마켓의 확대는 결코 꿈이 아니다. 욕심을 내어 전 세계 아웃도어 마켓을 공략하기 위해 지속적으로 연구를 하고 실현 가능한 도전 방법을 찾고 있는 것이다.

야크는 우직하지만 고집이 있다. 우리 회사 초창기엔 손쉬운 매출 신장에 유혹적인 OEM(주문자상표생산방식) 제안을 대그룹으로부터 몇 번 받은 적이 있다.

그러나 그런 달콤한 유혹은 치명적인 독이 될 수 있고 영원한 종속을 의미한다. 그 유혹을 이겨 낸 것이 블랙야크 브랜드로 수출하는 동기가 된 것이다.

이런 사례가 있다. 1956년 소니(sony)사가 개발한 트랜지스터라디오를 가지고 모리타 사장이 뉴욕에 갔을 때였다. 세일즈를 하며 라디오 도매상을 만났을 때 그쪽 사장은 "소니 브랜드로는 팔리지 않을 테니 우리 브랜드를 붙여 OEM으로 생산해라. 그럼 당장 10만 대를 주문하겠다." 라고 말하면서 제품에 적극적으로 관심을 보였다.

소니라는 브랜드를 희생시키고 그 조건을 받느냐에 대해 모리타 사장은 심각한 고민에 빠졌다. 소니라는 브랜드 문제는 회사가 좀 성장한 후로 미루고 지금 당장은 자금사정이 어려우니 큰 주문을 놓치지 말아야 된다는 유혹은 강렬한 것이었다.

그러나 심사숙고 끝에 모리타는 소니 상표를 붙여 수출하겠다고 말했다. 그 도매상은 이상한 사람 다 본다는 듯 소량주문만 했다. 그 작은 물량을 계약하면서 모리타는 소니를 반드시 유명한 브랜드로 키우겠다고 비장한 각오를 다졌다. 이와 같은 노력이 30여 년 쌓이면서 소니 브랜드는 세계 정상에 올랐고 모리타 사장은 은퇴를 하게 되었다.

은퇴 회견에서 기자가 물었다. "당신이 소니를 위해 내린 의사결정 가운데 가장 자랑스러운 것 하나를 들라면 무엇을 꼽겠소?" 그 질문에 모리타는 "단기적 매출을 희생하고 장기적 목표를 결정한 1956년의 소니 브랜드를 고수한 의사결정이오." 라고 대답했다. 그 결정은 블랙야크에게도 유효하다.

블랙야크는 한국을 벗어나 세계적인 브랜드가 되고자 하는 열망을 한시도 잊은 적이 없다. 그런 자신감도 잃은 적이 없다. 고어텍스나 첨단소재들은 세계의 업체가 공유하기 때문에 문제는 없고 가장 큰 어려움은 역시 디자인이라고 할 수 있다. 그리고 한국의 국력이라는 생각을 한다. 그래서 나는 우리나라가 빨리 성장하여 세계열강이 되기를 간절하게 바라고 있다.

우리 국력이 커질수록 블랙야크도 세계적인 브랜드로 성장하는 데 도움이 될 것이다. 미국 제품들이 짧은 시간에 세계적인 브랜드가 된 것은 해당업체들의 노력도 있었겠지만 미국이라는 국력의 배경에 힘입은 바 크다고 나는 생각한다.

우리는 모든 악조건 속에서도 좌절하지 않고 도전한 결과 세계의 이름난 아웃도어 회사들과 어깨를 나란히 할 만큼 성장했다. 도전한 만큼 성취해 온 우리 블랙야크를 보며 눈부시게 성공했다는 평가를 하는 이들도 있다. 하지만 나는 히딩크 감독의 말대로 아직 배가 고프다. 배는 고프지만 블랙야크가 세계인이 입을 수 있는 명품 브랜드로 자리 잡을 것을 생각하면 늘 즐겁다.

산을 오르는 행위가 좌절을 모르듯이 세계 시장의 아웃도어 마켓을 향해 블랙야크는 황소걸음으로 차근차근 도전을 시도할 것이다.

2000. 9월
평양방문 당시

어쩌면 평양에 블랙야크 등산용품 전문점 1호를 내고 싶다는 꿈도 이루어질지 모르는 것이다. 꿈은 꾸는 자의 것이기에 그렇다. 글로벌의 첫 단추였던 중국 시장에서의 경험과 노하우를 접목하여 이르면 내년 일본 시장에 본격적으로 진출할 예정이다.

서울과 베이징, 도쿄를 한 라인으로 연결해 동북아 네트워크를 만들어 커뮤니케이션할 수 있는 시스템을 만들어 갈 기획을 세워 놓고 있다. 그렇기에 동진레저가 걸어온 길 36년보다 앞으로 가야 할 길이 우리에겐 더 중요한 것이다.

아무리 어려운 산행이라고 할지라도 잘 계획하고 준비하면 오르지 못할 산은 없다. 산에서 잘 훈련된 이러한 도전정신이 기업경영에 도움이 된다는 나의 소신을 증명하기 위해서라도 블랙야크를 세계적인 브랜드로 키워 내어야 한다는 결의를 굳히게 된다.

중국 최초의 아웃도어 블랙야크

중국 블랙야크 사장 추이창시에(崔昌燮)

내가 강 사장님과 인연이 된 것은 오래전 일이다. 1995년부터 강 사장님을 알았으니까 벌써 10년이 훨씬 넘었다. 만남의 동기는 사업이 아니라 히말라야 때문이었다. 나는 티베트 등산협회와 중국과학탐험협회의 전문위원회에서 활동했던 등반가 출신이다. 당시 나는 중국 탐험협회 전문위원회 책임자였다. 등산협회는 체육부 산하기관이지만 탐험협회는 독립된 기구로서 장관급이 회장을 맡고 있다.

왕후저(王富州) 등산협회 회장은 에베레스트 중국 초등자였는데 당시 서울시연맹과 교류가 있었다. 강 사장님과 왕후저 회장님은 아주 각별한 사이였다. 한국 초대를 받아 갈 때면 왕회장님은 늘 강 사장님의 환대에 고마워했고 그 이야기를 우리에게 전했다. 그 후 강 사장님은 서울시연맹 자격으로 티베트 등산협회와 자매결연을 성사시키고 초모랑마 원정대장을 맡아 정상 등정에 성공하기도 했다. 그렇게 산을 통하여 강 사장님과 인연이 된 것이다.

베이징 시내에 최초의 브랜드 매장을 연 것은 블랙야크다. 그동안 여러 제품을 혼용하여 파는 곳은 있었지만 브랜드 이름으로 전체 매장을 꾸민 것은 중국에서는 처음 있는 일이다. 나는 블랙야크 중국법인 총경리로 작년 10월 1일 발령을 받았다. 중국에서는 사장을 총경리로 호칭한다. 한국인이 전액 투자한 법인에 중국인 사장 임명은 드문 일이다. 그렇기에 나의 취임은 중국 언론의 주목을 받았다.

아마 내가 베이징 장강체육발전 유한공사와 베이징 풍우설무역 유한공사 총경리 경험이 있는 경력을 평가해 현지 사장으로 발탁해 준 것이라 생각한다. 블랙야크의 중국 진출은 별 거부감 없이 자리를 잡았다. 티베트의 상징인 야크는 중국인이면 누구나 알고 있다. 학교 교과서에도 수록될 만큼 티베트의 야크는 중국에서 유명하다. 따라서 중국인들 중 야크를 모르는 사람이 없다.

월리엄 린드세이라는 유명한 환경보호가와 함께 펼친 캠페인도 블랙야크를 중국인들에게 홍보하는 좋은 이벤트였다. '블랙야크도 만리장성을 지킨다'는 표어를 걸고 자연보호운동을 전개했다. 그 표어는 유명한 문구가 되어 신문과 텔레비전에 많이 보도되었다. 환경을 보호하자는 이벤트는 아웃도어 기업 중 지금도 블랙야크밖에 없다. 그래서 블랙야크가 중국인들에게 친숙해질 수 있었다고 생각한다. 린드세이와 블랙야크가 파트너가 되어 올 5월에도 함께 문화행사와 이벤트를 진행한다. 중국인들에게 좀 더 다가서서 사랑받기 위한 일이다.

중국의 전문산악인 사이에서 블랙야크는 최고의 등산복으로 꼽히고 있다. 중국 내에서 팔리는 최고의 외국 브랜드다. 중국인들은 블랙야크가 한국 제품임을 잘 알고 있다. 결코 중국 수준에서 싼 값이 아니지만 기꺼이 중국인들은 사서 입는다.

우리 브랜드는 올림픽 지원 '정상의 블랙야크'라는 말을 듣는다. 거기에 힘입어 중국 블랙야크는 제일 판매 부수가 많은 등산전문지 표지에 지속적으로 광고를 하고 있다. 중국에는 아웃도어 전문잡지가 4개 있다. 그중 가장 많이 읽히는 것은 〈호외탄시엔(戶外探險)〉과 〈산예(山野)〉인데 거기에 몇 년째 첫 페이지를 독점하고 있는 중이다.

그러나 아직 중국 아웃도어 시장은 큰 나라에 비해 작다. 아직 한국을 따르지 못한다. 지난 3월 업무 차 한국 본사를 방문했을 때 도봉산 산행을 했다. 그때 아주 많이 놀랐다. 그 많은 사람들이 주중인데도 산을 오르는 것도 그렇고 모두 전문 등산복 차림인 걸 봐도 그렇다. 도봉산에서 또 하나 즐거웠던 일은 블랙야크 마니아와의 만남이다. 신발부터 모자까지 블랙야크를 착용하고 있었다. 베이징 근처에도 도봉산처럼 매일 수만 명이 오르는 '향산(香山)'이 있다. 그러나 베이징 시민들에겐 산을 오를 때 한국인처럼 기능성 등산복을 입는 건 아직 생소하다. 그 사람들에게 우리 블랙야크를 입힐 생각을 하면 기분이 좋다.

중국에서도 블랙야크 특유의 로고는 인기가 많다. 옷을 사는 고객에게 물으면 로고가 예뻐 구매한다는 사람이 있을 정도다.

내가 생각할 때 중국 시장은 낙관적이다. 콧대 높은 베이징 일류 백화점엔 모두 입점해 있다. 기능성 원단인 고어텍스에 대한 일반인의 인식은 아직 낮다. 그러나 젊은이들은 고어텍스에 대하여 잘 안다. 그러므로 기능성 브랜드 블랙야크가 값이 비싸다는 것도 잘 인식하고 있다. 우리는 유명 백화점 등에 속속 직영점을 내고 홍보를 겸하여 브랜드 가치를 올리고 있는 중이다. 상하이, 톈진, 충칭, 하얼빈, 광저우, 쓰촨, 지린, 후난, 랴오닝성, 장쑤성, 산둥, 허난, 난징, 싼시, 간쑤, 산시, 안후이, 허베이, 신장 및 전국에 대리점을 개설했다.

나는 등반가였던 예전에도 그랬지만 지금도 강태선 사장님을 존경한다. 처음 만났을 때는 한국 산악인으로 기업을 운영하는 분으로만 알았는데 블랙야크 직원이 되고 나서 모르는 부분을 많이 알게 되었다. 중국에 대한 지속적인 투자는 성공으로 나타나고 있으나 그런 생각을 아무나 할 수 있는 건 아니다. 예전에 한 번 중국 공장에서 실패를 겪은 것을 투자 개념이라고 설명하는 걸 듣고 참 배짱이 좋다는 생각이 들었다. 그리고 합리적인 사고 방법과 추진력은 내가 꼭 따라야 할 장점이다. 중국 사무실에서도 일할 수 있는 환경을 조성하여 서로 간에 믿음을 주어 일의 능률을 높이고 있다. 한국 본사의 교육 프로그램이 중국 현지 법인에서도 함께 실시되어 베이징 직원들도 유능한 본사 직원을 닮기를 희망하고 있다.

언젠가는 본사 매출을 능가할 날이 올 것이기에 베이징의 블랙야크는 오늘도 기쁘다.

4 중소기업이 미래다

강소(强小)기업

중소기업을 살려야 한다는 말은 무성하다. 정부와 정치권에서는 매일 그런 말을 쏟아 내고 있으나 내가 볼 땐 중소기업 살리기는 구호에 그치고 있다.

중소기업을 살려야 하는 이유는 여러 가지다. 그러나 한 가지를 꼽는다면 그건 노동시장의 고용안정이다. 대기업은 공장자동화로 고용을 줄이면 줄였지 청년들의 실업을 해결하지 못한다.

중소기업이 전체 근로자 고용의 87%를 점유하고 있다는 건 사실상의 통계이기도 하다. 세계 속의 기업이라는 삼성전자에 속한 근로자가 얼마나 될까? 전체 직원 수는 대략 8만 명을 상회할 뿐이다. 이 정도로는 매해 쏟아지는 청년 구직자를 소화하지 못한다. 결국 정부 말대로 중소기업을 살려야 고용을 늘릴 수 있다는 점은 분명하다.

그러나 고용창출이 문제라며 대기업을 기웃거리는 정부 정책을 보면 참 이해하기 어렵다는 생각이 든다. 솔직히 아웃도어 시장에서 대기업이 직접 만드는 게 뭐 있을까?

거의 전부 중소기업에서 OEM(주문자상표부착 생산방식)으로 만드는 거 아닌가? 대기업 브랜드로 상품을 파는 것이 고용창출에 도움이 되는 것인지, 그 제품을 직접 만드는 중소기업을 육성해야 실업대란을 해결할 수 있는 것인지 근본 방향에서 정책을 고민해야 할 때인 것이다.

최근에 대기업이 투자한 어느 등산장비 업체의 CEO가 신문에서 한 말이 기억난다. "앞으로 브랜드 파워가 약한 중소업체들은 도태되고 제대로 된 브랜드를 가진 업체만이 살아남을 것이다."

동종의 기업을 운영하는 나로서는 매우 관심이 가는 기사였다. 물론 '제대로 된 브랜드만이 살아남는다.' 라는 말에 나도 100% 동의한다.

블랙야크는 오래전부터 현실적인 이익을 좇아 대기업의 OEM으로 제품을 생산하지 않았다. 우리는 블랙야크 브랜드로 제작하여 판매하는 방식을 일관되게 고집해 오고 있다.

그러나 신문에서 본 말처럼 대기업만 살아남는다는 말에는 동의할 수 없다. 대기업의 자금력이나 홍보, 그리고 마케팅이 강하다고 해서 아웃도어 시장을 장악한 예는 외국에도 없고 한국에도 없다.

세계 아웃도어 시장을 장악한 제품들 모두 중소기업이 차지하고 있다. 그런 걸 작지만 강한 강소(强小)기업이라고들 한다. 아웃도어 시장은 나름대로 한 우물을 판 강소기업의 몫인 것이다. 그런 면에서 나는 장비 업체의 대형화가 중요하다고 생각하지도 않는다.

물론 원단이나 신소재의 생산은 대규모 설비가 필요하므로 대기업이 유리할 것이다. 그러나 등산문화의 흐름을 읽는 안목이나 현장을 참조한 아웃도어 디자인은 한 길을 걸어 온 전문 중소기업이 바른 판단을 한다. 오랜 시간 현장에서 경험을 쌓으며 장인정신을 가진 중소기업이 대기업보다 확실히 유리한 점이 많다. 대기업들이 아웃도어 시장에 문어발식으로 벌여놓은 매장들 제품도 거의 중소기업에서 만든 것이다.

그렇게 자신들의 라벨만 붙여서 팔아서는 전문성을 갖출 수 없다. 자동차는 자동차전문회사에서, 컴퓨터는 컴퓨터전문회사에서, 등산장비는 등산장비 전문회사에서 만들어야 제대로 전문성을 키울 수 있다. 시장이 커지니 너도나도 아웃도어 시장에 진출했다가 결국 과잉투자, 과당경쟁 속에 대기업이 철수하기도 했다. 대기업의 부도는 그들의 문제가 아니라 결국 피해자는 국민들이라는 걸 우리는 기억해야 한다.

중소기업은 힘이 세다

중소기업에 종사하는 임·직원들은 회사에 뜨거운 애정과 충성심을 갖고 있다. 적어도 우리 블랙야크는 그렇다. 회사 내부의 갈등은 대기업보다 훨씬 적고 구성원들은 튼튼한 유대관계를 유지하고 있다. 또 중소기업은 사장 한 사람의 개인 의지와 이해관계에 의해 좌지우지 되는 것이 아니라 모든 구성원들이 함께 지혜를 짜내고 일하고 있다.

이런 부분에서 강소기업이 되는 것이며 대기업에선 느낄 수 없는 성취감을 얻을 수 있는 것이다. 이런 것들이 블랙야크의 경쟁력이 된다고 생각한다. 나도 수백 명의 우리 직원 이름을 거의 알고 있다. 그렇게 사장이라는 보직의 벽이 높지 않은 가족과 같은 공동체가 중소기업이다. 직원이 적으니 회사의 결정사항은 즉시 시행된다. 서로 얼굴도 모르는 대기업 문화에서는 결코 따라오지 못할 강소기업 문화가 그것이다. 머리를 맞대고 가족처럼 일하는 현장은 신바람날 수밖에 없다.

나는 신년 초 직원들에게 약속을 했다. 직원 개개인들이 선호하는 동아리 활성화를 위하여 10명 이상이 모이면 회사가 지원하겠다는 것이었다. 가족처럼 서로를 잘 알고 있는 블랙야크의 동아리는 명목상 구색 맞추기 동아리가 아닐 것이다.

그걸 잘 알고 있는 대기업도 분사제도(分社制度) 등을 적극 활용하고 있다. 방만한 구성원의 조직도 팀제를 활용하여 팀 단위의 책임경영을 강조하고 있다. 바로 이것이 중소기업의 장점을 대기업이 따라오고 있다는 반증인 것이다.

히말라야 고산등반에서도 전통적인 극지법보다 알파인 스타일, 즉 속공법이 부각되고 있는 것처럼 기업경영 방식에도 많은 변화가 있었다. 그건 스피드를 강조하는 점이다. 우리 장비 업체의 특성상 생산 상품은 소량 다품종일 수밖에 없다. 그런 점에서도 신속한 의사결정이 가능하고 조직원 간의 공동체 의식 공유가 탄탄한 중소기업이 더 유리하다고 생각하는 것은 당연한 일이다.

성공을 하려는 사람은 누구나 차가운 머리와 따뜻한 가슴의 소유자가 되어야 한다. 냉철한 판단과 인간애가 넘치는 그런 사람은 누구에게나 호감을 준다. 세상의 모든 기업가들은 경영자형 직원들을 선호한다.

폭 넓게 보고 깊이 생각하며 한번 결정된 사항에 대하여 무한책임을 지는 CEO형 직원. 대그룹과 달리 중소기업에선 그런 직원들이 의외로 많다. 그런 직원이 많은 기업은 경쟁력이 있을 수밖에 없다. 중소기업의 특성상 대그룹과는 달리 자신의 일 외에도 다른 일을 접할 기회가 많다. 그것은 또 다른 기회일 수가 있는 것이다. 그리고 자신의 아이디어를 실천으로 옮길 기회가 많다는 점도 장점이다.

실천이 따라야 꿈을 이룬다

기업가의 욕심이라면 실천가형 사원을 뽑을 것이다. 나는 신규 직원을 채용할 때 이 점을 가장 먼저 살핀다. 아무리 좋은 계획, 아무리 뛰어난 아이디어가 있더라도 실천하지 않으면 무용지물이다. 실천가는 설혹 실패를 할지라도 그것을 두려워하지 않는 도전가들이다.

인류 최초로 히말라야 8,000m 14좌 완등이라는 신화를 달성한 세기의 철인 라인홀드 메스너 역시 여러 차례의 실패를 겪었다. 낭가파르밧에서는 동생 귄터를 잃기도 했다.

실패도 다시 도전하는 데 중요한 자산이며 투자라는 발상의 전환이 필요하다. 라인홀드 역시 그런 마음이었기에 실패를 딛고 성공이라는 기쁨을 맛볼 수 있었으며 세기의 철인으로 이탈리아의 영웅이 된 것이다. 우수한 직원일수록 수많은 실패를 겪는다는 것과도 닮은 것이다.

실패를 딛고 일어서는 걸 다른 말로 열정이라 부른다면, 열정이 없으면 실천을 할 수가 없고, 열정이 없으면 속도를 낼 수가 없다. 열과 성을 다해 일하지 않고 얻는 과실은 불로소득이거나 도덕적으로 깨끗하지 못한 결실일 것이다.

열정적으로 일한 뒤에 맛보는 과실의 달콤함을 나는 알고 있다. 직원에게는 일할 맛을, 회사에게는 수익을 가져다주는 구조는 조직이 얼마나 역동적인가 하는 것으로 판단할 수 있다. 우수한 인재가 회사를 키운다는 말에 동의한다. 기업의 힘은 인재의 수와 비례한다는 말에도 찬성한다.

그러나 나는 최고경영자가 어떻게 직원을 키우느냐 하는 것이 인재를 만드는 비결이란 믿음이 있다. 결국 인재란 사장과 가치관을 공유할 수 있는 사람이라는 걸 알기에 땀 흘려 그들을 키우고 있는 것이다.

그들이 나중에 블랙야크의 장래를 결정한다고 생각하고 있다. 회사를 강하게 만들 수 있는 열정적인 사람을 키우는 구조에 대해 나는 아낌없이 투자를 하고 있다.

잘하는 사람을 따라하는 것이 성공으로 가는 지름길이라는 말이 있다. 다른 회사의 장점을 따라하는 것은 부끄러운 일이 아니고 벤치마킹일 뿐이다.

다른 회사의 좋은 점을 우리 회사에 가장 적합한 구조로 개조한 후 그 효과를 검증하고, 다시 개선에 박차를 가하고, 끈기 있게 실행한다면 그것이 우리만의 노하우가 되는 것이다.

우리 블랙야크는 국내에서 강소기업이라는 평을 듣는다. 그러나 국내로 만족할 수는 없다. 글로벌 강소기업으로 이미 항해는 시작되고 있는 것이다. 그렇지만 순조로울 때의 자만심과 방심이 가장 무서운 적이라는 걸 잘 알고 있다.

예전엔 제품의 품질을 강조했으나 이제 그것은 아주 기본적인 것이어서, 더 이상 언급할 시점이 아니다. 모든 기업의 기본 바탕이기에 그렇다. 품질을 떠나 이젠 제품의 무결점을 이루어 내려는 노력이 필요한 시점인 것이다.

그럼 기업의 발전에 중요한 것은 뭐냐고 묻는다면 나는 그것을 기술혁신이라고 말하고 싶다. 이 말은 시사하는 바가 크다. 무한경쟁에서 살아남기 위해서는 차별화를 통해 경쟁력을 갖춰야 한다. 경쟁력을 갖추기 위한 방법의 하나로 품질은 아주 기본인 것이므로 이젠 기술혁신을 통하여 고객만족도를 높이는 것이라는 말이다.

까다로운 고객의 눈높이를 만족시키면서 신뢰를 확보하고, 파트너십에 발 벗고 앞장 설 수 있도록 해야 한다. 고객의 눈높이 요구와 만족도는 시장경제 논리에 따른 자연스런 현상이다.

기술혁신을 이루면 자연스레 제품이 좋아진다. 현실에 안주하려는 관성을 뿌리치고 좋은 제품의 기준을 바꿔 가는 기술혁신은 우리 블랙야크의 신념이다. 또한 그 기술이 접목된 생산을 위해서는 우선 협력업체 사이의 신뢰가 형성될 수 있어야 한다는 것도 강조할 부분이다. 기술혁신을 통하여 블랙야크 고객만족도를 높이기 위해 가장 중요한 것은 무엇일까? 그것은 바로 각각의 부서 책임자의 경영 마인드라고 할 수 있다. 부서 책임자가 어떠한 경영 마인드를 가지고 있느냐에 따라서 고객만족의 제품이 탄생할 수도 있고 그렇지 않을 수도 있기 때문이다.

블랙야크는 품질, 코스트, 스피드, 차별화를 향상시키기 위해 끊임없이 노력하고 있지만 이 일은 당연히 사람이 하는 것이다. 해당 사업에 대한 전반적 이해와 성공을 거두기 위한 나름의 계산이 치밀해야 한다. 블랙야크는 부서장의 필요한 사항에 대한 결정권을 존중한다.

당연하게 부서장은 전반적인 운영능력 등을 확보하고 있어야 용장(庸將) 밑에 약졸(弱卒) 없다는 말처럼 조직력과 체질을 강화할 수 있을 것이다. 어떤 리더든지 휘하에 쓸 만한 수하(手下)들을 만나고 싶어 한다. 그러기 위하여 부서장급이 먼저 용장이 되어야 한다. 그런 분위기 조성을 위하여 우리는 직원 개개인이 자기 자신의 능력을 충분히 발휘할 수 있도록 사내 시스템을 바꾸었다.

비밀을 없애고 노하우를 공유해라. 이제 거리와 속도는 아무런 의미가 없는 세상이다.

이 사무실 옆방이나 마찬가지로 태평양 건너 미국, 또는 지구 반대편 브라질도 마음만 먹으면 실시간 같은 소통이 가능한 공간에 살고 있다. 지금은 빠른 게 이기는 세상이다. 정보와 노하우를 공유하는 것이야말로 우리가 이기는 방법이다. 백지장도 맞들면 낫다. 그 속담은 그래서 지금도 유효한 것이 아닌가.

회사가 그런 가족처럼 운영되기 위한 프로그램의 도입과 개발 및 제공에 나는 지원을 아끼지 않고 있다. 또 직원의 능력을 극대화하기 위한 직무교육을 실시하고 보상 시스템을 도입했다. 매월 직원들에게 받고 있는 아이디어 콘테스트가 그것인데 이 제도는 신사동 본사로부터 시작하여 정착한 제도다.

최고책임자인 사장의 경영 마인드에 따라서 회사경영의 성패가 좌우될 수 있다는 사실을 모르는 사람은 없다. 다만 검증이 끝난 생각을 실천하느냐 하지 못하느냐의 차이일 뿐이다.

나는 늘 강조한다. 백 점짜리 경영자가 되는 것도 중요하지만, 더 중요한 건 바로 자신의 신념이고 가치관이라는 것이다. 자기 신념을 명확히 가지고 그 가치에 반하는 것이 있다면 설득하고 이해시켜야 된다고 믿는다.

그렇게 함으로써 최대한 그 요소들을 제거시켜 나가야 된다고 생각한다. 블랙야크는 직원들에게 다음과 같은 요인의 분석을 주지시키고 있다.

1) 현실을 있는 그대로 받아들이느냐, 현실에 도전하느냐.

2) 현상유지를 위한 관리냐, 개혁을 통한 창조냐.

3) 눈앞의 손익이냐, 장기적인 손익이냐.

4) '언제, 어떻게'를 문제 삼느냐, '무엇을, 왜' 하는지를 먼저 생각하느냐.

현장에서 땀 흘리지 않으면 어떤 일에도 익숙해질 수 없다. 아무리 원대한 목표를 세웠다고 하더라도 하루하루의 작은 일에 충실해 실적을 쌓지 못한다면 성공은 있을 수 없다. 위대한 성과는 견실한 노력의 집적이다. 지금 바로 이 순간 필사적으로 살아야 한다. 그러면 인생의 목표점에 도달할 수 있는 것이다.

이 말은 단어만 조금 바꾸면 바로 미지의 산을 오르려는 산악인들이 늘 하는 말과 다르지 않다. 열정적으로 오늘을 완전히 살면 내일은 저절로 보인다고 믿는다. "천 리 길도 한 걸음부터"라는 속담처럼 높은 산의 정상도 아래부터 한 걸음씩 올라야 한다.

거대한 고목도 시작은 작은 씨앗에서 비롯된다. 다른 기업 역시 그렇겠지만 출발 당시 동진레저는 가내수공업 수준을 못 벗어나는 작은 규모였다. 작은 공장에서 미싱 몇 대로 등산장비 생산을 시작했다.

일부 지인들은 나를 우리나라 등산용품업계의 산 증인이라고 치켜세운다. 고마운 말이긴 하지만 너무 과분한 말이기도 하다. 73년부터 10평짜리 배낭공장에서 한 우물만 36여 년 팠더니 이제야 길이 조금 보일 뿐이다.

봉제처럼 그렇게 아래부터 한 땀 한 땀 쌓아 온 블랙야크는 모기업과 협력회사 그리고 대리점이 셋이 아니고 하나라는 경영철학이 있다. 오늘의 블랙야크가 있기까지 스스로의 노력은 당연한 것이었으나 가치 있는 브랜드로 성장할 수 있었던 것은 그런 생각이 거둔 승리이기도 하다.

나는 신년 하례회에서 직원들에게 약속한 게 있다. 외부 컨설팅 전문가들을 주기적으로 초청하여 특강을 듣겠다고. 실지로 올해부터는 외부 강사 강의가 많이 기획되어 있다. 또한 올 초부터는 컨설팅 전문가 일본인 다나베 씨가 출근을 시작했다. '소비자를 주인으로 섬기겠다!'는 교육에 집중해야 한다. 교육의 효과로 다시 한 번 블랙야크의 혁신활동이 실행되기를 바라는 것이다. 혁신의 결과는 서로에게 이익이 되며 나아가 고객에게도 이익이 되는 것이니까.

모든 길은 고객만족으로 통한다. 나는 이 말을 믿는다. 블랙야크가 가는 길은 고객만족이라는 그 말은 "모든 길은 로마로 통한다!"를 패러디한 것이다. 세상의 모든 길은 로마로 통한다는 말을 들었을 때, 나는 당시 초강대국이었던 로마의 위대성을 말하는 줄 알았다. 그도 그럴 것이 역사상 가장 위대한 1,000년 제국 로마를 상징하는 말이기 때문이다.

성을 쌓지 말고 도로를 만들자

그런데 사실을 알고 보니 그 말은 말 그대로 길, 즉 도로에 관한 이야기였다. 기원전 312년, 로마의 간선도로인 비아 아피아(Via Appia)가 최초로 만들어졌다. 고대국가에 있어서 도로를 닦는 일은 쉬운 일이 아니었다. 적의 침략이 두려워서 많은 국가들은 자신을 지켜 줄 성을 쌓을지언정 길을 닦는 일은 소홀히 했던 것이다.

그런데 로마정국을 주도했던 집정관 아피우스 클라우디우스는 발상의 전환을 했다. 멈춰 있으면 정체될 것이고 고인 물은 썩게 마련이다. 그는 로마를 더욱 강성하게 만들기 위해서는 도로를 닦아 물류를 원활하게 함으로써 주변 국가들을 지배할 구상을 했다. 그것은 길을 지킬 자신이 있는 자만이 길을 건설할 수 있다는 자신감의 표현이기도 했다.

성 대신 도로를 닦는 발상의 전환은 로마 천 년의 융성을 가져왔다. 그렇게 건설한 로마의 길은 단순한 행정도로가 아니라 대제국을 건설하는 물류의 핏줄이 되었다.

성남시대를 거쳐 곤지암에 물류창고를 만드는 일은 로마시대의 도로를 만드는 일이라 생각한 적이 있었다. 당시 아웃도어 브랜드로서는 처음 시도하는 일이기도 했으니까. 물론 3,000평이 넘는 물류센터의 준공은 블랙야크의 유통에 크게 기여했다.

그러나 로마로 통한다는 말을 나중에 곰곰 생각해 보니 더 깊은 뜻이 있었다. 성을 쌓는 자는 망하고 도로를 닦는 자는 흥한다는 철학이 담긴 말이니까.

길 없는 길도 꾸준하게 개척하여 전진하는 블랙야크가 가는 목적지는 어디일까? 모든 길이 로마로 통한다는 말처럼 우리가 가는 길은 고객만족으로 통해야 한다. 고객은 왕이란 흔한 말이 있다. 그 말은 사실이다. 항상 고객이 말씀은 옳다. 나는 신사동 사옥 시절, 그 말에서 한발 더 나가 "우리의 스승은 고객이다."라는 문구를 사무실 벽에다 붙여 놓았다. 미국의 대그룹인 유통업체 W마트 강령은 그런 면에서 군더더기가 없다.

1. 고객의 말은 모두 옳다.
2. 그게 의심스러우면 1번을 다시 읽어라.

블랙야크가 부흥하는 길은 고객만족으로 통한다는 생각을 나는 누누이 강조한다. 고객의 생각을 바꾸려 하지 마라. 그럴 수도 있다는 생각도 하지 마라. 설혹 당시에는 고객을 가르쳤다고 생각할지 모르나 돌아서면 고객은 잊는다. 그게 사실이다. 우리는 고객만족을 최우선으로 생각하는 서비스 업종이다. 그걸 잊어선 안 된다고 나는 늘 강조한다.

내가 가끔 직원들에게 들려주는 사례가 있다. "효자는 부모가 만든다."라는 말이 그것이다. 부모들이 밖에서, 자신의 자녀가 효자라고 줄 곧 말한다면 어떤 현상이 벌어질까? 다른 사람들은 부모의 반복되는 자식자랑에 시큰둥하더라도 그 아이들을 만날 때마다 기특하다는 생각이 들 것이다. 어떤 때는 "네가 그렇게 효자라며?" 하는 덕담도 들려줄 것이다.

몇 명으로 시작한 칭찬도 다수가 되면 진실이 된다. 아이 스스로 효도를 하면 부모뿐 아니라 주변 사람들도 기쁘게 한다는 걸 알게 된다. 그런 정신으로 좋은 제품을 만들어 고객을 감동시킨다면 서로 윈윈하는 상생의 길이 될 것이다. 그 정신이 고객 서비스의 기조가 되어야 한다.

비커 속의 개구리

블랙야크의 사내문화는 유연하고 개방적 풍토를 지향한다. 늘 강조하듯 창의와 혁신이 넘치고 수평적이어야 하며 실력과 실적을 평가하는 냉정한 평가보상제도도 가지고 있다. 선의의 경쟁 즉 자신의 분야에서 뒤처지고 나태해질까 경계하고, 일에 미치는 동시에 자기계발에 열중인 인적 자산이 우리 회사의 큰 힘이다.

자기계발은 현대를 살아가는 원천적 힘이 된다. "에이, 가만있어도 급료가 나오는데 뭐..." 이런 기회주의는 회사를 망치고 자신을 망친다.

그런 상황을 실감나게 풀어 낸 비유가 있다. 바로 비커 속 개구리에 대한 이야기다. 개구리를 비커에 집어넣고 물을 서서히 데우면 개구리는 그 온도에 적응한다. 자기 딴에는 변화한답시고 적응을 위하여 체온을 서서히 올린다.

그러나 온도가 더 올라가면 어느 순간 삶아져 죽는다. 이 말은 무엇을 말하는가? 살려면 개구리는 비커를 뛰쳐나가는 수밖에 없다. 절대적으로 변혁이 필요한 시기에 개구리는 자신의 몸 온도를 조금 높이면서 견디려 한다. 겨우 한 치 앞에 올 엄중한 운명을 모르면서 그 순간의 상황만 때우려 하는 것이다.

급격한 변화엔 빠르게 반응하면서 오랜 시간을 두고 천천히 이뤄지는 변화에는 둔감해지는 그런 개구리가 되지 말아야 한다. 100%의 변화가 요구되는 시기에 30%만 바뀌고 마치 다 바뀐 것처럼 생각하는 것은 나머지 70%을 포기하자는 것이며 비커 속 개구리와 다를 바 없다.

우리 가산동 본사 근처에 많은 식당들이 있다. 식당마다 음식이 다르듯 일을 하고 있는 종업원 역시 고객을 맞는 방법이 다르다. 음식을 주문할 때부터 마지못해 주문을 받는 사람이 있다.

식당업이 고된 노동인 줄은 알고 있으나 얼굴에 미소 하나 없는 그런 사람을 볼 때면 오히려 손님인 내가 힘들다.

내가 돈 내고 사 먹는 점심인데 오히려 눈치를 볼 때도 있다. 그럴 때는 음식이 나와도 먹고 싶은 기분이 들지 않는다. 반면에 손님들의 주문을 신이 나서 받는 사람도 있다. 고객 입장에서도 왠지 즐겁다. 음식 맛도 좋아진다. 같은 식당이고 같은 사람들인데 대 고객 서비스는 하늘과 땅 차이이다.

사업을 하기 위해 필요한 것은 고객이다. 고객이 없다면 사업은 다만 취미생활을 하는 것에 불과하다. 목숨 걸고 취미생활을 하는 사람은 없다. 아웃도어 시장에서 우리 블랙야크는 무한경쟁 속 진검승부를 하고 있다. 호황일 때도 그렇겠지만 특히 불황일 때 품질이 나쁜 제품으로 한 번 낙인찍히면 해당 기업은 치명타를 입게 되는 것이다.

이런 간단한 사실을 알고 있어야 한다. 경쟁업체도 우리와 같은 시장에서 비슷한 조직이 같은 상황의 경쟁을 하고 있다. 시장은 너무나 냉정하다. 블랙야크의 모든 성원들이 고객만족을 넘어 고객감동의 자세가 되어야 할 이유가 거기 있다.

"지금 자면 꿈을 꿀 수 있지만, 자지 않으면 꿈을 이룰 수 있다고 생각했습니다. 연습에는 장사 없으니 죽을 만큼 노력하자, 안심하면 무너진다... 그런 생각뿐이었죠. 제게는 노력이라는 칼이 있으니까, 불안감을 연습으로 극복했습니다. 120%를 준비해야 무대에서 100%의 실력을 발휘할 수 있습니다. 준비가 되어 있지 않으면 저는 아예 시작도 하지 않습니다."

이 말은 누가 한 말일까? 경제개론의 백 마디 이론보다 더 핵심을 찌르는 이 말의 주인공은 바로 젊은이들의 우상이자 세계 시장으로 진출한 가수 '비'가 한 말이다.

성공은 기다리는 사람에게 온다. 다만 그것을 받을 준비가 선행 되어야한다. 아웃도어 의류의 시장성은 아직 무한한 잠재력이 있다. 꼭 등산복이 아니더라도 삼면이 바다인 우리나라에서 해양스포츠가 활성화된다면 그쪽 제품들로 진출할 여지가 있다. 과거에는 아웃도어 의류는 곧 등산복이라는 인식이 강했지만 지금은 일상복으로도 많이 활용되고 있는 것이 그 지표가 된다.

그런 점은 통계에도 잘 나타나 있다. 지속적인 경기침체에도 불구하고 선전하고 있는 아웃도어 시장은 2006년 약 1조 2,000억 원, 2007년

1조 5,000억 원에 이어 올해 1조 8,000억 원대 시장이 전망되는 등 매년 20%에 달하는 성장률을 보이고 있다.

통계청에 따르면 2007년 등산 인구 1,000만, 사이클 인구 300만, 러닝 인구 200만에 육박하고 있다. 여기에 2000년대 들어서며 입기 편한 기능성 등산복을 평상복처럼 입는 유행이 시간이 갈수록 트렌드로 자리 잡고 있다. 시장을 키우는 데 결정적인 대목인 것이다.

5 고(故) 정주영 회장과 여성이 살린 업계

금강산 관광길이 열리다

IMF를 맞은 한국이 휘청거리고 있을 때 당연히 그 불똥은 등산장비 업계로도 튀었다. 신용과 자금 경색으로 경제의 혈액인 돈의 흐름이 완전히 막힌 것이다. IMF 한파는 대량실직 사태를 불러왔고 큰 사회문제가 되었다. 두 집 걸러 하나씩 명퇴자, 실직자가 생겨나던 시절이었다.

회사가 문을 닫자 실직한 남편은 충격을 받을까 봐 아내에게 그 사실을 알리지도 못하고 아침이면 평소처럼 양복 입고 도시락 들고 출근길에 나선다. 갈 곳이 없는 남편은 근교 산으로 발길을 돌린다. 산 밑에서 등산복으로 갈아입고 등산으로 시간을 보내다가 근무가 끝난 것처럼 귀가한다. 당시 신문 사회면에 이런 기사가 자주 실렸다.

그렇게 암울했던 시기였는데, 그러나 세상 이치는 참으로 묘하다. '위기는 기회다.' 라는 말처럼 그때 몇 가지 일이 겹쳐 침체일로에 있던 등산업계가 살아날 동력을 얻은 것이다.

한국 정부가 IMF로 간 잔인한 11월, 등산장비업계에는 좋은 소식이 왔다. 1998년 11월부터 금강산관광이 시작된 것이다. 금강산관광 운영권을 획득한 현대아산이 국민을 대상으로 관광객을 모집하기 시작했다.

이것이 우리 동진레저뿐이 아니라 전체 장비업계를 살리는 계기가 될 줄은 처음에는 잘 몰랐다. 방북교육을 받은 관광객들은 준비물을 챙겨야 하는데 준비물 중에 등산화가 필수품이었다. 11월 금강산은 이미 겨울이어서 관광객이 미끄러져 다칠 수도 있었기 때문이다.

초창기 금강산관광객은 대부분 실향민이었다. 실향민들은 나이가 많아서 방북교육을 받으러 갈 때에 며느리나 딸을 대동하고 갔다.

등산화가 필수라는 교육을 받은 뒤에 자녀들은 노인의 손을 잡고 장비점 매장에 오게 된다. 등산화가 필요했던 것인데 매장에 진열된 등산복에도 관심을 보일 수밖에 없었다. 노인들에게 겨울 금강산은 추운 곳이다. 따라서 등산화 외에 등산복도 같이 구매를 했다. 그런 특수 경기 때문에 무너지는 장비업계를 정주영 회장이 살려 줬다는 이야기를 그때는 많이 했다.

또한 금강산 특수와 함께 IMF로 실직한 사람들이 산으로 밀려들기 시작했다. 등산은 예전이나 지금이나 가장 값싸게 정신까지 아우르는 운동이다. 생전 등산을 안 해 본 사람들도 금방 산의 매력에 빠져들었다. 그들은 산길을 걸으며 자신을 위로받고 미래를 설계했다. 그때가 아마 기하급수적으로 등산 인구가 늘어난 시기였을 것이다.

또 하나 중요한 계기가 된 것은 여성 등산 인구의 증가다. 남편들의 산행 행렬이 넘치기 시작한 것과 동시에 아내도 등산에 동참하기 시작했다. 김밥을 만들어 남편을 따라 같이 산에 오르기 시작한 여성들. 산이 참 좋더라는 남편의 권유로 산을 찾은 여성들. 집에만 있던 여성이 등산을 해 보니 산행의 즐거움을 알게 되었다. 아이들이 학교에 가고 나면 이웃 친구들과 함께 산에 가는 유행도 생겼다. 남자들의 전유물로 여겼던 등산을 아내들이 스스로 하며 체력을 단련하고 정신건강을 얻었다.

유대인 속담에 "돈을 벌려거든 여자의 마음을 잡아라."라는 말이 있다. 장비업계에도 이 말은 큰 위력을 발휘하게 된다. IMF를 계기로 집안의 경제권은 급격하게 여성들에게 넘어갔다.

여성들이 구매의 주체로 떠오른 것이다. 등산을 자주 하는 여성들의 증가가 장비업계를 살리는 중요한 계기가 된 것이다. 원래 여성들은 옷에 관심이 많은 법이다.

필요에 의하여 쿨맥스나 고어텍스 등 기능성 제품의 등산복을 사서 입어 보니 좋고 편한 것을 알게 된 것이다. 그 가치를 안 여성들은 자신의 것만 아니라 남편과 아이들 옷도 구매하게 되었다. 이때 모든 아웃도어 매출이 많이 늘었던 시기였다. 얼마나 많은 사람들이 산을 오르는지 그 시절은 등산화 비슷하기만 해도 다 팔렸다는 말이 있을 정도였다.

한국의 IMF 한파는 장비업계에 독이 된 동시에 약도 되었다. 그렇게 IMF를 극복했지만 그 환란이 끝났어도 산을 향한 사람들의 열정은 식을 줄 몰랐다. 여성 등산객들이 늘어나기 시작했던 그때가 장비업계의

재도약기였다. 여성 등산객들은 산 곳곳을 물들이며 등산 패션을 주도
해 가는 동시에 아웃도어 의복을 일상적 옷으로 정착시키기 시작했다.
여성 등산객의 증가가 장비업계로서는 구세주와도 같은 것이었다.

예전엔 등산복이 남성의 전유물이었지만 이제는 아내도 입고 남편의
등산복을 골라 주는 시대가 되었다. 그러므로 디자인이 여성의 맘에 들
지 않으면 아웃도어는 팔리지 않을 것이다.

IMF 이전에 3,000억으로 추산되던 시장 규모가 지금은 1조 8,000
억이라고 평가되고 있다. 손꼽을 정도이던 아웃도어 업체가 수도 없이
늘어났다. 엄청나게 커진 시장에 기존의 업체와 새로 진입한 기업들이
생존을 위하여 전력투구를 하고 있다.

시장이 커진 중심에 여성 등산객의 증가가 있었고 그 숫자는 지금도
증가 추세다. 이제 제품개발에서 마케팅, 홍보, 모니터링에 이르기까지
여성을 최우선에 두고 전략을 세울 때인 것이다.

블랙야크도 이러한 시장의 흐름에 따라 디자인과 기능성에 더욱 집
중했다. 그때 블랙야크는 회사 내에 연구소를 만들었다. 매출 총액의
10% 가까이 디자인 개발에 투자하며 아웃도어 시장의 패션화에 앞장섰
다. 한국인들이 일반적으로 말하는 의류패션 명품은 대부분 이탈리아,
프랑스 제품이다. 그러나 그들이 예술적인 기질은 조금 더 가졌을지언

정 그 나라들만 디자인과 명품을 만드는 천재성을 부여받고 태어난 것은 아니다.

물론 유럽의 문화풍토가 우리와 다르다는 것은 잘 알고 있다. 예술가들을 우대하고 디자이너의 중요성을 인식하는 분위기도 우리와 다르다. 그런 풍토에서 대를 이어가면서 디자인 전문가가 되고 명품도 나오는 것인데 우리는 아직 그런 분위기가 모자라는 것은 사실이다.

연구소의 개설

그러나 언제까지나 사회적 분위기 탓만 하고 있을 수는 없다. 3,000m가 넘는 산이 하나도 없는 우리나라에서 8,000m가 넘는 히말라야 14좌를 모두 오른 등반가를 세 사람이나 배출하였다.

이 세계최고의 기록은 등반가들이 목숨을 걸고 노력한 결실이다. 기업에서도 명품을 만들기 위한 노력을 등반가들처럼 한다면 우리도 당연히 해낼 수 있다고 나는 생각한다. 명품도 인간이 만드는 것이다. 나도 명품을 만들 수 있다, 내가 만든 것이 명품이다, 라는 생각을 가지고 최선의 노력을 해야 할 때다.

그러나 최상의 노력은 말로 하는 것이 아니다. 내가 만드는 제품에 목숨을 걸 정도는 되어야 한다. 죽음의 두려움을 극복하고 14좌를 오르듯 그런 노력이 뒤따라야 명품을 낳는 것이다. 그런 생각에서 만든 것이 블랙야크 자체 연구소이다. 디자인에 대한 애착이 있었던 것은 미래의 마켓 셰어는 이것으로 결정난다는 믿음 때문이다.

연구소에서는 디자인뿐 아니라 기능과 품질까지 모든 것을 테스트하고 분석할 수 있는 시스템이 정착되어 있다.

그런 원단으로 만들어진 제품을 나는 직접 입어 보고 테스트를 한다. 여러 테스팅을 통과한 반응 좋은 소재는 대폭 늘리는 동시에 소재개발도 꾸준히 병행하고 있다.

블랙야크의 경쟁력은 무엇보다 제품의 품질에서 찾을 수 있어야 한다. 우리 블랙야크는 등산복의 소재 중 으뜸으로 여겨지는 고어텍스의 제조와 판매권을 동시에 가진 몇 안 되는 브랜드이기 때문이다. 예전에는 제조 라이선스를 가지고 있던 기업이 있었으나 그들은 생산 원가 절감, 비용절감 등을 이유로 중국과 베트남 등으로 떠났다.

그곳에서 OEM 방식으로 생산해 오고 있으므로 자연히 제조 라이선스는 없어진 것이다.

판매 라이선스를 보유한 브랜드는 많지만 이제 한국에서 고어텍스 제조 및 판매 라이선스를 동시에 보유한 기업은 단 두 곳뿐이다. 그중에서도 유일하게 동진레저의 블랙야크는 한국 내 자체 공장에서 생산을 해 오고 있다. 우리 블랙야크가 국내 생산기업으로서 자부심을 갖게 된 원인이다.

이런 점은 관가에서도 인정받고 있는 부분이다. 블랙야크는 국립공원 관리공단 · 경찰청 특공대 · 청와대 경호실 등에 고어텍스 제품을 제조, 납품하고 있으므로 공신력에 신뢰를 얻고 있다.

아웃도어 고객들은 계속 젊어지고 있는 추세다. 연령대도 많이 내려왔다. 아웃도어의 주 고객층이 예전엔 주로 40대였지만 지금은 20~30대의 고객층이 늘어나고 있다. 젊은 층에서는 특히 디자인에 더 관심을 보이고 있다. 이에 블랙야크는 젊어진 고객층을 위한 다양한 라인을 제안하고 있는데 이것은 미래시장에 대비한 당연한 시스템의 일환인 것이다.

예전의 등산복 개념에서 벗어나 패션과 어우러진 전문 아웃도어로 변해야 이 시장에서 살아남을 수 있다. 소비자들이 눈높이가 변하고 있고 아웃도어의 트렌드가 빨라지면서 순발력 있는 대응이 절실하게 요구되고 있다.

이제는 세계가 하나의 경제권으로 돌아간다. 예상은 했지만 이렇게 빠르게 진행될 줄은 아무도 몰랐다. 글로벌 세상은 이제 코앞으로 닥쳤고 블랙야크도 당연히 그에 대한 준비를 하고 있다. 아웃도어 브랜드들이 저마다 족보를 갖고 있지만 이제 블랙야크도 중국은 물론 세계 곳곳을 누빌 시기가 오고 있는 것이다.

얼마 안 있어 아웃도어는 새로운 시장으로 재편성될 것이다. 이때를 대비하여 블랙야크는 프리미엄 아웃도어 브랜드가 되기 위해 힘을 쏟아야 한다. 그런 기획의 일환으로 제품 디자인에서부터 가격, 품질 등에서 타 브랜드들과 차별화를 선언했다. 블랙야크만의 정통 아웃도어 이미지를 살려 제2의 도약기를 차분하지만 열정을 가지고 준비하고 있다.

전사적인 전략수립의 일환으로 CI · BI작업을 진행 중인 블랙야크는 그동안 남성에 치우친 강한 브랜드 이미지에서 여성과 젊은 층 고객을 흡수할 수 있는 방안으로 브랜드 라인을 보완하고 있다. 또 제품기획 방향도 컬러 측면에서 아웃도어 업체들이 그동안 기피해 온 다양한 색상들을 선보이며 트렌드에 발 빠르게 대응해 나갈 것이다.

다시 중소기업이 살길이다

히말라야 등반 중에 무서운 것은 히든 크레바스다. 끝이 안 보이는 빙하의 갈라진 틈을 크레바스라 하고 그 위에 살짝 눈이 덮인 상태를 히든 크레바스라고 한다. 그냥 보기엔 멀쩡한 설원인데 방심하고 걷다가는 말 그대로 숨은 크레바스에 빠진다. 이렇게 중소기업의 경영이란 어디엔가 숨어 있을 크레바스를 피해 걷는 길이다.

생존을 위해 마른 수건에서 물을 짜내 듯 최선의 노력을 다해야 하는 숙명을 가진 존재가 중소기업이다.

지금 고환율과 원부자재 값 상승의 여파로 가장 고통받고 있는 곳도 중소기업계다. 현재 중소기업 가운데 투자 및 고용 확대 여력을 갖춘 곳은 극소수에 불과하다. 그 점을 감안하면 지금 중소기업이 얼마나 생존이 어려운 상황에 몰린 것인가를 알 수 있다.

지금 세계 경제의 위기 속에서 한국도 몸살을 앓고 있고 그중 가장 아픈 부분이 고용에 관한 것이다. 구조조정이 현실화되면서 직장이 없어지는 상황에 실업대란이 현실이 된 것이다. 이런 상황에서 실업대란을 해결할 수 있는 것이 중소기업이다.

그러나 사람들이 착각을 하고 있는 것이 하나 있다. 대그룹이 고용창출에 절대적 기여를 한다는 생각이다. 그렇지 않다. 2009년 2월, 지난

10년간 대기업 일자리는 130여만 개 줄어든 반면 중소기업 고용은 240여만 개 늘어나 일자리 창출에 절대적으로 기여한 것으로 나타났다.

또 중소기업 중앙회가 발표한 '중소기업 위상지표'를 보면, 외환위기를 겪은 1998년을 제외한 1996년부터 2006년까지 중소기업 부문 일자리는 해마다 늘어나 모두 247만 2,000개의 일자리가 창출됐다. 같은 기간 대기업 일자리는 129만 7,000개 감소했다. 당연한 결과다.

대기업에 의한 중소기업의 고용창출은 산업구조상 바람직한 일이다. 그렇게 되어야만 한다. 그러나 대기업들이 고용 없는 성장을 지속하는 동안 중소기업들이 지속적으로 고용창출을 이루어 냈다.

중소기업의 높은 국가경제 기여도는 1963년부터 2006년까지 43년간의 통계치 비교에서도 확연히 드러난다. 이 기간 제조업 전체의 고용 증가분에서 대기업은 22.6%인 56만 명에 그치지만 중소기업이 차지한 비중은 77.4%인 193만 명에 이른다.

간단하게 정리하자면 현재 모든 일자리의 87%를 이상을 중소기업이 차지하고 있다는 것이다.

2008년 9월이라고 기억한다. 재계총수들이 전경련 회장단회의에서 투자 및 고용 확대를 통한 경제회생 방안을 놓고 머리를 맞댔지만 뾰족한 해답을 찾지 못했다. 이날 회장단회의의 화두는 대기업만의 투자와 고용이 한계에 봉착한 상황에서 어떻게 하면 경제 살리기 움직임을 사회 전반으로 확산시킬 수 있는가 하는 것이었다.

회장단회의는 발표문에서, 장치산업 중심의 대기업만으로는 전체 일

자리 확대에 한계가 있으므로 중소기업의 고용창출이 필요하다고 말했다. 이 말을 요약하면 전체 고용의 87%를 차지하는 중소기업이 고용확대에 나서지 않고서는 상황개선을 기대하기 어렵다는 것이다.

고용시장은 악화일로다. 물론 경제침체 때문이다. 한국은행 조사결과 지난해 4·4분기 경제성장률은 -5.6%로 1998년 이후 처음으로 마이너스를 기록했고 수출, 투자가 급감하고 내수도 급랭하면서 한국경제는 추락하고 있는 상태다.

경제가 역성장하면서 외환위기 이후 지속적으로 증가해 2007년 2만 달러를 넘어섰던 1인당 국민소득도 지난해 다시 1만 달러대로 내려앉았다. 그만큼 금융위기가 경제에 미치는 충격이 예상보다 훨씬 크다는 사실을 보여 준다.

이런 상황을 견딜 수 없어 자고 나면 문 닫는 중소기업을 보는 것은 참으로 고통스러운 일이다. 인내를 가지고 끝까지 버텨야 하며 시장에서 최대한 살아남아야 한다는 걸 잘 아는 중소기업들의 도산은 결국 실업자를 흡수하기는커녕 양산하고 있다.

스피드가 미래를 결정한다

그런 점에서 나는 우리나라가 경공업을 너무 빨리 포기했다고 생각한다. 지금은 봉제 주문이 있어도 국내에서 생산할 곳이 없는 상황이다.

우리 경제는 노동 집약적으로 일구어 낸 경공업으로는 고성장을 할 수 있는 단계를 벗어났다고 하면서 경공업을 너무 빨리 포기했다. 그러니 경공업 제품을 찾으러 모두 중국이나 동남아로 나가고 있는 것이다.

그 결과가 어떤가? 예전에는 자본, 기술, 설비 모두 우리가 중국에 큰소리 쳤지만 이제는 이 세 가지 모두 중국이 더 나아졌다는 생각이다. 전세계 아웃도어 유명 브랜드 중 중국에서 제작하지 않는 것이 없을 정도가 되었으니까.

이제는 중국을 판매 시장으로 생각하는 기업이 늘고 있다. 우리 블랙야크의 중국 진출 역시 다른 기업의 눈으로 보면 스피드 경영이라는 말을 듣는다. 그만큼 앞서 갔으니까. 그러나 그 이면엔 그 만큼의 어려움과 장벽을 돌파한 노하우가 있다. 이제 세상은 더 이상 규모가 크다는 것과 사람이 많다는 것이 기업의 자랑은 아니다.

또한 쌓아놓은 자산이 많다는 것만으로 경쟁력이 결정되는 게 아니다. 글로벌 경쟁력을 갖추는 조건으로는 변화에 적응하는 스피드를 얼마만큼 빨리 낼 수 잇느냐는 것이다. 그런 조직이 되고 있느냐를 끊임없이 성찰하며 기업의 방향을 재빠르게 변신시켜야 된다는 점이다.

거대 공룡이 멸종된 것은 그 몸집 크기에서 비롯되었다는 말이 있다. 현대는 스피드 시대다. 아무도 그것을 부정하지 못한다. 중소기업의 동선은 매우 빠르다.

능력 있는 직원의 목소리를 반영하여 회사의 정책에 적용하는 데 탄력적이라는 점은 따지고 보면 돈보다 중요한 것이다. 그런 중소기업의 장점은 대기업에는 단점이 되고, 중소기업의 단점은 대기업의 장점일 것이다. 현재 중소기업이 현장에서 느끼는 어려움은 매우 심각하다.

글로벌 경기침체 여파 때문이다. 키코(KIKO)에 가입한 중소기업의 환차손에 따라 기업의 존폐를 고민하게 된 중소기업, 은행을 통한 신규 대출이 막힌 기업 등 중소기업이 느끼는 어려움은 일반인의 상상을 초월한다. 그러나 나는 우리 중소기업이 이대로 좌절할 것이라고 생각하지 않는다.

우리 중소기업은 과거 위기가 있을 때마다 고부가가치 제품을 생산하고 신규 유망품목을 개발하며, 틈새시장을 개척해 위기를 기회로 활용한 자랑스러운 선례를 가지고 있다. 지난해 우리나라 수출실적은 4,224억 달러로 처음으로 4,000억 달러를 넘었다.

블랙야크 고객과 함께한 히말라야 트레킹 1

지난 1964년 수출 1억 달러를 돌파한 지 불과 44년 만에, 그것도 세계적인 불황 속에서 이루어 낸 값진 성과다. 이번에도 그런 저력을 보여 줄 것이라고 생각한다. 물론 지금의 현실은 우리에게도 아프다.

그러나 히말라야에서도 견디는 야크의 강한 생존 본능을 이어받은 블랙야크는 이런 환경을 견뎌 낼 자신이 있는 것이다.

토종의 고집

국내 기업들이 원가절감을 위해 중국, 베트남, 말레이시아 등지로 나가 제품을 생산했을 때도 블랙야크는 주 아이템의 국내생산을 고집했다. 그것이 소비자들에게 신뢰를 줄 수 있는 브랜드로 인지될 뿐만 아니라 제품력에서 앞설 수 있다는 판단에서였다.

올해가 중국 시장에 본격적으로 진출한 지 11년째가 된다. 각오는 했으나 농담 반 진담 반으로 그중 8년 동안은 1년에 집 한 채씩 중국에 갖다 바쳤다고 말했었다.

비싼 수업료였지만 그 결과 이제 제대로 시장에 진입한 것이다. 좌절하지 않고 지속적인 투자를 한 것은 옳은 판단이었다. 만약 지금 시작한다면 그때보다 수업료가 더 들 것은 분명한 일이니까. 중국 마켓에 들어간 것은 글로벌 브랜드로 성장하기 위한 시금석이었다.

블랙야크 베이징 1호점을 오픈하던 날의 감동을 나는 잊지 못한다. 우리가 해냈다는 만족감 보다는 거대 시장 중국에 상륙했다는 것에 커다란 성취감을 느꼈던 것이다.

베이징이 중국의 정치 수도라면 경제 수도는 상하이다. 중국에 1호점을 낼 때 어디에서부터 시작할까 망설였다. 중국인들이 좋아하는 용으로 비유하자면 베이징은 머리고 상하이는 꼬리다. 경제 중심지라지만 상하이는 꼬리일 뿐이다.

나는 중국의 수도 베이징에서 시작하는 것이 몸통을 거쳐 꼬리까지 뻗어나갈 수 있다고 판단했다. 그래서 블랙야크의 첫 매장 오픈을 베이징으로 결정한 것이다.

아웃도어 불모지인 중국 시장에 한국 토종 브랜드로서 첫 깃발을 꽂은 블랙야크는 중국 시장에서 자리 잡은 상태지만 이제 세계무대로 눈을 돌려야 할 때라고 생각한다. 블랙야크의 도전은 결코 여기서 멈추지 않을 것이다.

경영의 기본은 살아남는 것이다. 나는 그것을 히말라야 등반을 하며 배웠다. 등반대의 짐 수송을 하는 블랙야크를 처음 만난 것도 그때다. 야크의 생존력은 놀랍다. 폭풍한설이 몰아치는 희박한 공기, 빙점하의 불모의 땅에서 야크는 살아남았다.

경영환경 역시 그런 불모의 땅에서 살아남는 것이다. 따라서 경영자는 늘 긴장을 요구받고 있다. 살아남은 기업보다 실패한 기업이 훨씬 많다는 것은 그만큼 기업경영이 어렵다는 것을 증거한다.

얼음기둥과 눈사태, 크레바스와 추위 속에 등반에 나서는 산악인의 생각은 정상등정에 있지만 그보다 우선하는 것은 살아 돌아오는 것이다. 그런 점에서 등반도, 경영도 기본은 생존이라 말할 수 있다.

최선을 다했다고 히말라야 고봉을 다 오르는 건 아니다. 대장은 등반 중 일어날 수 있는 여러 변수를 염두에 둬야 하고 등정에 실패했을 때의 대책도 세워 놓아야 한다. 그런 기획이 등반대에 필요한 것처럼 기업경영에 실패했을 때의 프로그램도 필요한 것이다.

생존해야 실패한 등반대가 다음 등반을 할 수 있고, 살아남아야 실패한 기업이 재기할 수 있기 때문이다. 기업경영에 있어서 경영자와 관리자의 호흡은 매우 중요하다. 한 몸이 되어 같은 생각, 같은 방향으로 나가야 하기 때문이다.

그것을 우리는 리더십과 협동심이라고 말한다.

중국 산악인의 명품 블랙야크

장지따(張吉大) 중국등산전문지 〈싼예(山野)〉 편집장

중국의 등산 전문잡지 중 올해로 창간 16년째를 맞고 있는 우리 〈싼예〉가 제일 오래되었다. 지금은 매달 1만 부 정도 팔리지만 점차 부수가 늘고 있다. 아직 등산이 활성화되지 않은 중국에서 등산에 눈을 뜨는 인구가 점차 늘어나고 있기 때문이다.

좋은 정보를 그들에게 전할 수 있고 인민의 건강을 생각하면 등산용품 시장이 더 커져야 한다고 생각한다. 광고수익이 잡지발행에 큰 부분을 차지하고 있으니까. 블랙야크는 중국에 진출한 이래 우리 잡지에 매달 표지광고를 독점하고 있다.

한국과는 달리 중국에서는 일반적인 등산이 이제 시작되었다. 우리 잡지가 추산하는 등산 애호 인구는 대략 6,000만 명 정도다. 물론 한국 전체의 인구보다 많지만 13억이라는 숫자를 생각하면 작은 숫자다. 그러나 점차로 그 인구가 확장되고 있는 추세인데, 경제성장이 촉진됨으로써 인민들의 관심이 등산으로 쏠리기 시작한 것이다.

중국 하면 역사의 나라다. 지금은 그런 것 같지 않지만 고산 등산 역사도 오래되었다. 1960년 초모랑마(에베레스트) 신 루트 등정과 1964년 시사팡마 초등정이 그런 사실을 말해 준다. 티베트 여성 산악인 지지(吉吉)가 1975년 초모랑마를 오름으로써 세계 최초의 여성 등정자가 되었다. 그러나 잘 알다시피 중국은 그동안 폐쇄적인 나라였고 국민소득이 높지 않아 등산 인구가 적었던 것이다.

1998년 블랙야크가 베이징에 제1호점 매장을 열었을 때 우리 잡지에서 취재를 한 바 있다. 그때만 하더라도 외국 브랜드로서 베이징 중심가에 단일 매장을 연 것은 블랙야크가 최초였다. 블랙야크라는 이름을 처음 들으면서 브랜드 네이밍, 즉 상표를 잘 지었다고 생각했다.

중국어는 한국과는 달리 표의문자(表意文字)를 사용하고 있다. 코카콜라를 커커우커러(可口可樂)라고 하며, 뜻은 '맛있고 즐겁다'는 것이다. 중국인들에게도 인기가 있는 한국산 초코파이는 하오리요우 파이(好麗友派)라고 하며, 이 말은 '좋고 멋진 친구'라는 뜻이다. 삼성(三星)의 휴대전화기를 비롯하여 가전제품은 중국에서 그 인기가 대단하다. 그러나 상품의 높은 인지도에 비해 기업으로서의 삼성은 중국인들에게 잘 알려져 있지 않다. 이름이 한자이긴 하지만 그 글자가 가지는 특별한 의미가 없기 때문이다.

블랙야크라는 이름은 그런 면에서 아주 잘 지은 이름이다. 중국 교과서에도 나오는 야크를 모르는 중국 사람들은 없다. 또한 험한 산야를 누비는 등산가들에게 블랙야크 제품의 성질을 암시적으로 나타내고 있기 때문이다. 중요한 것은 독특한 이름이기에 법적으로 보호받을 수 있는 브랜드라는 것이다. 내가 아는 한국의 몇몇 기업들은 기존의 중국 상표와 유사하여 문제가 발생된 적이 있다.

중국의 시장개방이 가속화하면서 아웃도어도 지금 세계적 브랜드들이 중국으로 몰려들고 있다. 그런가 하면 비록 디자인과 성능은 약간 떨어지더라도 가격 경쟁력으로 성장하고 있는 중국 아웃도어 브랜드들도 있다. 중국의 아웃도어 제품들이 하청 생산에서 얻은 노하우와 디자인 감각을 중국 브랜드에 도입하고 있는 것이다. 이미 중국은 브랜드의 천국이다. 한 해 동안 중국 내에서 등록된 상표가 27만여 건에 달한다는 사실이 그것을 증명해 준다.

중국 아웃도어 시장은 대략 50억 위안으로, 한국의 4분의 1 정도 되는 줄 알고 있다. 중국에서 대략 6,000만 정도로 추산하는 애호가 중 등산복을 입는 숫자는 5%도 안 된다. 그만큼 고어택스라든지 기능성 옷감에 대한 인식이 낮다. 그러나 이젠 그런 생각이 점차 바뀌고 있는 중이다. 산에서 비를 맞고 몇 명이 저체온으로 사망한 사건이 있었는데 고어텍스를 입은 두 사람만 살아난 것이 보도된 적이 있다.

그러나 고기능성 옷은 아직 중국 수준에선 비싸다. 베이징 외곽 근로자들 한 달 봉급을 털어야 블랙야크 고어텍스 오버트라우저를 살 수 있으니까. 그럼에도 중국 프로 산악인은 블랙야크 제품을 선호한다. 등산 마니아들은 블랙야크를 잘 알고 있다. 중국에서 제일 많이 팔리는 제품은 중저가 가격의 탄호저와 오자크가 있다. 그 다음이 블랙야크가 따르고 있다. 그러나 앞의 두 제품은 중국산이니까 외국 브랜드로서는 블랙야크가 일등인 것이다.

중국은 블랙야크에 대하여 거부감이 없다. 언젠가 강 사장을 만난 자리에서 블랙야크라는 상표에 얽힌 이야기를 들었다. 당신이 티베트에서 히말라야를 등반할 때 야크를 보고 영감을 얻어 이름을 지었다고. 그 이야기가 재미있어 우리 잡지에 그 스토리를 쓴 적이 있다.

블랙야크는 어려울 때 중국에 지속적인 투자를 한 걸로 알고 있다. 중국에선 모든 일에 기다림이 중요하다. 한국 브랜드 중 거의가 철수를 하거나 고사 직전이다. 너무 빨리 이익을 보려는 경향에서 그런 것이다. 블랙야크는 11년 투자의 꽃을 이제 피우기 시작했다고 본다. 블랙야크는 위기 때 기회를 잘 포착하였기에 한국 제품으로서는 성공을 거둔 것이다.

블랙야크의 미래를 보는 눈을 믿는다. 마라톤 42.195km를 누가 완주하느냐는 말로 비유를 했던 강 사장의 그 저돌성과 끈기에 감명을 받았다. 현재 중국에도 여성 등산 인구가 늘고 있다. 그리고 한국처럼 중국도 산을 찾는 사람이 자연스럽게 많이 증가할 것은 틀림없다.

끝으로 한국의 여성 산악인 오은선 씨에 대한 기사를 우리 잡지에 쓰고 싶다. 오은선 씨가 중국을 온다면 만나고 싶다. 이미 강 사장에게 그 자료를 요청해 놓은 상태다. 참고로 티베트 여성인 지지가 자이언트 4개봉을 올랐고 남자 완등자는 한국처럼 3명이 있다.

팀웍은 강력한 힘이다

등반대에서 우리는 이것들을 배울 수 있다. 불굴의 도전정신이 충만하다고 하여 등반에 성공하는 것은 아니다. 같은 대원들과의 협동과 우애, 솔선수범하는 자기희생을 딛고 등반은 성공하는 것이다.

대원들을 지휘하여 등반을 성공시켜야 하는 대장의 리더십은 기업경영에도 정확하게 들어맞는 용병술이다.

고산증에 시달리며 음식을 제대로 먹지도 못하면서 전진하는 대원들. 심지어 동료의 죽음과 부상에도 겁을 내지 않고 목표를 향해 가는 꿋꿋한 마음. 그런 등반대를 보며 나는 기업경영에 필요한 자질들을 산악인들 세계에서 발견하곤 했다.

개성이 유별난 대원들이 모인 등반대도 사람의 집합이다. 거기에도 갈등이 있으며 생각들이 다를 수 있다. 그러나 대장은 주변의 이런저런 의견 때문에 마음이 약해져서는 안 된다. 정보를 종합하여 대장이 내린 결론을 끝까지 밀고 나가는 추진력은 등반대에서 필수적이다.

그렇듯 기업경영은 개인이 하는 것이 아니라 하나의 팀에 의해서 이루어지는 것이다. 팀의 리더인 경영자는 각 팀원으로부터 최고의 실적을 이끌어 내기 위해서 노력해야 한다.

좌절을 모르고 목표지점으로 나가기 위하여 적절한 동기를 부여해야 하고, 훈련을 시켜야 하고, 격려를 해야 하고, 평가도 해야 한다. 그러면서도 위기상황에서는 고독한 결정을 내려야 한다. 충분히 검토되고 확신이 섰다면 이제는 강력하게 추진해 나가야 한다. 이런 것을 종합해 보면 기업 경영자와 등반대 대장의 생각이 많은 부분에서 일치한다고 생각하는 것이다.

그러나 때때로 오버페이스를 할 때가 있다. 기업이나 등반에서 자신의 페이스를 지키는 것이 매우 중요하다. 마라톤의 예를 든다면 오버페이스 후에는 좋은 기록을 내기 힘들 뿐더러 완주도 어렵게 된다. 등산도 마찬가지다. 히말라야가 아니더라도 산행에서는 꼭 자신의 페이스를 지켜야 한다.

등반 중 동료가 사고가 난다면 그건 본인의 문제가 아니라 이젠 팀의 문제가 된다. 혼자 하겠다는 독선은 절대 정상등정을 보장해 주지 않는다. 모든 문제를 꺼내 놓고 기획을 잘 하면 체력이 약한 사람도 목적한 산 등정에 성공하는 것을 나는 많이 보았다.

요즈음 흔하게 말하는 공격적 경영이라는 말이 있지만, 기업경영의 정도(正道)는 자기 페이스를 지키는 것이다. 기업의 현재 처해진 상황을 무시하고 속도전으로 너무 앞서 가거나 과잉투자한다면 그건 오버페이스라 할 수 있다. 자신을 제어하지 못하면 그 결과가 어떻게 전개될지는 불 보듯 명확한 일이다.

어느 산을 오르거나 등반에서는 등정만 아니라 하산도 해야 한다. 정상은 늘 반환점일 뿐이지 거기에 안주할 수는 없는 곳이다. 그렇기 때문에 자신의 체력을 안배하고 비축해 둬야 하는 것이다.

산에서의 사고는 대부분 하산 때 있다는 통계가 그 중요성을 말해 준다. 정상에 오르는 것도 중요하지만 살아 내려오는 일을 배워야 하는 것이다. 나는 등반 중 두 번에 걸쳐 셰르파 한 명과 대원 한 명을 잃었다. 나 자신 크레바스와 혹독한 고소증에 시달리기도 했다. 등반과 가파른 환경의 경영은 닮았다. 무조건 살아 남아야 한다는 측면에서 그렇다.

열정은 기회를 만든다

누구나 성공을 꿈꾼다. 그것을 이루기 위하여 긴 길을 가야 하는데 거기서 가장 중요한 것은 어느 때라도 샘솟는 열정이다. 열정적으로 자신의 일에 적극적으로 나서면 세상에 못 이룰 일은 없다.

꿈을 이루려는 사람에게 패배의식은 금물이다. 부정적인 생각이 들면 열정이 식는다. 문제를 해결하기보다는 주어진 환경에 먼저 불만이 앞서게 된다. 그러므로 열정이 있어야 실천을 할 수가 있고 일의 해결에 속도를 낼 수 있는 것이다.

등산도 마찬가지다. 열정적으로 땀을 흘린 뒤 정상에 섰을 때 느껴지는 성취감이야말로 진정으로 달콤한 것이다. 열정과 긍정. 이것은 시너지 효과를 내는 상호보완적인 의식이다. 반대로 패배의식과 부정은 자신을 몰락시키는 동시에 조직을 와해시키고 만다.

때로 부정적인 생각으로 가득한 사람을 만날 수 있다. 그런 사람에게는 아무리 좋은 이야기를 해 줘도 비집고 들어갈 틈이 없다. 차를 마실 때도 찻잔이 비어 있어야 차를 따라 줄 수 있다.

히말라야나 큰 산을 등반할 때 산악인들은 마음을 비운다. 그렇지만 자신이 오르지 않으면 정상은 없다는 걸 잘 안다. 정상을 향한 열정이 해낼 수 있다는 긍정적 생각을 만들어 힘든 환경 속에서도 최선을 다할 뿐이다. 그리고 마음을 비운다. 만약 오버페이스를 하거나 악천후 속에서도 정상을 오르려 하면 사고로 이어진다.

정상은 그렇게 마음을 비우고 최선을 다 할 때 오를 수 있다. 네거티브보다 포지티브한 사람은 남의 충고나 새로운 정보를 받아들일 마음의 빈자리가 많다. 바로 긍정의 힘이다.

따지고 보면 그동안 엄청나게 커진 한국 시장에서 가장 큰 수혜자는 외국 브랜드들이다. 우리 소비자들이 세계 유명 브랜드에 대한 선호도가 유난히 높기 때문에도 그렇지만 마케팅 부분에서도 그렇다. 이러한 문제를 한꺼번에 해결하려면 블랙야크가 세계적인 브랜드로 성장하는 것이 가장 쉽다는 걸 잘 알고 있다.

사람들에게 "당신은 누구와 경쟁합니까?"라고 질문할 때가 있다. 그러면 어떤 사람은 "나는 나 자신과 경쟁합니다."라고 대답하는 경우가 있다. 듣기에 따라서는 매우 적절한 대답이다.

산악인들도 그런 대답을 한다. 그런 철학적 생각을 한다는 것도 좋고 그래야 선의의 경쟁을 할 수 있다. 그러나 좀 더 구체적으로 "자신과의 경쟁을 어떻게 하고 있는가?"라고 물으면 그 구체적인 방법을 잘 설명하지 못하는 경우가 대부분이다.

산을 가면 그 방법에 대해 잘 알 수가 있다. 특히 히말라야 같은 고산을 가면 등반할 목표설정이 분명하게 되어 있다. 나는 정상에 가겠다, 아니면 중간까지 가며 팀을 돕겠다, 그런 목표를 마음속으로 정해 놓아야 한다. 그런데 목표를 중간으로 잡은 사람은 자신이 생각했전 지점까지 가지 못하는 경우가 많다. 왜냐하면 의지가 약해지기 때문이다.

에이, 조금 더 올라가는 게 무슨 의미가 있어? 어차피 정상에도 안 오를 건데, 뭐. 그런 자기변명, 자기합리화를 한다. 당연하게 그 사람은 기회가 주어져도 정상에 도달할 수가 없다. 반면에 출발부터 정상에 가겠다는 계획을 세운 사람의 성공 확률은 높다. 물론 실패할 수도 있다. 그런 사람은 실패의 교훈을 뼈저리게 느끼고 더 분발하여 다음기회 에는 올라 설 수 있는것이다.

이윤 추구는 기업의 가치

정상에 오르지 않을 것이기에 적당히 살며 자기변명에 능한 사람은 낙오자가 되기 십상이다. 세상의 눈은 밝고 스크린은 촘촘하다. '적당히' 가 통하는 시대는 이미 지났다. 기업경영의 목표는 오직 정상에 있다. 그 정상이 상징하는 것이 세계적인 재벌이나 그런 게 아니다. 자신의 기업이 추구할 가치, 즉 목표치가 정상인 것이다. 물론 산의 높이와 난이도가 다르듯 경영의 목표도 다양하다.

이분법적인 말 같지만 우리가 설정한 정상에 도달하는 게 성공이라면 나머지는 패배일 뿐이다. 그런 점에서 목표설정이 분명해야 하는 등반에서 자기 자신과 싸우는 방법은 중요하다. 그렇듯 기업경영에 등반을 대입시킨다면 그 방법을 배울 수 있는 것은 너무나 분명하다.

이 세상의 모든 일은 무언가를 팔고 사는 과정이며 그 가운데서 이익을 내야 한다. 만약 이익을 내지 못한다면 우리가 벌이는 사업은 가치가 없을 뿐 아니라 손해를 보는 것이다.

그러나 한 가지 명심할 부분이 있다. 거대 재벌들이 만드는 장치산업부터 우리처럼 아웃도어를 만드는 회사에게 똑같이 적용되는 룰이 있다. 그건 고객에게 만족을 팔아 이익을 얻는다는 것이다. 만약 고객에게 만족을 팔 수 없다면 이익이 날 리가 없고 날 수도 없다.

오늘날, 잘 만들면 팔린다는 품질관리(QC : Quality Control)를 넘어 고객의 마음에 들어야 팔린다는 고객만족(CS : Customer Satisfaction) 경영이 대세를 이룬다. 달리 말하면 장사의 가치란 장사가 얼마만큼 사회에 유익한가를 나타내는 정도를 말한다.

고객이 원하는 가치를 더 늘려 줄 때 기업은 잘되는 것이다. 기업의 목적은 어디까지나 이윤추구에 있다. 기업이 이익을 올리기 위해서는 경제적 가치를 창조해야 한다.

그렇다면 경제적 가치는 무엇인가. 여러 가지 원재료를 가공해서 완벽한 제품을 만들어 내는 일이다. 또한 우리 제품을 입고, 메고, 신었을 때 좋아하고 만족하다면 이것은 모든 사람들의 행복과 직결된다. 따라서 고객은 구입한 제품을 통해서 만족을 얻고, 출자한 주주는 배당금으로 만족을 얻는다. 그리고 직원들은 안정적인 환경에서 만족감을 얻게 된다. 이것이 곧 공동의 이익이다.

이윤추구는 기업의 속성이지만 사회로의 이익환원 역시 주어진 의무

중 하나다. 원론적인 이야기이지만 기업은 수많은 사람을 먹여 살리고 세금을 내는 것을 보람으로 여긴다. 그러나 기업이 사회에 기여만 하는 것은 아니다. 오히려 기업은 사회로부터 더 많은 혜택을 입고 있음을 잊어서는 안 된다. 왜냐하면 기업에 필요한 사람과 자본, 도로와 항만 등 기업경영에 필요한 모든 인프라는 사회가 제공하는 것이기 때문이다.

그런 점에서 기업경영자는 사회를 고려해야 하고 기업의 이익을 사회에 환원하는 일에도 적극 나서야 한다. 이렇듯 이윤추구는 보다 큰 이타적인 뜻을 지니고 있는 것이다.

나는 소띠다
소의 순박한 심성과 우직함을
빗대어 우보천리(牛步千里)라
말 한다
늦어도 소걸음
그런 자세로 세상과 함께했다

1. 산으로 가는 길

신년맞이 산행

2008년의 마지막 날, 나는 회사 직원들과 계방산으로 떠났다. 언제나 그래왔듯 산정에서 2009년 첫 태양을 맞기 위해서였다. 두 대의 버스에 분승한 산행엔 오은선 대장도 함께했다.

한해를 보내는 마지막 밤과 첫날을 좋은 사람들과 더불어 산을 오를 수 있는 건 즐거운 일이다. 직원들로 구성된 블랙야크 산악회의 연례행사인 송년과 신년 산행을 나는 한 해도 거르지 않고 동참해 왔다.

보내는 한 해가 아쉬웠던지 서울엔 강추위가 찾아왔고 버스 차창에는 두꺼운 성에가 끼어 있었다. 그러나 버스 안은 난방이 잘되었고 직원들과 나누는 소주 덕분에 속까지 훈훈했다.

강원도로 가는 영동고속도로는 동해의 일출을 맞으려는 차량으로 꽉 차 있었다. 우리도 그들처럼 첫 해를 맞으러 가지만 바다가 아니라 산정이라는 게 달랐다.

올해로 나는 서울시산악연맹 회장직을 물러난다고 통보했다. 한 번 더해야 한다는 여론이 없는 건 아니었지만 십 년이면 적은 세월이 아니다. 새 술은 새 부대라는 말처럼 신임 회장단에게 바통을 넘겨 줄 시점이라는 생각이 들어 이사들에게 단호하게 통보한 상황이었다.

나는 소띠다. 소의 순박한 심성과 우직함을 빗대어 우보천리(牛步千里)라는 말을 흔히들 한다. 늦어도 소걸음이라는 말일 텐데 그런 마음으로 서울시산악연맹 회장직을 수행해 왔다.

　　사업상 잠을 줄여야 할 정도로 시간에 쫓겼으나 일 년에 한 달 이상
의 시간을 연맹에 할애했다. 평가야 나중에 나오겠지만 나름대로 열심
히 했던 시간임에 틀림없다.

2009년 새해
첫 일출을
계방산정에서

　　503개 단위 산악회가 가맹한 서울시연맹은 한국에서 가장 큰 산악
단체다. 서울시연맹에 가입한 산악회 회장만 모여도 엄청난 숫자가 된
다. 따지고 보면 1986년 처음으로 서울시연맹 이사로 관계를 맺었으니
까 벌써 23년 되었다. 그때는 내 나이 삼십대 중반이고 이사 중에 제일
나이가 어렸다.

　　버스 안이 소등되고 저마다 눈을 붙이고 있다. 영동 고속도로는 차량
으로 홍수를 이루고 꼬리에 달린 붉은 미등이 불뱀처럼 길게 늘어져 있
다. 회장직을 떠난다는 생각이 들어서일까? 잠시 눈을 감고 잠을 청하려
니 그동안의 일들이 파노라마처럼 펼쳐진다.

　　서울시장기 암벽대회, 서울시교육감배 인공암벽대회, 티베트 등산

협회와의 자매결연, 국제볼더링대회, 삼각산산악국제문화제전, 북한산
무당골 합동추모비건립, 티베트와 합동 에베레스트 원정대장등, 일 많

서울시장기
암벽대회

이 하라는 팔자인지 모두 내 임기 중에 치러 낸 일들이다. 서울시산악연
맹 40년사 발간도 기억에 남는다. 그때 모두 고생을 많이 했다. 20년사
라든가 30년사라도 있으면 수월할 텐데 아무것도 없었기 때문이다. 아
마 신임 회장들은 50년사를 만들 때 쉬울 것이다. 40년사가 있으니까.

자기희생적인 훌륭한 연맹이사들의 봉사가 있는 한 서울시연맹은 더
큰 발전을 이룰 것이다. 그런 면에서 나는 행복한 회장이었다고 자신 있
게 말할 수 있다는 생각이 들었다.

잠시 졸았던 것 같은데, 밤새 달려온 버스는 계방산 운두령에 우리를
내려놓았다. 완전 군장을 한 채 차에서 내려서니 휙 달라드는 추위가 장
난이 아니다. 꽁꽁 싸맸는데도 어쩔 수없이 노출된 얼굴이 따가울 정도
다. 분명 영하 20도는 넘는 체감온도였다. 계방산은 눈 풍년이었고 우리
는 열을 지어 산을 오르기 시작했다. 헤드램프에 비치는 나무마다 하얗

게 상고대가 피어 있다. 콧속으로 흡입되는 공기는 맵고 차가웠지만, 헤드램프 빛에 비친 설국의 반짝이는 모습이 흡사 동화 속 나라 같다.

삼각산산악
국제문화제

산정의 해맞이

계방산 능선에 길게 열을 지어 오르는 블랙야크 산악회의 헤드램프 불빛이 꼬리를 문 불뱀처럼 길게 늘어서 있다. 겨울 하늘에는 촘촘하게 별이 떠 있다. 우모복을 입고 가파른 오름길을 올라도 땀이 나지 않는 영하의 기온에 벌써 생수통은 얼음덩이가 되었다. 다행히 등산로는 러셀이 되어 있었는데 거기서 한 발자국만 벗어나도 눈은 깊었다. 아이젠에 밟히는 뽀드득거리는 소리 외엔 산속은 적요했고 차가운 밤하늘엔 별빛이 영롱하다. 달은 뜨지 않았다. 고도를 올리는 것에 비례하여 산 아랫마을이 점점 가라앉고 가물거리는 전등불이 따사롭게 반짝인다.

별은 하늘에서만 뜨는 것이 아니고 땅에서도 뜬다는 사실을 문득 알았다. 저들은 지금쯤 단잠에 빠져 새해 복된 꿈을 꾸고 있겠지. 그들이 꾸는 꿈이 전등불빛이 되어 저렇게 깜박거리는 것인가?

설국 속의 주능선에 오르니 사위는 몰라보게 훤해졌다. 이제 아침이 진군하고 있고 밤은 물러가고 있다는 증거다. 벌겋게 달아오르는 동녘 하늘은 새해 첫날의 해산을 앞둔 진통을 겪고 있다. 설국의 능선이 끝나자 제법 가파른 정상이 나타났다.

산악회원 모두 계방산 정상의 돌탑 아래 모여 떠오를 태양을 기다렸다. 곁에 서 있는 오은선 대장이 너무 춥다고 발을 동동 구른다. 8,000m 14좌 중 9개를 오른 히말라야의 작은 거인 오 대장도 춥긴 추운 모양이었다. 산정의 신새벽은 그렇게 추웠지만 기다리는 태양은 떠오르지 않고 짐짓 변죽만 울리고 있다.

동쪽하늘 붉은 선이 점차 면으로 확장되고 그 중심이 끓어오르는 사이 드디어 붉은 해가 솟기 시작한다. 지켜보는 사람들 얼굴에도 새해 첫 햇살의 붉은빛이 감돈다. 모두의 표정이 진지하다. 누군가는 눈을 감고 무엇인가 웅얼거린다. 그들은 무슨 다짐과 소원을 빌고 있을까. 겹쳐진 산들이 햇살을 받아 선명히 살아났고 눈 쌓인 응달이 빗살무늬처럼 빛났다.

이제 2009년이 시작되었다. 내 곁에서 눈을 감고 두 손을 모은 오은선 대장의 나지막한 기도 소리가 들려왔다. "열정을 잃지 않게 해 주옵소서." 그렇게 스스로 다짐하는 기원의 끝말은 똑똑히 들렸다.

분명 그녀는 이 봄부터 다시 치열하게 부딪쳐 갈 히말라야 14좌 등반

을 위하여 올린 정성일 것이다. 열정이라… 둥실 떠올라 완전한 원을 그
린 저 붉은 태양처럼 식지 않는 열정일까? 그 기운을 받아 좌절하지 않
겠다는 스스로의 하냥다짐일까.

2009년 새해
첫 일출을
계방산정에서
오은선대장과
함께

나는 기념촬영차 모인 직원들에게 덕담을 유도했다.

"이제 기축년 소해가 시작되었습니다. 그야말로 블랙야크 해지요. 저 첫 태양의 순수하고 붉은 기운을 오은선 대장에게 보냅시다. 히말라야 14좌 고봉을 모두 오르라고, 우리의 에너지를 모아 힘껏 보냅시다. 블랙야크의 힘을 보여 줍시다."

산정의 산악회원들이 입을 모아 우렁차게 파이팅을 외쳤다. 그 합창
소리가 힘찬 메아리가 되었다. 간절하면 이루어진다. 이렇게 신새벽 새
해 소망은 밤새 눈길을 올라온 사람만이 누릴 수 있는 절절한 느낌이다.
간절하면 모든 사람들의 꿈은 이루어질 것이다. 오은선 대장에게 보낸
에너지에 감읍하는 걸까?

그렇게 애를 태웠던 태양은 떠오르자마자 빠르게 솟구쳐 눈부신 둥
근 불덩어리가 되었다. 회원들과 해마다 신년 산행을 했지만 이렇게 둥
글게 전체가 드러난 태양은 처음이었다.

그 새해 붉은 태양에서 뭔가 상서로운 기운이 느껴졌다.

지난해는 미국 발 경제위기 때문에 너나 할 것 없이 모두 어려웠을 것이다. 이제 다시 시작이다. 지진이 난 땅에도 샘은 솟고 폭풍이 지난 아침에도 태양은 솟는다. 새해 첫해의 서광은 새로 시작하라는 기분이 들어 좋았다. 다시 초심으로 돌아가 2009년을 시작하라는 의미도 담겨 있는 듯했으니까.

서울시연맹 회장 10년

서울시연맹 회장 10년은 나름대로 열심히 봉사해 온 세월이었다. 지금 서울시산악연맹에 가입한 회원만 55만 명 가량 된다. 실로 굉장한 숫자다. 산이 태반이 넘는 산의 나라에서 태어난 한국인 유전자 속에 산이 친근한 부분으로 존재하는 모양이다. 이제 전국적으로는 산악 인구가 천만 명을 넘어섰다고 한다.

나는 거대 서울시연맹 회장이란 직책을 큰 명예로 알고 거기에 맞게 최선을 다했다고 생각한다. 회장 보직을 수행하면서 나는 블랙야크 임원들에게 불평도 많이 들었다.

공정한 회장 자리를 유지하려니까 블랙야크를 위한 일을 일부러 배제하느라 상대적 불이익을 받는다는 것이었다. 눈코 뜰 새 없이 바쁜 나날이었지만 1년에 한 달 이상을 연맹을 위해 시간을 할애했다. 회사라면 어느 기획행사가 잘못되더라도 손해만 보면 그만이지만 공익을 우선해야 하는 연맹은 달랐다. 한 해에 산악관련 행사가 30여 개가 넘었다.

그러므로 행사가 하나 있다면 이사회, 상임이사회, 점검에서 집행까지 일에 매달려야 한다. 회장으로서 당연히 그래야 했고 이 땅의 산악문화 창달에 앞장 서야 했다. 행사가 이사회를 통과하여 실행이 되면 여러 아웃도어 업체와 후원을 타진한다. 그러나 선뜻 나서는 후원사가 없었다. 그럴 때면 블랙야크가 나서야 했다. 그게 직원들에겐 불만이었던 모양이다. 매출이 블랙야크보다 큰 회사가 이제 적극 나서 산악문화 보급에 나서야 한다고 생각한다.

연맹회장 십 년을 지내며 여러 어려운 일들이 있었지만 별 대과 없이 끝낸 것 같아 기쁘다. 회장 자리는 누구나 할 수 있지만 산악인다운 진취적 의욕이 있어야만 제대로 할 수 있는 보직이라고 생각했다.

십 년 동안 원 없이 빠져 본 세월이었고 나름대로 긍지를 느낀 시간이었다. 그러나 박수를 받을 그때쯤 정확하게 물러나야 한다는 생각을 해 왔다. 이젠 나에게도 연맹조직으로부터의 휴가도 필요할 시점이며, 새로운 집행부가 새로운 아이디어로 연맹을 발전시켜 나가야 될 때이기도 했다.

그건 산이 나에게 가르쳐 준 지혜다. 산은 오를 때도 있고 내리막길도 있다. 정상은 목표였지 거기서 머물러 살 수는 없는 것이다. 또한 뒤에 올 사람을 위하여 정상을 비워 주는 마음은 얼마나 아름다운가?

산악연맹에서는 그런 일이 없으나 다른 단체에서 자리에 연연하고 주저앉아 있다가 타의에 의하여 물러나는 이상한 모양새를 몇 번 보아 왔다. 누가 잡더라도 떠날 때 내려서는 뒷모습은 멋진 것이다.

그건 자신을 위한 일도 된다. 그렇게 자리에 집착하게 되면 조직에 여러 불협화음이 생기는 것이다. 그런 마음가짐이라면 불꽃 튀는 사업에서 좌절할 때 재기의 의욕도 상실하게 되는 것이라고 생각한다.

99년, 나는 처음으로 서울시연맹 회장 직무대행을 맡았다. 전임 회장의 잔여 임기 1년을 채우고 2000년 회장에 출마하여 당선되었다. 아웃도어 기업을 운영하는 내가 회장이 되자 서울시연맹 회장이라는 후광을 사업상 목적으로 활용할 거라는 악의적 소문도 있었다.

비록 소수지만 그런 시각이 큰 부담이었던 건 사실이다. 지금이야 말할 수 있지만 그런 점에서 블랙야크는 오히려 손해를 본 셈이다. 나는 연맹의 일에 공사의 구분을 엄격히 적용해왔으니까.

역대 선임 회장 중 고생하지 않은 사람들은 없으나 나는 권효섭 회장의 노고를 잊지 못한다. 국회사무처 의사국장과 9대 국회의원, 문화방송 전무이사 등을 역임하며 그 다채로운 경력으로 서울시연맹의 발전에 지대한 공을 세웠기 때문이다.

지금 한국등산학교로 쓰고 있는 도봉산장 역시 권효섭 회장의 노고가 배어 있다. 1970년 1월, 당시 국회의원이었던 대한산악연맹 최두고 회장과 민주공화당 선전부장 김영도 부회장, 그리고 국회사무처 의사국장이던 권효섭 전임 회장이 민주공화당에 산장 건립을 건의했다.

그 제안을 받아들여 정부는 당시 전국에 33개의 산장을 건립했다. 그중 하나가 도봉산장인 것이다.

서울시산악연맹의 오늘을 말하면서 논리적 뼈대와 의사결정의 민주화를 만든 인물이 회장 재임기간 만 18년을 넘긴 권효섭 전 회장임을 누구나 인정한다. 그 뒤를 이어 김인식 회장도 재임 시에 연맹을 위하여 산악마라톤 대회를 만드는 등 여러 면에서 고생을 많이 했다.

서울시연맹 전임 회장들이 만들어 놓은 초석 위에 나는 연맹 행정을 기업의 경영에 접목했다. 기업 마인드라고 해서 수익을 올린다는 것이 아니다. 효율과 비효율의 구분, 나아가 예산을 쓰더라도 그것이 우리 연맹에 어떤 긍정적 효과를 창조할 것인가를 구분했다. 산악단체 역시 일정 규모의 예산과 구성원을 효율적으로 운영하려면 반드시 경영 마인드가 필요하다고 생각했던 것이다.

때로는 사재를 털어서라도 연맹에 필요하다는 생각이 들면 저돌적으로 밀고 나갔다. 기업을 경영하며 물러설 때와 나아갈 때가 중요하다는 걸 알았기 때문이다.

원래 리더는 고독한 법이다. 리더는 욕을 먹더라도 어느 정도 독선적일 수밖에 없는데, 자기 확신이 들면 욕먹을 각오를 하고 그 길을 나서야 하는 경우도 있다. 서울시연맹을 이끌 때도 그런 마음이었다. 어떤 경우에는 때로 독재자처럼 보일 때도 있었을 것이다.

서울시장기 암벽대회, 서울시교육감배 암벽대회, 티베트 등산협회와의 자매결연, 국제볼더링대회 등 지자체 예산을 끌어들인 여러 행사가 기획되었고 신년총회, 설제, 신년인사회, 구조대합동훈련, 암벽대회, 해외친선등반, 암벽루트 안전검사 등 30여 개가 넘는 행사에 회장으로서 직접 관여할 수밖에 없었다. 행사를 치러 내기 위하여 이사회가 한 번에 끝나는 경우는 없었다.

몇 번이고 조율하고 상임이사회에 참석하여 완성된 프로그램이 탄생하기까지는 행사 하나에 소요되는 숨겨진 시간이 더 많았다. 연맹에 집중하기 위하여 11년간 맡았던 대한산악연맹 부회장직도 내놓았다.

그러면서도 블랙야크 CEO로서 혹시 자사 이기주의라는 말을 들을 까 구설수를 조심해야 했다. 회장직을 수행하며 그 당시 내가 지인들에게 한 말이, 회사에 미안하고 가족에게 미안하다는 말이었다. 그 덕에 서울시연맹 행사가 많이 다양해지고 재정도 든든해진 것을 보면 한편으로 즐거웠다.

사심 없이 바친 그런 노력을 알아준 것일까? 2005년 1월 27일 세종 문화회관에서 열린 통상총회에서 대의원이 거의 만장일치라는 압도적 지지로 4년 임기의 회장으로 나를 재추대해 줬다.

다른 단체는 회장 경선 때마다 시끄러운 일이 비일비재한데, 산악계에선 내가 기울인 진정성을 알아주고 격려해 주는구나 싶어서 고맙고 기뻤다. 지난 6년간 연맹 이사들과 함께 해 온 일들에 대하여 가맹단체가 전폭적으로 신뢰를 보내 준 것에 다름 아니었다.

회장은 고독하고 힘든 자리

한국등산학교 초대 교장 권효섭

오늘 아침에 조선일보를 보니 반가운 얼굴이 보였다. 내가 반갑다는 건 사람이 아니라 야크였다. 블랙야크. 바로 강태선 사장의 회사 동진레저의 아웃도어 블랙야크 광고가 전면을 차지하고 있었다. 신문광고뿐 아니라 TV에서도 역동적인 블랙야크 광고를 가끔 볼 수 있어 반갑다. 문화방송 전무직을 거쳤기에 그 계통을 알고 있는데 그런 광고비는 큰 지출일 것이다. 원래 강 사장은 통이 큰 사람이지만 대형광고를 보면 회사가 잘 나가고 있는 것 같아 반갑다.

강 사장은 종로의 동진레저 시절부터 한국등산학교에 많은 도움을 주었다. 학생과 강사 들이 그때 기증받은 블랙야크 옷과 모자를 지니고 있듯 나에게도 아직 그 모자가 몇 개 있다.

한국등산학교를 생각하면 그때 고생한 많은 사람들이 생각난다. 내가 등산학교를 개교한 1974년에는 등산 인구도 급격히 늘어나던 시점이었다. 따라서 도봉산과 북한산에서 조난사고도 늘기 시작했다. 산악안전사고와 자연보호를 위하고 더 진취적인 산악인 양성을 위하여 등산학교는 시대적 요구였다. 이미 프랑스에서는 1937년 프랑스 국립등산스키학교(ENSA)를 개교했고 이웃한 일본도 제2차 세계대전 중인 1942년에 문무성 산하에 등산연수소를 개소했다. 하지만 우리나라에는 국립등산학교는 고사하고 변변한 사설등산학교조차 없었다. 산악안전과 올바른 산악문화를 위하여 등산학교는 꼭 필요했다.

안성맞춤으로 좋은 장소가 바로 곁에 있었다. 1970년 건립한 도봉산장이었다. 전국적으로 산장을 만들 때 도봉산장도 만들어졌는데 나도 국회의 의사국장으로 재직하면서 정책에 관여했었다. 그러나 당시 상주 관리인이 없던 도봉산장은 부랑자들의 노숙장소로 바뀌었다. 나무침상을 뜯어 불 때고 유리창 하나 남은 게 없는 도봉산장은 엉망이었다.

1974년 6월15일 등산학교 개교를 위하여 구조대원이 주축이 되어 그들을 몰아냈다. 처음엔 완강하게 저항하던 그들도 산악인들의 지속적인 정화운동에 의해 사라지기 시작했다. 이것이 그때부터 지금까지 등산학교로 활용되는 도봉산장의 역사다. 초기의 최창민을 위시하여 김경배, 조원길, 민병학 등 강사들의 땀이 배어 있다.

등산학교를 만들고 초대 교장으로 10년을 개인적으로 운영하다 84년 서울시연맹 직할로 넘겨 줘 현재 1만 여 명의 졸업생을 배출했다.

산악연맹은 행사를 통하여 성숙되고 단합하며 폭 넓은 산악운동을 펼치게 된다. 내가 서울시연맹의 회장으로 재직 시 만든 행사는 다양했다. 자연보호라든가 식목행사, 그리고 설제와 국제 교류 같은 것이었다. 가끔 말하곤 하지만 산이라는 물에 선장과 배만 있으면 항해사와 선원들은 나타나게 되어 있다. 산을 좋아한다는 한 가지 이유로 산악인들은 기꺼이 자원봉사를 한다. 그게 산악연맹의 힘이라고 생각한다. 그들과 힘을 합쳐 연맹이 항해를 나설 때 산악문화가 꽃 피게 된다고 나는 믿고 있다.

강태선 회장 시절 서울시연맹은 그걸 계승하고 한 걸음 더 나아가 크게 발전시킨 것을 알고 있다. 강태선 사장은 사석에서 내가 모델이었다고 말하지만 그건 과분한 말이고 그의 적극적이고 긍정적인 생각이 구현된 것으로 나는 생각한다. 30여 개가 넘는 행사를 강태선 회장 시절 서울시연맹은 치러 냈는데 그건 산악계를 위하여 고마운 일이다.

강태선 사장이 서울시연맹 이사가 된 것이 내가 회장 재임시절인 86년이라고 기억된다. 물론 우리는 그 전에도 잘 알고 있었다. 당시 종로5가는 산악인들의 집합과 해산 장소였다. 도봉산으로 가는 버스가 거기서 출발하므로 자연스레 그렇게 된 것인데 그곳에 강 사장의 동진레저가 있었다. 그 당시에도 그곳에 밀집한 장비점 중 제일 규모가 컸지만 오늘날 이렇게 커질 줄은 그때는 상상도 못했다.

강태선 사장이 서울시연맹 회장 재임 시 열심히 한 건 누구나 인정할 수밖에 없다. 연맹 이사회와 상임 이사회를 합치면 회장은 100번도 더 그 이사들을 만나야 한다. 거기에 강 회장 재직 시 행사는 더욱 늘어났다. 그 바쁜 중에 시간을 내고 행사를 협찬한 강 사장의 노력은 인정받아 마땅한 일이다.

그러나 한편으론 당연한 일이다. 그러라고 회장으로 뽑아 준 것 아닌가. 회장을 무슨 감투인 줄 알고 무사안일로만 지내다 임기를 마치는 일은 누구나 할 수 있다. 그런 회장은 연맹의 발전은 물론 활성화를 저해한다.

언젠가 강 사장은 나에게 하소연을 한 적이 있다. 아웃도어 기업을 운영하며 각종 대회를 유치하고 행사를 벌이자, 서울시연맹 회장이 자리를 사업상 목적으로 이용하고 있다는 말이 들린다고. 매출이 더 큰 아웃도어 기업을 이사들이 찾아가 행사협찬을 제안해도 나타나지 않아 자신의 블랙야크가 나설 수밖에 없었다고. 그런 점에서 블랙야크는 오히려 손해를 본다는 말이었다. 나는 충분히 그 말을 공감한다. 강 사장이 회장으로 있던 시절이나 퇴임한 지금 아무런 불미스러운 말이 없는 것을 보면 강 사장이 회장으로서 공사의 구분을 엄격히 적용했다고 생각한다.

나는 73년 서울시연맹 회장으로 취임하면서 몇 가지 생각을 한 게 있다. 규정을 제정하고 모든 일은 회칙에 의거해 진행하도록 만들었다. 그 당시 한국 산악계는 산악인 일부의 자발적 노력에 의해서 움직여질 때였다. 열정은 고맙지만 사람 중심으로 서울시연맹 일이 진행되다 보니 사람이 떠나면 일도 중단되는 경우가 많았다.

강태선 사장은 회장 재임 10년 동안 그 원칙을 충실하게 지켰다. 일본 도쿄도 산악연맹과 미주연락사무소가 발전한 미주연맹과의 교류. 한 단계 더 발전시켜 산악인들의 꿈인 히말라야 진출을 위한 티베트와의 우의협정. 여러 가지 산악인들의 구심점이 될 국제행사. 이런 모든 것을 이루고 회장직에서 물러난 강 사장의 모습이 보기 좋고, 그런 전통을 지켜 나갈 후임 회장단의 활동에 거는 기대 또한 크다.

내가 회장으로서 보람 있었던 일 중의 하나를 꼽으라면 산악인합동추모비 준공이 생각난다. 산을 타다가 산화한 산악인들의 추모비와 추모동판은 북한산과 도봉산 이곳저곳에 산재되어 있었다. 산악인 합동추모비 건립은 오래전부터 추진되어 왔다.

구조대원들로부터 인수봉과 선인봉 일대 추모동판이 모두 124개가량 된다는 보고를 받았다. 그것을 모두 철거해서 한 곳에 모으는 작업은 시급한 문제였다. 환경과 민원 때문에라도 필연적으로 국립공원에 산재한 추모동판이나 비석들은 모두 철거되어야 할 처지에 놓여 있었다.

과거 서울시연맹이 주도적으로 합동추모비 건립을 시도하다 지지부진한 상황이었다. 1988년, 당시 권효섭 서울시산악연맹 회장이 국립공원관리공단 북한산동부사무소와 협의하여 추모비를 한 곳에 모아 놓은 공원을 조성하기로 한 적이 있었다.

하지만 고인들의 소속단체들이 다양하다 보니 한 목소리를 내지 못했고 국립공원 당국의 반응도 시원치 않았다. 당시는 사회적인 분위기의 미성숙과 관련단체의 반대 등으로 사업이 지지부진했다. 범산악계의 일이므로 서울시산악연맹뿐 아니라 대한산악연맹, 한국산악회, 한국대학산악연맹 등과의 연대가 필요한 부분이었다.

이 때문에 추모공원 설립이 지연돼 오다 1996년 9월 1일부터 두 달 동안 서울시산악조난구조대가 나서 추모비 실태조사 작업을 벌였고 11월 18일 각 단체대표들이 동진레저 백화점에 모여 추진계획을 논의하게 되었다. 1996년 당시 나는 대산련 부회장의 자격으로 운영위원장을 맡아 그 내용을 잘 알고 있었다. 2년 뒤인 1998년 추모비정리추진위원회의 발족이 이루어졌고, 1999년 서울시연맹, 대산련, 한국산악회, 대학산악연맹 공동으로 기금도 마련해 놓았다. 당국의 무성의와 산악계의 중론이 모아지지 않아 다시 표류를 하다가 중단되었던 사업은 2007년에 다시 활기를 띠게 되었다.

곳곳에 산재한 추모비를 한 군데 모으는 것이 환경에도 좋고 앞으로 개인이나 단체가 산을 훼손시키지 않을 것이란 점에 공감대가 형성 되었다. 건립추진위원회가 적극 나서 이해 당사자들을 설득한 결과 산악계와 행정당국의 합의점을 마련한 것이다. 국립공원관리공단도 적극적으로 나서기 시작했고 대한산악연맹 등 관련 단체도 전방위로 협조했다.

드디어 오랜 관련협의가 끝나고 북한산 무당골에 합동추모비를 건립할 대지가 확보되었다. 그리하여 조형물이 완성된 2008년 봄, 추모비가 완성되었고 많은 산악인들이 모인 가운데 제막식이 열렸다. 20년이라는 세월에 걸친 사업의 완성이었다.

건립과정의 어려움이 생각난다. 혹 반대하는 시민단체들이 국립공원에 산악단체의 입장을 대변하는 부지가 제공된다는 문제와 환경문제를 거론할 수도 있었다. 무책임한 말들이 나돌기 전에 전광석화처럼 추모비 건립을 끝내야 될 사안이었다.

너무 서둔다는 내부 반대도 없지 않았지만 나는 밀어붙어야 했다. 지난 일이라 말이지만 그런 면에서 미국산 쇠고기 파동으로 뜨겁던 촛불

시위 덕을 좀 본 것인지도 모른다. 다른 사회단체의 별 반대 없이 추모탑
이 건립되어 완성되었으니까.

예산이 대폭 증가하는 등 어려움도 많았지만 한데 뭉친 산악인의 힘
으로 추모비는 완성된 것이다. 이제 북한산 무당골에 산악영령들의 안
식처가 생겼다. 무엇보다도 고마운 것은 추모비와 추모동판 관련 당사
자인 산악회가 너무나 헌신적으로 나선 것이었다. 그게 산악인의 정신
이라고 나는 지금도 그 감동을 잊지 못한다.

나는 제막식에서 이런 추모사를 읽었다.

"삼가 일주향을 올립니다. 북한산과 도봉산에 흩어져 있던 먼저 가
신 산악 선배 제현들의 추모비와 동판을 모아서, 오늘 북한산 무당골에
새롭게 건립된 합동추모비에 모시게 된 것에 대하여 감회가 새롭습니
다. -중략- 북한산은 우리나라 산악운동의 출발지이자 중심입니다. 선
배 산악인들이 이곳 북한산을 중심으로 산악운동을 하였습니다. 북한산
은 한국 산악인들의 성지이자 마음의 고향인 것입니다.

북한산을 중심으로 산악운동을 펼친 우리나라는 지금 세계에서 손꼽
히는 산악강국이 되었습니다. 이렇게 된 데는 여기에 계신 먼저 가신 산
악 선배 제현들이 그 밑거름이 되어 주셨던 것이 사실입니다. -중략-
이곳 무당골에는 북한산을 비롯한 국내의 산과 히말라야 등 해외에서
불의의 사고로 먼저 가신 선배 제현들의 영령이 모두 모여 다시 이웃이
되었습니다. 이렇게 합동추모비 제막식을 갖고 먼저 가신 선배 산악인
제현들을 추모하게 된 것에 감사드립니다.

우리나라는 예부터 산악과 산신을 숭배하는 산악사상이 있었습니다.

이제 먼저 가신 선배 제현들의 혼과 더불어 북한산 산신령의 가호를 입어 저희 후배 산악인들은 더욱 열심히 산악운동에 전념하겠습니다. 먼저 가신 선배님들께서는 편안하게 쉬시고, 후배들이 열심히 산악운동을 하는 것을 지켜보시고 격려해 주시기 빌면서 일주향을 올리나이다. 부디 편히 잠드소서."

산이 좋아 산에서 살다 간 선배와 후배의 영령을 한곳에 모신 합동추모비는 이제 산악인들의 성소가 될 것이다. 그러나 나는 무당골이라는 이름이 불만스럽다.

샤머니즘 냄새가 나는 무당골이란 이름을 바꿀 수는 없을까? 프랑스 샤모니나 체르마트에 있는 산악인들의 성지처럼 자자손손 기억하려면 개명작업을 해도 괜찮을 듯싶은 것이다.

2. 고수레와 히말라야

설제와 시산제

지금은 산악회마다 시산제(始山祭)를 올리고 있다. 한 해의 산행을 시작하는 의미에서 회원들이 경건한 마음으로 참여하는 만큼 화합과 만남의 자리가 되기도 한다. 위험이 항상 존재하는 산을 무대로 산행은 이루어지는 것이니 무사산행을 위하여 제(祭)를 올리는 것은 어쩌면 당연한 일일지도 모른다.

한반도는 전국토의 70% 이상이 산지로 이루어져 있다. 산이 많은 만큼 우리나라는 고대로부터 산에는 신령이 깃들어 있다고 믿었다. 이는 곧 자연숭배사상으로 오늘날에 이르기까지 한국인의 심성에 뿌리 깊게 내재되어 있는 것이다.

또한 자연숭배사상과 더불어 음양사상(陰陽思想)과 삼재사상(三才思想), 풍수사상(風水思想), 유가사상(儒家思想), 불가사상(佛家思想) 등이 시대에 따라 반영되면서 이러한 정신문화가 자연스레 스며들고 있다.

지금 세계적으로 나타나는 이상기후로 인한 재앙은 인간의 욕심과 오만에 대한 대자연의 경고로 보아야 할 것이다. 환경과 더불어 사는 생태계를 위하여 자연을 숭배의 대상으로 삼는 것은 애니미즘을 벗어난 한국인의 지혜라고 나는 생각한다.

그런 의미에서 시산제의 기원은 우리의 전통적인 신앙인 산악숭배사상이라 하겠다. 이런 사상은 기우제처럼 나라의 근심이나 개인의 두려움과 불안을 자연의 어떤 기운(氣運)에게 기원하며 안정을 찾고자 했던 것이다.

시산제라는 것이 산신에 대한 제례만이 목적인 것은 아니다. 자연을 대상으로 삶을 영위할 수 있음에 감사하고 산을 오를 수 있음에 고마워하는 마음의 표현이다. 그리고 그런 시산제를 통하여 산과 사람, 사람과 사람의 만남의 자리가 자연스레 만들어지는 것이다. 실제로 설제(雪祭)는 오랜만에 산악인들이 함께하여 안부를 나누는 만남의 장이 되기도 한다.

그러나 지금처럼 많은 산악회가 시행하는 시산제가 자리 잡게 된 것은 그리 오래되지 않았다. 1971년 서울특별시 산악연맹이 설제를 시작하면서부터 시산제가 시작되었다는 것이 많은 원로산악인들의 일치된 견해다. 1회 설제를 71년 2월 첫째 주 명성산에서 시작한 것을 필두로 내가 재임한 2008년까지 38회까지 이어지고 있다.

초창기의 설제는 많은 호응을 얻어 1천여 명의 회원들이 제에 참석할 정도였는데 그 열기는 지금까지 이어지고 있다. 요즈음도 설제 행사를 치루면 30여 대의 버스가 동원될 정도로 성황을 이룬다. 그 행사를 필두로 시산제는 전국 산악계에 확산되기 시작했고 이제는 거의 모든 산악회가 새해만 되면 시산제를 올리고 있다.

나는 서울시연맹 회장으로 취임하기 전 오랫동안 이사직을 수행해 왔는데, 매해 참여했던 설제를 보며 꼭 필요한 행사라고 생각했다. 회장에 취임하며 이 행사가 보다 더 큰 의미로 자리 잡기를 원했다. 회장이 된 후 해마다 제사를 지낼 때면 나는 계곡 얼음물로 몸을 정갈하게 씻은 후 제례복으로 갈아입었다. 그건 마음이 시키는 일이었다.

나도 불교 신도지만 가끔 종교적인 사람은 우리가 지내는 설제를 이해하지 못한다. 그건 산악인의 철학을 몰라서 하는 말이다. 개명천지에 수염 허연 산신령이 존재한다고 믿는 사람들이 있을까? 그걸 믿고 안 믿고의 문제가 아니라, 자연에 감사하고 자신을 낮춘다는 마음으로 지내는 일종의 다짐이고 나눔이라고 생각한다.

외국의 어떤 나라보다 산이 많은 지형이므로 그 속에서 산악인들은 산행과 훈련을 하며 산이 주는 온갖 혜택을 입는다. 체력적인 건강은 물론 맑은 공기와 물의 원천이 산이라는 걸 느끼게 된다. 그뿐일까. 말없이 서 있는 나무 한 그루 바위 하나에서 존재에 대한 내면적 성찰을 얻는다. 그런 고마운 대상이 초월적인 신이건, 우리의 땀을 묵묵히 받아 주는 자연이건 관계없이 그 앞에서 겸허한 마음이 되는 게 나쁜 일은 아니다. 아마 산악인들은 거의 모두가 나와 같은 생각을 하고 있을 것인데 서울시연맹의 수장으로 나는 좀 더 진지할 수밖에 없었다.

설제가 전통을 찾다

하지만 그동안의 설제는 제사에 필요한 확실한 순서와 방법이 미진했다. 만남의 의미에 무게를 두고 그저 친목행사 정도로만 치러진 것도 사실이다. 아무리 그렇더라도 제사인데 제사상을 펴놓고 무턱대고 산에 절만 할 수는 없는 일이다. 각 가정마다 모시는 제사에도 순서가 있듯 설제에도 예의와 순서가 있어야 한다는 생각이 들었다.

나는 연맹 이사들을 성균관에 보내어 제대로 유생들에게 제사 순서와 방법을 배우게 했다. 과거에 했던 유교적 순서에 따라 축문을 짓고 소지를 하는 등의 의식을 원칙적으로 습득한 것이다.

그렇게 유생들과 교류하다 보니 그들도 산악회를 만들었고 그들의 협조로 격에 맞추어 제상을 차렸고 제례에 맞는 헌관들 옷도 준비했다. 제사가 그렇게 까다로운 법이 있는지 그때 알게 되었는데,

설제 때는 성균관 유생을 초대하여 그들의 인도에 따라 제사를 지냈다. 산속에서 예를 갖춰 산이 베풀어 준 음덕에 감사드리니 참여한 모든 산악인들이 경건한 마음과 함께 흡족해 했다.

이것을 두고 아무도 미신(迷信)이라고 말하지 않는다. 그 말은 조심해서 써야 될 말이다. 미신이란 비과학적이고 종교적으로 망령되다고 판단되는 신앙을 가리키는 말이다. 그런데 신(神)을 섬기는 모든 종교는 미신적인 소지를 가지고 있다.

아직 신의 존재를 객관적으로 입증한 사례는 없다. 또한 우리가 사용하는 비과학적이란 말은 '입증할 수 없는 것' 이란 말과 통한다. 신의 존재를 입증할 수 있었다면 인류는 갈등과 번뇌에서 벌써 벗어났을 것이 아닌가.

설제는 전통적인
행사로
자리잡았다

설제를 통하여 무사산행을 기원하고 산에 감사하는 것은 아름다운 미덕이다. 또한 오랜만에 산악인들이 한자리에 모여 반가움을 나누는 축제의 장이 설제였다. 설제를 지낼 때면 으레 '고수레' 를 했다.

그건 내 유년의 기억 속에 새겨진 행위였기에 나는 자주 하는 산행 중에서 산속에서 음식을 먹을 때는 꼭 고수레를 한다. 제주도 농부였던 할아버지도 들일을 할 때는 고수레를 했었다. 어린 나이였던 그때 본 것이 버릇이 된 모양이다.

왜 하는지 의식도 안 하고 버릇처럼 해 왔는데 근래에 그 고수레의 뜻을 알게 되었다. 숙종 때 북애노인(北崖老人)이 지었다는 〈규원사화〉에 다음과 같은 이야기가 있다.

옛날에 고시(高矢) 씨가 있었는데, 그는 사람들에게 불을 얻는 방법과 함께 농사짓고 수확하는 법을 가르쳤다고 한다. 그래서 후대에 이르러 들에서 농사짓고 산에서 나물을 캐던 사람들이 고시 씨의 은혜를 잊지 못하여 밥을 먹을 때 '고시네' 라고 했다고 전한다. 그것으로부터 음이 변해 '고시레' 가 되고 다시 '고수레' 가 되었다는 것이다.

전라도 지역에선 고시레라 부른다는 고수레를 설명한 〈규원사화〉에 실린 말이 옳다, 틀리다가 중요한 것이 아니다.

베풀어 준 자연에 대한 보답을 하는 것은 사람의 도리이며, 복을 짓는 일이라 생각하는 것이니까.

안나푸르나 • 칸첸중가 원정대

나는 1997년 안나푸르나(8,091m) 칸첸중가(8,586m) 원정대 대장을 맡아 히말라야로 떠났다. 블랙야크가 후원하고 대한산악연맹이 국고보조 사업으로 추진한 원정대였다. 대장인 나를 포함하여 엄홍길 등반대장, 고일순, 박기성, 김영국, 유석재, 신광철 등 7명의 대원으로 원정대는 꾸려졌다.

7년 안나푸르나
칸첸충가
원정 발대식

3월 10일 안나푸르나 북면 4,300m에 베이스캠프를 건설한 우리는 초반에 순조로운 등반을 할 수 있었다. 비교적 쉽게 전진을 해 5,200m에 1캠프, 5,500m에 2캠프를 설치했다. 그러나 역시 히말라야 등반은 한 치 앞을 모르는 위험이 도사리고 있다. 우리가 고용한 셰르파가 사망하는 사건이 벌어진 것이다. 기상이 악화되는 바람에 철수했다가 날이 좋아져 다시 등반을 속개한 3월 23일, 나티 셰르파가 5,400m 지점의 크레바스에 추락해 사망하는 일이 벌어졌다.

셰르파의 우두머리를 '사다'라 부르는데, 나티 셰르파는 사다였고 강인한 등반가였다. 허영호 대장과 함께 1993년에 티베트에서 에베레스트를 올라 네팔로 하산한 최초의 기록도 있고 엄홍길과는 다울라기리, 마나슬루를 등정하는 등 큰 힘이 되어 주었던 동반자였다. 그런 그의 사망은 곧 커다란 전력의 손실을 의미하는 것이었다.

셰르파의 장례식은 내가 맡기로 하고 등반을 재개했지만 3캠프(7,600m)에 이르렀을 때 폭설이 내려 이틀간이나 고립되었다. 소규모 눈사태가 계속 일어나 셰르파 텐트를 덮치자 위험이 크다고 판단한 그들은 좀처럼 움직이지 않았다. 며칠 날씨가 좋아지기를 기다리다 결국 원정대는 철수를 결정했다.

　안나푸르나 베이스캠프에서 전세 헬기로 카트만두에 귀환한 원정대는 4월 11일 칸첸중가로 향했다. 헬기로 해발 4,000m의 군사에 도착, 3일간의 카라반 끝에 14일 5,100m에 베이스캠프를 구축했다.

　북서벽 루트로 등반을 개시한 우리 팀은 다른 나라 팀들이 뚫지 못한 5,800m 1캠프와 6,900m 2캠프 사이의 최대 난관 구간을 넘어 7,900m에 3캠프를 설치하는 데 성공했다.

　이후 엄홍길 등반대장과 유고 팀, 이탈리아 팀과 함께 1차 공격에 나섰으나 8,350m 지점에서 깊은 눈 때문에 돌아서야 했다. 이어서 5월 16일 8,300m 4캠프까지 전진한 엄 대장과 유석재 대원이 5월 17일 정상 공격에 나섰으나 날씨가 돌변하여 눈보라 속에서 포기하고 말았다. 이로써 엄홍길의 8,000m급 연속등정 레이스는 잠시 주춤하게 되었다.

　앞서 고수레를 이야기하다 보니 그 안나푸르나 등반에서 생각나는 것이 있다. 어느 원정대이건 등반 전엔 베이스캠프를 구축하고 라마 의식을 지낸다. 라마 스님은 독경을 하며 여러 번 쌀을 허공에 던지며 고수레를 한다.

　본격적인 등반에 나선 셰르파들도 길을 나서기 전 제단에 피워진 향불에 쌀 몇 개를 던져 넣는 고수레 의식을 꼭 했다. 대원들과 나 역시 그들처럼 등반을 나설 때는 고수레를 했다.

　그것을 미신이라고 생각해 본 적이 한 번도 없다. 미지의 눈 속을 헤쳐 가는 등반에 나서며 대원, 셰르파 누구나 경건한 마음으로 고수레를 하게 된다. 죽을지도 모른다는 불안감에서 셰르파들의 그 의식은 당연한 것이다.

나티 셰르파의 사망

그런 정성을 다했는데도 불의의 사고가 났다. 앞서 밝힌 대로 설원을 횡단하다가 나티 셰르파가 히든 크레바스(숨어 있는 빙하의 갈라진 틈)에 빠져 사망한 것이다.

그 현장에는 나도 있었다. 그날은 3캠프까지 진출했던 대원들이 날씨가 워낙 나빠지자 돌아와 베이스캠프에서 쉬고 있었다. 그러다가 날이 좋아져 다시 등반을 시작해서 2캠프까지 진출하려는 계획이었다.

크레바스를 피해 2캠프까지 안전하게 갈 수 있게 우리가 오르내린 등반로에는 위험지역에 깃대를 꽂아 놨었다. 그런데 밤에 폭설이 내려 크레바스 몇 개가 설원처럼 평편하게 덮여 버렸다.

그러나 매일 지나다니는 등반길이었고 모두 아는 길이라 안자일렌(서로 줄을 묶고 운행하는 것)을 생략하고 베이스캠프를 출발했다. 엄홍길 등반대장이 앞장서고 그 뒤에 셰르파 한 명과 나티 셰르파가 따랐다. 그 뒤엔 우리 대원 두 명이 가고, 내가 그 다음을 따라 걸었다. 내 뒤에도 셰르파 몇 명이 따라오고 있었다.

햇볕은 따가웠고 안나푸르나는 설연을 날리며 우뚝했다. 1캠프를 지나 2캠프를 향하는데 거기서부터는 나티 셰르파가 앞장섰다.

모두 하얀 설원을 길게 줄지어 힘들게 걷고 있는데 전방 100m쯤 앞에서 갑자기 비명이 났다. 깜짝 놀라 바라보니 사람이 크레바스로 떨어지는 순간이었다. 나티 셰르파였다. 엄홍길 등반대장과는 히말라야에서 만나 의형제까지 맺은 셰르파였다. 크레바스가 밤새 내린 눈으로 덮여 있는 것을 모르고 실수로 그것을 밟은 것이었다.

모든 대원들이 등반을 중지하고 나티 셰르파 구조에 나섰지만 밖으로 끌려나온 나티 셰르파는 이미 뇌진탕으로 절명한 상태였다.

침낭에 싸여 베이스캠프로 운구된 나티 셰르파의 시신은 머물 자리가 없었다. 모든 텐트는 두 명씩 대원이 들어가 있고, 그렇다고 사람이 모이는 식당에 사체를 놓아 둘 수도 없었다.

대장이기에 혼자 쓰고 있던 내 텐트에 그 셰르파의 시신을 모실 수밖에 없었다. 그리고 긴급회의가 열렸다. 원래 이런 경우 그냥 빙하 속에 묻는 것이 관례라지만 그럴 수는 없었다.

카트만두에 연락하여 헬리콥터를 부르기로 했다. 그러나 지금처럼 위성전화가 있던 시절이 아니었기에 가장 가까운 위성전화 있는 곳까지 셰르파가 바쁜 걸음으로 하루 이상을 내려가야 했다.

전체 회의에서 나티 셰르파의 죽음을 헛되이 하지 않기 위해 등반을 속개하기로 결정이 났다. 그 결정을 한 후 나는 대원과 셰르파들에게 말했다.

"죽은 셰르파는 헬리콥터가 오면 나와 함께 카트만두로 간다. 내가 책임지고 예우를 갖춰 라마불교 식으로 장례식을 치러 줄 것이다. 장례는 내게 맡기고 이제 등반에만 몰입해라."

죽음과 삶의 차이

세르파 하나가 내려가 카트만두에 연락을 했으나 기다리는 헬리콥터가 오지 않았다. 당시 네팔에는 헬리콥터가 많지 않을 때였다. 나는 죽은 세르파와 4박 5일을 함께 텐트 생활을 했다.

이승과 저승이 한 텐트에 공존하는 시간이었다. 그때 나 역시 얼굴은 타서 벗겨지고 입술은 터져서 몰골이 말이 아닌 상태였다. 그 꼴로 시체와 같이 누워 있으려니 산 사람과 죽어 있는 사람의 구별이 별것 아니라는 생각도 들었다.

그리고 사람이 참 나약한 존재이며, 태어나고 죽는 게 이렇게 간단한 것이라는 사실을 새삼스레 알게 되었다. 불과 얼마 전 까지 살아 움직이던 인간이 이렇게 싸늘한 시체로 옆에 누워 있다니…

저녁마다 잠들 때면, 그건 다른 말로 시체연습이었다. 무덤 같은 텐트 안엔 우리 둘뿐이었다. 캄캄한 텐트 속으로 들어설 때면 죽어서 관에 들어가는 실제 연습을 해 보는 느낌이 들었던 것이다.

죽은 자와 산 자 사이에서 삶이란 참 부질없고 인간이란 한없이 나약한 존재라는 생각이 많이 들었고 사람의 운이라는 게 도대체 무엇인가 하는 의문도 들었다. 사람의 일은 정말 한 치 앞을 모르는 거라는 각성의 시간이었다.

나티 세르파처럼 정말 간단하게 이승을 하직할 수도 있지만 한편으로는 그 위험을 피해 간 사람의 생명이 질기다는 생각도 들었다. 돈은 사라질 수 있다. 명예도 없어질 때가 있다.

그러나 목숨이 없어진다면 모든 게 끝난다. 죽은 세르파와의 동거에

서 나는 역설적으로 살아남는 것이 히말라야에선 최고의 등반기술이라
는 생각도 들었다. 텐트 속이야말로 그런 절절한 생각을 하게 만든 인생
의 도장(道場)이었다. 내 목숨을 지켜 주는 것이 돈도 아니고 명예도 아
니다. 생존은 스스로 지켜야하는 것이기 때문이다. 복잡한 이론이 아니
라 본능대로 살아남겠다는 것은 모든 생명체에 있어 가장 순순한 마음
이 아닌가.

우리는 이곳에 왜 온 것일까? 죽을 수도 있지만 무언가 성취하겠다
는 도전의식에서 비롯된 것은 분명했다. 최선을 다하자. 그리고 알 수
없는 운명의 신이 부른다면 그에 따르자. 다만 그때가 오더라도 내가 최
선을 다했다는 생각을 한다면 덜 억울할 것 같았다.

고산등반은 힘들지만 이렇게 묵상을 하게 해 준다. 모든 종교의 시조
들이 산에서 깨달음을 얻었다는 게 죽음이 늘 곁에 있어서가 아니었을
까. 나티 셰르파의 시체를 곁에 두고 5일을 함께 있으면서 인생이 정리
가 되는 느낌이었다. 스스로 생매장당했다는 느낌이 들 때까지 가 보면
여태 숨어 있던 많은 부분을 볼 수 있다.

누구나 살면서 그런 좌절을 느낀 적이 없다면 거짓말일 것이다. 등반
이거나 사업에서 끝까지 가 본 사람은 그걸 안다.

곰빠에서의 장례식

물론 내가 주장을 하면 다른 텐트에 끼어 잘 수도 있었다. 그러나 그
러고 싶지 않았다. 아무리 내가 돈 주고 고용한 셰르파지만 함께 산을 온
이상 끝까지 예우를 해 주고 싶었던 것이다.

잠을 자다 소변이라도 마려워 헤드램프를 켜면 나도 모르게 자동적으로 침낭으로 꽁꽁 싸여 묶여진 시체 쪽으로 시선이 갔다. 달빛이 천막의 얇은 헝겊을 뚫고 어렴풋이 비쳐드는 텐트 속 사체는 그로테스크했다. 솔직히 나오려던 오줌이 다시 들어갈 정도로 무서웠다.

목을 빼어 하늘을 바라보며 기다린 4일 만에 헬리콥터가 베이스캠프로 왔다. 비행기로 옮기는 나티 셰르파의 침낭에서는 이미 부패가 시작되었는지 물이 떨어지고 있었다.

엄홍길 등반대장에게 등반을 맡기고 나는 헬기에 올라탔다. 헬기가 요란한 굉음을 내며 날아오르자 그때부터 또 다른 고민이 시작되었다.

죽은 셰르파에게는 아직 어린 아이 두 명과 젊은 아내가 있었다. 그들 친척이 나티 셰르파를 살려 내라고 흥분하지는 않을까?

나에게는 이미 그런 사례가 한 번 있었다. 93년 시샤팡마 등반 때의 일인데 그때 우리는 대원 한 명을 잃었다. 귀국한 우리를 마주한 죽은 대원의 인척은 몹시 흥분했다. 그들로서는 당연한 일이다.

아무리 자신의 선택이고 죽을 수도 있다는 서약서까지 쓰고 원정에 참여했지만 그건 죽은 대원의 일이지 인척들은 모르는 일이다. 그들은 살아 돌아온 우리가 원망스러웠을 것이다. 그때 죄인처럼 나는 모든 비난을 감수했었다.

헬리콥터는 우리가 카라반을 하며 일주일이 넘게 걸었던 길을 50분 남짓 걸려 카트만두에 도착했다. 그 50분이 당시 내게는 죽은 셰르파와 함께 지냈던 5일보다 더 긴 듯했다. 카트만두 공항에는 미리 연락을 받은 한국통으로 유명한 앙 도르지 셰르파가 기다리고 있었다. 앙 도르지 셰르파의 도움을 받아 사체를 트럭에 싣고 셰르파들이 진솔하게 믿는다는 라마 불교 곰빠(사원)로 향했다.

곰빠에선 죽은 셰르파의 아내가 기다리고 있었다. 사망한 셰르파의 부모님에겐 연락을 하러 사람을 보냈으나 언제 도착할는지 알 수 없다고 했다. 전화도 없고 도로도 없는 산속 궁벽한 곳이기에 사람을 사서 아들의 사망소식을 보낸 것이다.

마침 카트만두에 이인정 대한산악연맹 회장이 머물고 있었다. 이 회장의 위로는 내게 큰 힘이 되었다. 이인정 회장과 나티 셰르파 부인이 참석한 가운데 장례는 3일장을 치르기로 했다.

까맣게 그을린 차
내려온 나를
맞아준 이인정 회

돈 걱정은 하지 말고 가능한 좋은 장례식이 되었으면 좋겠다는 내 뜻을 앙 도르지 셰르파에게 전달했다. 드디어 라마불교 장례식이 시작되었다. 그동안 히말라야를 많이 다녔지만 장례식을 자세하게 보게 된 것은 그때가 처음이었다.

공부가 깊고 덕망 있는 라마승 세 분을 모시고 장례식이 시작되었다. 곰빠는 2층이었는데 1층에선 장례식이 시작되었고 2층에선 결혼식이 열렸다. 이해하지 못할 구조였다. 망자를 떠나 보내는 장례식장과 인생의 새 출발을 하는 결혼식이 동시에 열리다니. 곁에 있던 앙 도르지 셰르파가 그걸 설명해 주었다.

"셰르파의 죽음은 안타까운 일이지만 그걸 라마불교에선 슬퍼하지 않아요. 죽음은 그 사람의 까르마, 즉 업장대로 생긴 일이니까요. 윤회를 믿고 내세를 믿는 우리 셰르파들은 죽음을 끝이라고 생각하지 않습니다."

라마경전을 외는 라마승들의 운율이 법당 안을 채우기 시작했다.

가끔 큰북과 작은북이 동시에 둥둥거리고 긴 나팔이 '부웅' 하고 여운을 길게 끌며 울렸다. 스님은 향대와 물이 든 그릇을 들고 곰빠 앞마당에 있는 돌탑으로 나갔다.

망자의 혼을 위로하는 기도를 한 뒤 스님은 향은 돌탑에 세우고 물은 주문과 함께 탑에 뿌렸다. 한국으로 치면 분명한 고수레였다.

장례식을 진행하는 중간중간 조문객과 스님에게 음식이 제공되었다. 휴식시간이 되면 조문객들은 한국의 소주처럼 전통술인 럭시를 마셨고 음식도 먹었다. 아무리 죽음을 피할 수 없는 현상으로 받아들인다고는 하나 조문객은 물론 상주인 아내도 울지 않았다. 울기는커녕 술과 음식을 나누며 떠들썩하게 치러지는 장례식은 마치 잔치와도 같았다.

그렇게 장례식이 끝나는 날이었다. 끝나면 곧바로 화장을 할 것이었다. 그때서야 죽은 나티 셰르파의 아버지가 곰빠에 도착했다. 아들의 부고를 듣고 이틀을 걸어와 장례식에 도착한 것이다. 나는 다시 마음을 다잡았다. 뜯으면 뜯길 것이고 때리면 묵묵히 맞을 각오였다.

장례식을 집전하던 스님과 이야기를 나누더니 나티 셰르파의 아버지는 자신의 가방에서 옷을 꺼냈다. 붉은 스님 옷이었다. 죽은 셰르파의 아버지도 라마 스님이었던 것이다.

아버지는 장례식을 집전하던 스님에게 양해를 구했는지 무엇인가 중얼거리며 의식을 집전했다.

"너는 이제 육신으로부터 해방되었다. 더 좋은 곳으로 갔을 것이다. 세상의 인연이 다한 것이다. 그러므로 다시 환생하지 말고 영원한 극락 세계에 머물러라."

곁에 있던 앙 도르지 셰르파의 통역에 의하면 그런 말이라 했다. 그 말에 나는 가슴이 뜨거워졌다.

장례식은 끝났고 우리는 파슈파티나에 있는 화장장으로 가서 망자를 화장했다. 작은 개천가에 있는 화장장은 또 하나의 경계선이었다. 한 줄기 연기로 바뀌는 곳. 그럼에도 그곳에도 빈부 차이가 있었다. 망자를 태울 장작을 얼마나 높이 쌓느냐 하는 부분이다.

유골이 수습되었고 뼈를 찧어서 그걸 냇물에 뿌리는 것으로 장례가 끝났다. 나티 셰르파의 아버지는 앙 도르지 셰르파의 통역을 거쳐 내게 말했다. "시체를 수습해 주어 고맙다."고. 다시 가슴속에서 뜨거운 게 치밀어 올랐다.

무서운 종교의 힘이었다. 아버지의 얼굴은 평온했고 그 말에 진정성이 엿보였다. 네팔 정부는 셰르파를 고용하려면 강제적으로 생명보험을 들게 해 놓았다. 그것으로 원정대의 귀책사유는 법률로 끝나는 것이지만 그럴 순 없었다. 그것 외에 나는 따로 위로금을 건넸다. 그런데 아버지는 아들이 죽은 곳으로 가서 망자의 명복을 빌고 싶다고 했다.

그러나 그건 쉬운 일이 아니었다. 아버지도 셰르파 족이니 고소적응은 문제없다 하더라도 거기까지 가는 길이 얼마나 먼가. 다행히 아버지는 주위의 설득을 받아들여 안나푸르나 베이스캠프행을 포기했다.

우리 원정대는 안나푸르나 등반에 실패했다. 대원들이 카트만두로 귀환한 후 우리는 다시 그 셰르파의 집을 찾아 아내에게 성금을 선달했다.

셰르파들은 등반을 나설 때마다 고수레를 했다. 라마 스님들 역시 장례식을 집전하며 몇 번인가 고수레를 했다. 그것을 보며 고수레는 나눔이며 감사라는 걸 알게 되었고, 자연이 베풀어 준 은혜에 대한 감사라는 걸 깨닫게 되었다.

그리고 안나푸르나 등반을 하며 욕심을 부리면 안 된다는 걸 다시 한번 깨달았다. 모든 건 순리대로 해야 한다. 그 규칙은 등반뿐만 아니라 삶과 사업에도 적용되는 룰이다. 자연에 순응하며 욕심을 부리지 말라는 의미로 그것이 옳다는 생각에 지금도 산행 중엔 고수레를 하고 있다.

　나는 히말라야로 떠나기 전 그해 2월 25일 블랙야크의 곤지암물류
센터를 착공했다. 당시 부족한 자금을 차입해서 물류센터를 짓기로 했
다. 물류센터가 완공될 때쯤이면 기존에 사용하는 성남물류센터를 팔아
서 변제한다는 생각이었다.

　이미 칸첸중가와 안나푸르나 원정대의 계획은 나와 있었고 나는 대
장이었다. 대원들도 오랜 훈련도 다 끝낸 상황이었다. 대장으로서 원정
을 가지 않을 수 없었던 상황이었다. 물류센터를 착공만 해 놓고 나는 히
말라야 원정에 나섰으나, 우리 원정대는 등정에 실패했다.

　귀국해 보니 물류센터공사가 졸속으로 지어지고 있었다. 즉시 짓던
건물을 다 철거하고 다시 공사를 시작했다. 내가 등반에서 돌아오는 5월
말에 준공하기로 했던 공사는 그 여파로 가을에야 겨우 준공되었다. 늦
은 공사도 문제였지만 그때 외환위기가 오더니 IMF사태가 났다.

　IMF사태는 팔려고 내 놓은 기존 성남물류센터에도 영향을 미쳐 구

물류센터
준공식

매자가 나타나지 않았다. 어쩌다 사겠다는 상담도 헐값에 사려는 것뿐이었다. IMF로 회사매출은 떨어지고 은행 역시 어렵던 시기라 대출이 힘들었다. 그런 상황을 잘 아는 사람들은 나에게 미쳤다고 말했다.

히말라야를 가지 않고 물류센터 현장을 챙겼더라면 IMF가 오기 전 준공이 가능했고 자금 압박도 받지 않았을 것이라는 것이다. 그러나 나는 그때의 결정을 후회하지 않는다. 경영에 큰 위기가 닥쳤지만 목숨을 담보한 산악인의 약속은 소중한 것이기 때문이다.

그렇게 나는 산을 배웠고 아마 지금도 선배는 후배들에게 그런 정신을 전승하고 있을 것이다.

한국은 지금 등산학교 전성시대다. 등산학교에서도 산악인끼리의 의리와 신뢰를 제일의 덕목으로 가르치고 있을 것이다. 역사와 전통을 자랑하는 곳부터 사설 등산학교까지 수없이 많은 등산학교에서. 그건 당연한 일이다. 어떻게 신뢰할 수 없는 사람과 목숨을 담보하는 로프를 함께 맬 수 있겠는가?

지금은 등산을 스포츠로 볼 수도, 그렇다고 아니라고 말할 수도 없다. 그러나 등산학교마다 꼭 빼놓지 않고 교육하는 게 있다. 바로 산악인의 마음자리다. 등산은 틀에 박힌 규칙도, 경쟁도, 심판도, 보상도 없는 행위라는 것이다.

이제 눈부시게 분화한 등산은, 예전엔 상상도 못했던 스포츠클라이밍, 볼더링이란 장르가 확실히 자리매김했고 상업등반대가 나타나고 있다. 히말라야를 대상으로 국민적인 스타가 생겨났고 등반만 잘해도 직업이 될 수 있는 시대다. 정신적인 것과 스포츠와 경계가 불분명 해진 건 확실하다. 무상의 행위라는 그런 구분은 이제 무의미한 것이란 생각이 든다. 어쩌면 그런 정신의 퇴조가 아쉽기는 하다. 그러나 등반이라는 행위를 굳이 칼로 자르듯 이것이다, 저것이다 규정하기가 사실상 모호해진 건 사실이다.

산을 오래 다닌 사람들의 공통점이 하나 있다. 다른 면에서는 사람 좋은 웃음으로 이야기를 나누다가도 산 이야기가 나오면 정색을 한다는 점이다. 아마 죽음까지도 담보한 극한의 등반 체험자로서 자기 정체성의 재확인이라고 해석할 수 있을 것이다.

따라서 그건 자신만이 추구하는 고집으로 볼 수도 있다. 히말라야 등반에선 극지법과 알파인스타일이라는 두 유형의 등반이 존재한다. 극지법은 정상에 도달하기 위해서 캠프를 하나하나 전진시키며 정상에 이르는 방법이다. 목적한 산정을 포위하듯 접근하는 등산방식인데 베이스캠프로부터 전진기지를 구축하며 오르는 것이다.

고소캠프가 구축될 때마다 장비와 식량을 올려놓고 마지막 캠프에서 등정자를 정상에 올려 보내는 것이다. 대원들의 안전을 위한 극지법은 그러나 자금과 시간이 많이 소요된다. 고소캠프를 하나하나 구축하며 물자를 수송하는 탓에 시간과 많은 노동력도 필요하다.

거기에 반해서 알파인스타일은 소수 정예가 최소한의 장비와 식량으로 정상을 오르는 방법이다. 힘은 더 들지만 자연히 등반이 빠를 수밖에 없다. 전문가들의 견해에 따라 다르기는 하지만 극지법에 비하여 더 힘들고 위험에 노출될 확률은 높다. 물론 등반은 당사자가 하는 것이니까 어떤 방법이 옳은지 스스로 선호하는 방식을 선택하면 될 것이다.

그러나 나는 극지법이 오히려 더 힘들다고 생각하는 사람이다. 등반 사조가 아무리 첨예하게 바뀌어도 전통적인 극지법은 지금도 선호하는 방식이다. 성공률과 안전이 그만큼 담보 되니까 그렇다. 그런데 극지법이 더 힘들다고 주장하는 내 논리도 나름의 근거는 있다.

극지법은 다른 말로 인간 피라미드다.

운동회 같은 때 사람들이 엎드려 밑변을 만들고 그 위에 사람들이 또 한 줄 엎드리면서 만드는 인간 피라미드. 극지법은 그런 인간 피라미드 구조로 비유할 수 있다. 그 인간 피라미드는 어느 한 축이 무너지면 모두 와르르 무너지고 만다. 결국 고소캠프를 하나하나 쌓아가며 오르는 극지법은 대원의 헌신과 노력을 딛고 정상에 오른다는 말이다.

요즈음 히말라야에서 무조건 알파인스타일 등반이 대세인 것처럼 말하는데, 나는 동의하기 어렵다. 내 생각엔 극지법이 더 어렵고 상위 개념일 수도 있다는 말이다.

각자 죽기 살기로 오르는 개인주의가 아닌 팀웍으로 오르는 것이기에 그렇다. 등정은 팀웍, 즉 원정 대원 간에 인간관계가 좋아야 이루어진다. 즉, 팀플레이다. 등정제일주의가 아니라 정상까지 이르는 과정이 극지법에선 중요하다는 것이다.

산에 가지 말라고 말리는 부모 말도 안 듣고, 목숨 걸고 떠나 온 별난 히말라야 대원들이다. 극지법은 그들로부터 화음을 이끌어 내어 목표 백

프로 이상의 결과를 얻어야 하는데 개성이 뚜렷한 대원들 간 조율이 쉽지 않은 일이다. 그런 것을 극복하고 정상에 오를 대원들을 위하여 묵묵히 자신을 헌신한다는 면에서 극지법은 인간적인 등반이라는 생각을 나는 가지고 있다.

때때로 히말라야 등반에 나서며 나는 경영에 필요한 지혜를 얻는다. 사람에 따라서 등반을 보는 눈은 다양하지만 나는 등반에서 배운 극지법을 기업경영에 적용하여 나름대로 성공을 거두었다고 생각한다. 극지법 등반은 인간적인 유대와 함께 전략이 필요하고 황소처럼 천천히, 그러나 확실하게 캠프를 구축하면서 꾸준하게 올라야 한다.

그런 점에서 극지법은 기업경영과 닮은 점이 많다. 기업가에게 필수적인 관용과 불굴의 정신력은 등반대 대장의 의지와 많이 닮아 있다. 또한 히말라야 원정대의 조직과 운용은 기업에 꼭 필요한 부분들이다.

악천후로 캠프 구축의 실패를 딛고 기다리다 재도전하는 인내심과 지구력은 기업에 있어서도 같은 것이다. 실패는 성공의 어머니라는 말은 실수를 하되 좌절하지 않는다는 것을 말한다.

실패를 거듭함으로써 더 성숙한 아이디어가 나올 수 있다는 것은 중요한 의미를 갖는다. 그래서 언제나 배짱이 좋고 의지가 강한 사람이 성공할 확률이 더 높은 것이다.

블랙야크는 힘이다

대한산악연맹 회장 이인정

97년으로 기억한다. 카트만두에서 강태선 사장을 만났다. 우리 대산련에서 파견한 안나푸르나 원정대 대장으로, 히말라야 산속에 있어야 할 그를 보고 나는 매우 놀랐다. 까맣게 탄 얼굴에 고글을 쓴 눈자국만 하얀 강 대장은 크레바스에 빠져 죽은 셰르파를 헬기에 싣고 내려온 것이다. 우리는 함께 장례식을 치렀고 숨진 셰르파를 화장시켰다.

그때 최선을 다하여 셰르파의 장례를 치러 주는 강 사장에게서 그의 따뜻한 인간적 면모를 볼 수 있었다. 그러나 강태선 사장은 강한 사람이다. 사업에 눈 코 뜰 사이 없이 바쁘면서도 알피니스트로서 히말라야를 찾는 강 사장을 보며 매번 그런 생각을 지울 수 없었다.

네팔에 갈 때마다 하얀 히말라야를 배경으로 서 있는 검은 야크를 보면 강태선 사장 생각이 난다. 강 사장이 만든 토종 브랜드가 블랙야크임을 잘 알기 때문이다. 그때마다 그림을 사서 그에게 전달한 것이 아마 몇 차례는 될 것이다.

내가 아는 강 사장은 욕심이 많다. 그건 금전적인 부분이 아니라 일에 대한 욕심을 말한다. 대한산악연맹 20여 년의 이사직, 부회장 11년을 수행한 것도 그렇고, 서울시연맹 회장으로서 10년을 봉직한 것도 그렇다. 서울시연맹 회장시절 그 많은 행사를 치러 내고 스폰서로 나선 것도 평가받아 마땅하지만 그 많은 시간을 할애한 점이 고마운 것이다. 강 사장이 회장으로 재임하는 10년은 서울시연맹이 각종 국제대회를 뿌리 내린 시간이기도 했다. 선대 회장들의 땀과 노력을 계승하여 서울시연맹을 굳건한 반석 위에 올려놓은 사람이 강 사장이다. 그 욕심은 공부에도 끝이 없어 만학도로서 주경야독으로 동국대 MBA 과정을 끝내고 박사과정을 눈앞에 두고 있다. 산과 더불어 기쁨과 슬픔을 나눈 동문이므로 나는 강 사장을 동국대 산악부 명예회원으로 추천했다. 욕심 많은 강 사장이 공부에 있어서도 박사과정을 끝낼 것으로 나는 확신하는 사람 중 하나이다.

천천히 가도 황소걸음이라는 말이 있다. 그렇듯 내가 아는 강 사장은 야크가 산을 오르듯 한 발씩 불모지였던 이 땅에 등산장비를 만들어 보급한 초기의 인물이다. 나는 지금도 강 사장이 처음 만들었던 '자이언트' 배낭을 소중하게 간직하고 있다. 미군부대에서 흘러나온 장비로 산을 다니던 그 시절 국산 장비의 보급은 산악 인구의 외연을 넓히는 데 분명한 기여를 했다.
그렇게 시작한 강 사장의 장비업은 이제 블랙야크라는 확실한 브랜드로 이 땅에 자리 잡았다. 더 고마운 것은 블랙야크의 중국 시장 진출이다. 한국 브랜드의 첫 중국 진출이었고 베이징에서 1호점을 낼 때 강 사장과 함께 참여하여 그 기쁨을 나눈 기억도 있다. 신사동에 전용 동진레저 백화점을 세웠을 때도 그랬지만 듣기론 이제 중국에서의 규모도 국내 시장에 못지않게 커지고 있다니 반갑고 고마운 일이다.

공식적인 자리에서 강 사장에 대한 말을 할 때면 나는 주저 없이 그의 노력과 욕심을 말한다. 정당하게 벌어 세금을 많이 내는 사람이 애국자라면 제주 출신 강 사장이 그런 사람이다. 따지고 보면 제주도, 그것도 서귀포에서도 한참 떨어진 시골 출신 강 사장의 성공은 눈부신 것이다. 세상에 공짜는 없다. 또 세상이 그렇게 만만하지도 않다. 제주도 출신 강 사장의 서울에서의 성공은 마땅히 인간승리라고 부를 수 있다. 변화를 두려워하지 않고 그에 맞서는 강 사장의 집념이 결실을 맺은 것이다.
개인적인 이야기지만 나는 강 사장의 부인을 알고 있다. 가끔 제주도 특산물인 옥돔과 갈치를 보내 주어 고맙게 먹고 있기도 한데, 강 사장과 고향이 같은 제주도이면서 순종하는 현모양처의 표본이다. 사업이라는 게 등산과 같아서 힘들 때가 있는 법이다. 그렇게 어려운 고비 때마다 강 사장에게 용기를 북돋아 주는 아내가 힘이라는 말을 주변에서 듣고 있다. 강 사장의 지칠 줄 모르는 집념과 저돌적인 돌파력은 아내의 내조에 힘입은 바 크다고 생각한다.

나는 강 사장의 서울시연맹 회장 임기가 끝났을 때 꽃다발을 보냈다. 취임식에나 보내는 꽃다발을 퇴임식에 보낸 건 아마 그때가 처음일 것이다. 10년간 최선을 다하고 떠나는 모습은 아름다운 뒷모습이었으므로 꽃과 함께 박수를 보냈다.

강 사장이 소위 명문대 산악부라든가 그런 출신이라면 이렇게 성공하지 못했을 것이다. 명문이라는 건 그 자체로 좋은 거지만 노력이 뒤따르지 않고 말을 먼저 앞세우는 것은 옳지 않다. 내 주변에 그런 사람이 의외로 많다.

강 사장은 초창기 엄홍길 대장에게도 도움을 베풀었지만, 지금 한국 여성 산악인의 기개를 세계에 떨치고 있는 오은선 대장에 대한 투자도 고마운 일이다. 오은선 대장이 등반에만 전념할 수 있도록 큰돈을 투자한다는 것은 세간의 평대로 강 사장의 통 크고 과감한 투자 마인드를 알 수 있게 하는 부분이다.

또한 블랙야크 자체 등산교실을 진행한다든지 소아암 돕기 운동에 적극 나서는 것은 기업의 사회적 책임을 수행한다는 말에 다름 아니다. 이런 봉사로 인하여 한층 신뢰감과 연대의식이 심화된다고 생각되는 것이다. 산이 늘 그렇게 그 자리에 서 있듯 흔들리지 않고 터벅터벅 걷고 있는 토종 블랙야크의 가는 길에 박수를 보낸다.

우리 한국 산악계는 강태선 사장 같은 산악인 출신 CEO가 있으므로 행복하다. 직접 산을 찾는 현장형 최고경영자가 많으면 많을수록 산악계가 든든할 것이므로.

3 고산에는 특유의 향기가 있다

초오유 • 시샤팡마 원정대

사람들 중엔 가끔 내가 히말라야 등반대를 위하여 장비와 원정경비 후원만 했을 거라고 생각하는 사람이 있다. 물론 그럴 때도 있다. 70년대 후반부터 나는 많은 원정대에 장비를 지원해 왔다.

그렇지만 나는 직접 등반에 나서는 산악인이다. 또한 히말라야를 가더라도 베이스캠프에만 머무는 대장이나 단장이 아니었다. 그게 당연한 것이 산악인이라면 누구나 등반 욕심이 있는 것이기 때문이다.

1993년 나는 초오유(8,201m) 시샤팡마(8,046m) 원정 단장으로 현지로 떠났다. 내가 창립 멤버로 참여했던 거봉산악회 단일 원정대였다. 우리 원정대는 내가 단장을 맡았고 홍영길 대장(거봉레포츠 대표), 장재순 부대장(써미트 대표), 엄홍길 등반대장과 이상근, 소홍섭, 박병태, 박종숙, 민경태 대원 등 모두 9명으로 구성되었다.

당시 엄홍길은 1988년 에베레스트 등정 이후 계속되는 등정 실패로 좌절의 시간을 보내고 있을 때였다. 나는 한 번도 엄홍길의 등반능력을 의심하지 않았다. 다만 운이 따르지 않았던 것으로 믿었다.

에베레스트 등정 5년 만에 엄홍길은 초오유 • 시샤팡마 자이언트 두 봉을 깨끗하게 성공함으로써 14좌 레이스의 불씨를 살렸다. 그때의 연속 등반 성공으로 14좌 완등의 동력을 얻은 것이다.

그 당시 나는 프로자이언트라는 브랜드로 등산용품을 만들며 제법 자리를 잡고 있었는데 그때 돌연히 야영 취사금지 등 여러 상황이 겹쳐

딜레마에 빠졌을 때였다. 1990년도까지는 등산장비업이란 배낭, 신발, 버너와 코펠 등 취사장비가 주요 품목이었다.

그런데 1992년도에 취사 및 야영이 전면적으로 금지됐다. 엄청난 충격이었다. 그때 장비업계의 75%가 도산했고 나도 큰 고통의 시기를 맞았다. 사업운영의 어려움에서 오는 고통을 잊고 싶어서 훌쩍 히말라야로 떠난 것이다. 그때 처음으로 검은 야크를 봤다. 초오유 베이스캠프에서 우리 짐을 싣고 전진 베이스캠프로 오르는 블랙야크를 만난 것이다.

그때는 가망 없는 등산용품을 떠나 의류 쪽 사업을 가다듬고 있을 때였다. 검은 야크를 만나 상표에 대한 아이디어를 얻고 블랙야크를 브랜드 이름으로 사용할 생각이 떠오른 것이다.

모든 소의 조상은 들소인데 가축 중에서는 비교적 일찍 사람에 의해 길들여진 동물이다.

그중 블랙야크는 히말라야 고산지역에만 사는 검은 소였다. 야크는 영리한 동시에 힘도 센데 티베트와 셰르파 사회에선 없어선 안 될 동물로 추앙을 받고 있다. 암컷은 도살하려면 허가를 받아야 될 귀중한 동물이었다.

농경사회의 우리는 소를 근면과 풍요의 근본으로 숭상해 왔다. 그래야 집안의 번창과 마을의 안녕을 얻을 수 있다고 믿었던 것이다. 제주도 고향에서 내가 어렸을 적만 하더라도 소를 가축으로 생각하기보다 가족처럼 여겼을 정도였다.

방과 후 소에게 신선한 풀을 먹이는 것이 내가 할 일이었으므로 나는 어려서부터 자연스레 소와 친근한 감정을 가지고 있었다.

또한 내가 소해에 태어났기 때문에 더 친근감이 들었는지도 모른다. 초오유에서 만난 검은 야크가 지금의 블랙야크의 탄생 시점이었다. 동진레저의 대표 브랜드 블랙야크는 결국 히말라야가 준 이름이다.

고소증이라는 복병

그때 말만 들었던 고소증을 처음 만났다. 중국과 수교 후 초창기에 티베트로 향했을 때였다. 우리는 네팔의 마지막 코다리 마을을 거쳐 육로로 국경을 넘어 티베트로 들어갔다. 장무라는 중국 쪽 마을에서 연락관과 통역이 합세하여 니얄람이란 마을에 이르렀을 때였다. 그때부터 경미한 어지럼증이 나타나기 시작하더니 팅그리라는 마을에선 좀 더 심해졌다.

네팔과 티베트 사이의 우의공로에서 초오유 베이스캠프로 갈라지는 팅그리는 그 당시 오지 중의 오지였다. 고소증을 꾹 참고 겨우 올라가 8월 27일 초오유 5,100m 베이스캠프에 도착했다. 그곳에서 환자가 속출했다. 통역, 정부연락관 모두 고소증에 뻗어 버렸다.

그 와중에도 멀쩡한 대원들은 모두 5,670m 전진 베이스캠프로 올라가고 베이스캠프엔 환자만 남았다. 나 역시 밤새 고소증에 시달리고 있었는데, 그때 대원 한명이 위독해졌다. 그 대원의 텐트로 가 보니 거품을 물고 정신을 놓아 버린 상태였다. 그 대원은 거의 죽을 지경까지 이르러 있었다. 고소증세로 고통 받던 나는 그 대원의 죽어 가는 모습을 보고 증세가 싹 없어져 버렸다. 내 앞의 대원이 죽을지도 모른다는 생각이 들자 내 아픔을 잊어버리게 된 것이었다. 인간의 정신력은 생각하기에 따라 무한하다는 것을 알게해 준 경험이었다.

나도 죽을 지경이었지만 그런 상황이 벌어지자 어디선가 힘이 불끈 솟았다. 사람을 먼저 살려야겠다는 생각이 들었다. 그런 일은 등반이 아니면 경험하기 어려운 소중한 경험이었고 위급한 상황에서는 초인적인 힘이 생기는 것이다.

문명사회에서는 앰뷸런스나 119구조대를 부르겠지만 히말라야 산록에 그런 게 있을 리 없었다. 마음은 급하지만 방법이 없었는데 마침 베이스캠프로 일본 팀이 트럭을 타고 입성했다. 그 화물차를 빌려 환자를 싣고 팅그리를 거쳐 니알람 병원으로 달렸다. 거의 열시간 가까이 달려 낡고 지저분한 니알람 병원에 도착해 보니 막상 의사가 없었다.

마음이 조급해 여기저기 찾아보니 의사는 뒤뜰에서 고구마를 캐고 있었다. 허름한 농부 차림의 의사에게 아무래도 신뢰가 가지 않았지만 방법이 없었다.

그런데 더 놀라운 일은 환자를 진찰하고 주사를 놓을 때였다. 주사기의 굽어진 바늘을 망치로 바로잡아 그걸로 주사를 놓았다.

그래도 그 주사 효과가 있었는지 대원의 증세는 좀 나아졌다. 낡고 허름한 여관에서 그날 밤을 보내며 그 대원에게 말했다. "난 내일 등반하러 산으로 간다. 넌 여기서 기다리든지, 카트만두로 귀환해서 기다려도 좋다." 그렇게 말했는데 아침에 일어나 보니 그 대원이 자신도 등반에 나서겠다고 배낭을 메고 기다리고 있었다.

그런 와중에 나는 고소적응이 어느 정도 된 듯싶었다. 베이스캠프에서 5,670m 전진베이스캠프까지는 이틀거리였다. 고소적응도 어느 정도 되었고 체력에 자신 있었던 나는 그 길을 하루에 주파하기로 마음먹고 셰르파 한 명과 길을 나섰다. 이미 수목한계선을 한참 넘어섰기에 삭막한 모레인을 따라 걷기 시작했지만 길은 끝이 없었다.

어느새 해는 지고 있었다. 날씨가 나빠지기 시작했고 안개도 자욱해졌고 사방을 분간하기 어려웠다. 동행한 셰르파는 걸음이 빨라 아득한 곳까지 앞장서 가면서 헤드램프를 빙글빙글 돌려 가끔 자신의 위치를 확인시켜 주었다. 광막한 빙하에 길이 제대로 있을 리 없었다.

흙과 자갈이 섞인 빙하를 오르내리며 점점 힘이 빠지기 시작했다. 고소적응이 완벽했으면 모르겠지만 하루에 전진베이스캠프까지 오른다는 건 애초에 무리였다. 겨우 전진베이스캠프에 도착하니 밤 11시였다. 외롭

1993년 거봉산악회
히말라야 원정을
앞둔 훈련

80년 초 필자의
모습과 거봉산악회
10주년 패

고 무서웠던 길이었다.

전진베이스캠프에서 며칠을 쉬었다. 대원들은 고소캠프를 설치하고 있었다. 전진베이스캠프에서는 광막한 설원이 바로 눈앞에 보였다. 그 설원이 바로 티베트와 네팔의 국경인 '랑파 라'였다. 티베트어로 '라'는 고개를 뜻한다. 어느 날인가는 그 설원을 긴 행렬이 지나고 있는 게 망원경에 잡혔다. 불법 월경하려는 티베트 인들이었다.

달라이라마를 만나러 가는 순례 길이거나 네팔에 있는 난민촌으로 망명하는 루트였다. 네팔에서 그 고개를 넘어온 셰르파의 말에 의하면 그 설원에는 무수한 시체가 보인다고 했다. 정말 열악한 옷차림으로 목숨을 담보하여 넘어가는 위험한 월경이었다.

전진베이스캠프를 구축한 뒤로 12일 만인 9월 8일, 초오유 서면 7,250m 3캠프를 설치하고 정상 공격 채비를 마쳤다. 나도 꾸준하게 2캠프까지 전진하며 물자수송을 도왔다. 9월 10일 밤 10시, 엄홍길 대장과 민경태, 최병수 대원이 정상을 향해 출발했다.

전날 내린 눈으로 인해 깊은 눈을 헤치며 전진하다가 새벽 6시쯤 7,600m 지점에 설동을 파고 그들은 두 시간가량 눈을 붙였다. 이 지점부터는 엄홍길 대장이 스페인 팀 후아니토 오이아르자발 대장과 그 대원과 직등 루트로 오르고 나머지 대원들은 본래 루트로 오르기로 결정했다.

그 후 후아니토는 세계에서 6번째 14좌 완등자가 되었고 스페인에서 최고의 산악 영웅이 된다. 이 등반으로 엄홍길 대장과 후아니토는 절친한 친구가 되었고 이후 둘은 자주 합동 등반을 했다.

정상 공격조는 다시 깊은 눈과 씨름을 하며 등반에 몰두한지 만 11시간여 만에 스페인 대원 1명과 엄홍길 대장은 마침내 정상에 도달했다. 그로부터 1시간 뒤 민경태, 최병수 대원도 정상에 오르는 데 성공했다.

시샤팡마가 준 아픔

초오유 등반을 성공적으로 마친 우리 팀은 서둘러 캠프를 철수해 니알람에서 하루를 쉰 뒤 9월 18일, 시샤팡마 베이스캠프에 도착하여 두 번째 봉우리 공략에 나섰다. 역시 기쁨과 슬픔은 동전의 양면이라던가? 초오유 등정의 기쁨은 잠시였다.

시샤팡마 등반 중 박병태 대원이 실종되었다. 그 생각만 하면 지금도 가슴이 먹먹해진다. 엄홍길, 박병태, 민경태 세 명은 세르파 2명과 함께 26일 6,750m에 2캠프를 세웠다. 그 다음날엔 더 이상 못 올라가겠다는 세르파들을 하산시키고 대원만으로 6,950m에 3캠프를 구축했다.

거기서 곧바로 정상 공격에 나서기로 했다. 9월 28일 새벽 1시 30분, 이들은 정상을 향해 출발했다. 눈이 많아 예상보다 러셀을 하는 데 시간이 오래 걸렸다. 오후 3시까지 계속 등반을 해도 시샤팡마 정상은 오를 수 없었다. 이들은 설동을 파고 쉬려 했으나 너무 추워서 머물기보다는 등반을 속개하는 게 옳다고 생각했다.

오후 5시쯤 시작한 등반은 밤 11시경 해발 7,450m 지점에 도착했고 모두 지친 상황이었다. 그곳에서 다시 설동을 파고 비박을 한 공격조는 다음날 오전 10시 30분쯤에 정상을 향해 출발했다.

그때 박병태 대원이 엄홍길 대장에게 더 이상 오르지 못하겠으니 먼저 하산한다고 말했다. 살인적인 추위에 비박을 하며 탈진한 것이다. 박병태 대원이 하산하는 것을 확인한 나머지 두 사람은 다시 정상을 향해 오르기 시작했다. 그런데 박병태 대원이 하산하다 실종 된 것이다.

엄홍길 대장은 그 사실을 모른 채 먼저 정상에 도달했고 30분 뒤에는 민 대원도 정상에 올라섰다. 이로써 우리는 8,000m급 2개봉 연속등정을 이뤄 낸 것이다.

그런 영광과 기쁨도 잠시였다. 엄홍길 대장이 어렵게 하산하여 2캠프에 도착했을 때 먼저 내려가 기다리겠다던 박병태 대원은 보이지 않았고 그때서야 실종 소식을 알게 된 것이다. 그때 무전기도 없던 박병태 대원은 이미 연락이 두절된 상태였다.

엄홍길 대장이 사방을 아무리 둘러보았으나 흔적을 찾을 수 없었다. 할 수 없이 하산을 시작했으나 체력이 빠진 엄홍길 등반대장에겐 그것도 힘든 일이었다. 그때 뒤를 따라 하산하던 민경태 대원이 하산 중 크레바스에 빠졌다는 무전을 끝으로 또 소식이 두절되었다.

민병태 대원은 하루를 크레바스 속에서 죽음의 비박을 하다가 급히 올려 보낸 셰르파들에게 구조되었다. 거의 죽음 직전에서 민 대원은 극적으로 살아난 것이었다. 그때 민대원 구조에 나선 셰르파들도 박병태 대원의 흔적을 찾지 못했다.

2개봉 성공과 셰르파에 의해 구조된 민경태 대원의 생환으로 우리는 기뻐해야 했으나 그럴 분위기가 아니었다. 박병태 대원의 실종으로 베이스캠프는 침묵으로 가득 찼다. 말 그대로 초상집 분위기였다.

다시 하루가 지났지만 역시 박병태 대원은 돌아오지 않았다. 실종은 명백한 사실이었다. 박병태가 살아 돌아올 수 있다는 희망은 버려야 했다. 그래도 미련이 남아 셰르파들을 수색에 투입하고 기다렸지만 시간이 지날수록 희망의 끈은 약해졌다.

철수가 결정된 마지막 날, 나는 간단한 제사상을 차리라고 지시했다. 스물여덟 살 박병태 대원은 사진 속에서 웃고 있었다.

우리는 용감한 사람들은 두려움이 없을 것이라 생각한다. 그러나 그들은 사실 두려움과 친숙한 사람들일 뿐이다. 시샤팡마에서 젊은 후배 한 명을 설산에 묻고 돌아왔지만 그는 지금도 내 가슴속에서 나와 함께 살고 있다.

한국·티베트 에베레스트 합동원정대

2000년에 티베트자치주 부주석이 한국에 왔다. 그는 티베트 히말라야를 한국의 산악인들에게 알리고 싶다고 그 방법을 나에게 문의해 왔다. 나는 여행사 관련 인사 50여 명을 초청하여 그와의 대담자리를 마련해 줬다. 또 서울시 행정부시장과의 만남도 주선해 줬는데 그걸 부주석은 대단히 고마워했다.

그런 인연으로 2002년 서울시연맹 이사들과 티베트로 가서 등산협회 시쭈랑제 주석을 만났다. 그리고 서울시연맹과 우호결연 협정에 대하여 원칙적으로 합의를 보았다.

2002년 9월 이번에는 서울로 티베트등산협회 관계자들을 초청했다. 시쭈랑제 주석, 짱밍싱 비서장 등이 내한했고 양국의 관계자 63명이 참가한 가운데 서울 코리아나 호텔에서 우호결연 협정 조인식이 정식으로 열렸다.

중국은 해발 6,000m까지의 입산허가권은 관광국이, 그 이상의 봉우리 입산허가권은 중국등산협회가 가지고 있다. 티베트는 아직 전인미답의 고봉들이 즐비한 지역이다. 그만큼 우리 산악인들이 오를 만한 대상지가 많다는 말이다. 고산등반의 다변화를 위하여 그쪽의 등산협회와 깊은 유대를 맺어 두면 좋을 것이라 생각한 것이다.

서울시산악연맹
일본산악연맹과
교류

서울시산악연맹
티베트방문

티베트등산협회와의 우호결연은 일본의 산악연맹단체가 오래전부터 공을 들여 왔지만 성사시키지 못했던 일이다. 우리나라는 국제적 산악 교류로 두 나라와 산악 교류를 시작한 것이다. 그때 티베트등산협회와 맺은 우호협정은 1982년 권효섭 회장이 일본 도쿄도 산악연맹과 교류협정을 맺은 이후 두 번째였다.

우호결연을 맺은 뒤부터는 중국등산협회를 통하지 않고 곧바로 티베트등산협회와 입산허가 문제를 논의했다. 그렇게 되자 일을 빠르게 처리할 수 있게 되어 원정등반이 한결 쉽게 되었다.

블랙야크 시민 안전
등산교실

서울시연맹 자체로 파견한 히말라야 원정대는 92년 낭가파르밧이 처음이었다. 두 번째로 2003년 서울시연맹은 티베트등산협회와 합동으로 에베레스트에 도전하기로 했다. 우호협정에 따라 교류를 실제화하기 위해 티베트와 합동등반을 하게 된 것이다.

그때 꾸려진 우리 원정대의 규모는 한국 원정사상 최대의 규모였다. 나는 그 원정대 대장을 맡았다. 엄홍길 부대장, 김남일 등반대장과 대원

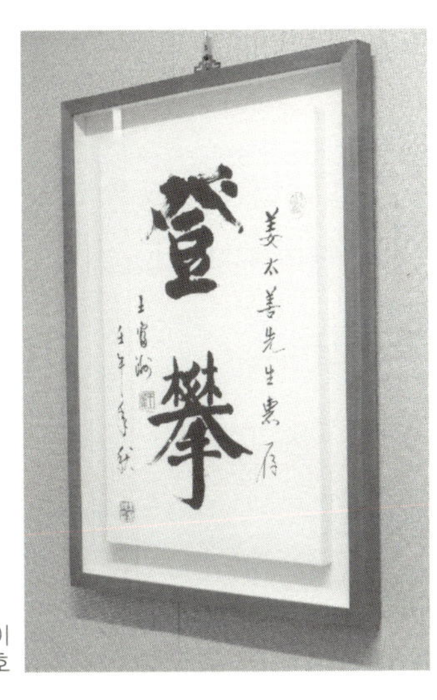

왕부주전주석이
시에 써준 휘호

은 지종득, 안재용, 복인규, 박종관, 유경수, 고종열, 박기성, 박주훈, 호명진, 여병은, 고용준, 이종관 대원 등 16명이었다.

한국대원 16명에 더하여 티베트대원 6명 등 대원만 22명이었다. 거기에 셰르파들과 쿡 등 도우미까지 합친다면 원정대는 30명이 넘었다.

그때 내 생각은 되도록 많은 대원을 데리고 가서 차세대를 키우는 것이 중요하다고 생각했다.

젊은 대원들은 큰 등반을 끝내고 나면 부쩍 크고 많이 배울 것이다. 고산등반에 경험이 많은 산악인층이 두껍다는 건 그만큼 산악발전에 크게 기여할 거라는 생각이 들었던 것이다. 그런 밑그림은 결국 옳았다.

그 당시 배출된 대원들은 지금 자신이 소속된 산악회와 서울시 연맹에서 중추적으로 산악운동을 벌이고 있다. 그런 무형의 자산이 모여 우리나라가 산악강국으로 올라서는 것이라고 생각한다.

그렇기 위하여 국제 교류도 필요하다. 우리 역시 티베트의 자치정부와 최초로 합동 등반을 펼쳐 국제 산악 교류에 나서게 된 것이다.

한국 등반 팀이 외국 등반 팀과 합동으로 팀을 꾸려 에베레스트 원정에 나서기는 그때가 최초인 것으로 한국산악사에 기록되어 있다.

이명박 단장

당시는 지금의 이명박 대통령이 서울시장을 할 때였다. 시장은 당연직으로 서울시체육회 회장을 맡고 있었다. 서울시체육회 창립 50주년을 맞아 이명박 시장은 기꺼이 우리 원정대 명예단장을 맡아 주었고 서울시연맹 회장이었던 나는 대장에 선임된 것이다.

그때는 또한 에드먼드 힐라리 경이 에베레스트를 처음 오른 50주년이 되는 해이기도 했다.

원정대 발대식은 세종문화회관 세종홀에서 각계의 인사들이 성황을 이룬 가운데 성대히 거행되었다. 이 등반은 성공적으로 이루어졌으며 결과적으로 우리는 풍성한 수확을 거두었다. 엄홍길 부대장과 박주훈, 박종관, 구은수, 고용진 대원까지 5명이 등정에 성공했다.

티베트 측에서는 치밍, 키알라, 부브드카, 참라 등 4명의 대원과 파상 셰르파 1명을 합하여 10명이라는 대인원이 등정하는 성과를 올린 것이다. 이 등반으로 엄홍길 부대장은 에베레스트를 세 번째 오른 기록을

티벳트 등산협회
주석 방한
서울시 교육감배
2002년

보유하게 된다. 근래 서울시연맹 구조대 팀의 활발한 티베트 지역 등반이 가능했던 것은 물론 이러한 유대관계 덕분이 크다.

등정보고회는 6월20일 광화문 세종문화회관 4층 컨퍼런스 홀에서 열렸다. 이 날 에베레스트 슬라이드 상영을 통한 등반보고가 끝난 다음 참석자들의 질문이 계속 이어졌다. 티베트 쪽 등반로와 중국 본토를 경유한 등반에 대한 궁금증을 엿볼 수 있었다.

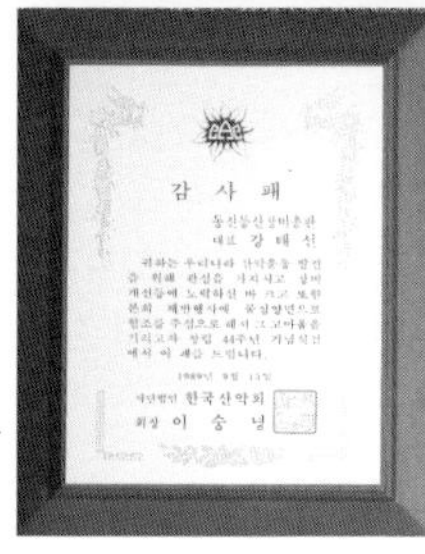

히말라야 등반을
인정 받아
받은 훈장 백마장

대한산악연맹과
한국산악회로 부터
받은 감사, 공로패

티베트 쪽 에베레스트 등반은 91년부터 시도되었지만, 네팔이 아닌 중국 본토를 경유해 베이스캠프로 진입한 것은 서울시연맹 팀이 처음이었다. 당시 중국등산협회 왕후저 주석의 협조도 큰 도움이 되었다.

우리 원정대는 서울시산악연맹의 공식 파견 팀이었기에 연맹 이름으로 에베레스트 원정기록인 〈드림 오브 에베레스트?Dream of Everest〉를 펴냈다. 크게 원정화보, 원정보고, 티베트와 에베레스트 개요 등 4장으로 나누고, 에베레스트 등반에 소요되었던 경비, 장비, 식량, 통신, 촬영장비 등에 대해 세세히 언급, 차후 티베트에서 에베레스트를 등반하려는 이들에게 필요한 정보로 활용될 수 있게 만든 것이다.

당시 나는 블랙야크 등산용품을 원정대에 후원하고 서울시나 체육회에서 예산을 많이 끌어냈지만 돈이 모자랐다. 대규모 원정대답게 소요경비도 예산보다 더 들었다. 초과된 경비는 마지막을 책임지는 대장의 몫이었지만 모든 결과가 좋게 나와 기분이 좋았다.

2003년은 여러 가지로 의미가 깊은 해였다. 지금은 고인이 되었지만 에드먼드 힐러리 경은 1997년 동진레저 본사가 신사동에 있을 때 우리 회사를 방문해 준 적이 있었다.

전 세계적으로 위대한 산악인으로 추앙 받는 당시 부인과 함께 방한했다. 그는 우리가 선물한 블랙야크 등산복을 입고 자신이 현역인 것처럼 생각된다면서 무척이나 좋아했었다.

등반(登攀)

왕후저(王富州 중국 최초의 에베레스트 등정자. 전 중국등산협회 주석)

강태선 사장에게 지난 2003년, 나는 글씨를 한 점 써 준 적이 있다. 강 사장이 서울시연맹 회장 시절인데 초모랑마 원정 대장을 맡아 등반에 나섰을 때다. 그때 쓴 글이 '登攀'이다. 서예가처럼 잘 쓰는 글은 아니지만 마음을 담은 징표다. 강 사장은 한국뿐 아니라 중국에서도 산악계를 위하여 큰일을 하고 있다. 나는 중국등산협회를 대표하여 한국을 자주 방문했고 그때마다 강 사장을 만나 양국의 산악인 우호를 위한 문제에 대한 토의를 했다. 강 사장은 한·중 산악 교류에 많은 공헌을 했다. 회장시절 티베트와의 우의협정을 이끌어 내었고 직접 중국인과 합동원정대를 이끌고 초모랑마를 찾았다.

그런 기회에 중국 산악인들은 한국과의 교류를 통해 진일보할 수 있었다고 생각한다. 물론 지금 그가 중국에서 벌이고 있는 사업도 궁극적으로는 산악계를 위한 일이라고 생각한다. 좋은 장비는 등반을 도와 인간에게 더 높고 험한 산을 오르게 만드는 것이니까. 중국은 지구에서 가장 높은 산이 많은 나라이다. 히말라야가 국경이니 그 산맥이 솟은 산의 반쪽은 중국 땅이다. 에베레스트를 포함하여 8,000m급 산 8개가 국경선상에 있다.

중국등산협회는 1972년 창설되었다. 그러나 그 이전에도 고산등반 활동은 활발하게 이루어지고 있었다. 아마 한국 사람들은 잘 모르는 사실일 것이다. 민감한 말을 못했던 시절이 예전에 있었지만 이젠 밝혀도 될 시기이기에 강 사장에게 생전 처음으로 그 이야기를 들려 줬을 때 아주 흥미로워했다. 중국의 초모랑마 초등시절의 이야기다.

나는 1960년 초모랑마를 오른 세 사람 중 하나다. 당시 나는 지질대학에 다니던 학생이었다. 초모랑마 반대편인 네팔 쪽으로 에드먼드 힐러리가 1953년 초등했을 때 중국 정부는 우리 힘으로 우리 쪽인 티베트에서 오르기로 결정했다. 당시 중국은 등산이라는 개념이 없을 때였다. 그래서 소련과 협정을 맺었다. 소련은 등산에 대하여 우리보다 앞서 가고 있었기에 우리를 훈련시켰다. 1958년도 대학졸업생과 노동조합원 중에서 전국적으로 203명이라는 엄청난 대원을 뽑았다. 그해 옛 소련에 있는 레닌 봉을 올랐고, 이듬해 신장성에 있는 무스타그 봉을 올라, 1960년에 초모랑마를 오를 모든 준비를 마쳤다. 그때 돌연 소련이 합동등반을 하지 않겠다고 철수해 버렸다. 등반장비도 다 가지고 돌아갔다. 당시의 시대적 상황 때문이다. 59년 달라이라마가 인도로 망명한 해였고 인도와 중국의 긴장관계가 계속되던 때였다. 당시 인도와 소련은 아주 가까운 나라였다. 소련이 철수한 배경엔 그런 정치적 사건이 있었던 것이다.

우리 힘으로 하면 된다고 당시 마오쩌둥(毛澤東) 주석이 72만 불을 결제했다. 물론 정치적 배경이 그런 대단한 국가적 사업결정을 하게 만든 것이다. 저우은라이(周恩來), 류사오치(劉少奇) 부주석도 그런 권한이 없을 때였다. 그 당시 중국은 가난하고 낙후된 나라였다. 당시 밀가루 8포대를 홍콩에 수출하면 1불을 받을 때니 얼마나 큰돈인지 상상이 갈 것이다. 중국은 전용 비행기를 스위스에 띄워 프랑스제 등반장비를 사 오게 했다. 산소도 프랑스 대사가 직접 구매했다. 그러하였기에 그 귀한 산소는 8,000m 이하에서는 병에 걸리지 않는 한 마시지 못했다. 인민해방군이 군수물자를 보급하듯 장비와 식량을 옮겼고 초모랑마 베이스캠프까지 도로를 닦았다.

당시 인민해방군 총사령관이 허룽(賀龍)이었는데 원정대장 역할을 맡았다. 당시는 티베트 독립을 주장하는 무장세력이 미국으로부터 무기를 지원받고 있어 해방군 1개 사단이 베이스캠프를 보호하고 있었다. 허룽 대장은 실패하면 내려올 생각을 하지 말라! 앞으로만 가라! 그런 명령을 내렸다.

그런 말이 아니더라도 총12명의 정예대원은 죽어도 내려오지 못할 분위기였다. 당연히 유서를 작성하고 유품 보따리도 하나씩 만들어 놓고 등반을 시작했다. 베이스캠프에서 정상까지 소요기간은 총 2개월이 걸렸다. 티베트인 곰부와 한족 대원인 나와 굴은화 등 3명이 초등 루트를 만들어 60년 5월 25일 정상에 올랐다. 나는 당시 25살이었는데 동상이 심했다. 오른 손가락 4개를 절단하고 왼발가락 5개를 모두 끊어 내고 라싸 병원에 입원했다. 그 등반 당시 베이징 대학 출신 1명, 나주 대학 출신 1명의 대원이 희생되었다.

우리의 성공은 인류가 처음 북쪽으로부터 세계최고봉 정상등반에 성공한 위대한 쾌거였다. 당시 베이징에서는 우리의 등정기념식에 10만 명이 모여 축하해 주었는데 나는 그 사고로 병원에 있어서 참석하지 못했다. 그때 우리는 인민영웅 칭호를 받았다.

그 여세를 몰아 1964년엔 시샤팡마 초등을 기록하는데 나를 포함해 등정대원은 10명이었다. 그런데 1966년 문화혁명이 일어났다. 그 혁명의 불꽃은 우리에게도 튀어 우리 등반대원 전원은 한적한 시골로 추방을 당했다. "다시는 베이징에 돌아올 생각을 하지 마라. 평생 농사만 지으며 살아라." 우리를 추방한 사람들은 그렇게 말했다. 문혁의 광풍이 잠잠해지자 6년 만에 베이징으로 돌아올 수 있었다.

2008년 5월 8일 베이징 올림픽 성화봉송 등반 팀이 정상을 올랐다. 블랙야크 등산복을 입고서. 이는 올림픽경기와 등산의 첫 결합인데 '더 빨리, 더 높게, 더 강하게'라는 올림픽의 구호에 합당한 것이었다. 정상 봉송에 성공한 성화는 지금 라싸에 영원히 보존되어 있다.

나는 강 사장을 만날 때마다 블랙야크 등산복을 선물받는데 품질이 아주 좋다. 그것은 사업을 떠나 등산 발전에 기여를 하는 일이라고 나는 생각하고 있다. 베이징에 처음 블랙야크가 아웃도어 매장을 열고 기념식을 할 때 나도 참석했다.

2003년 강 사장에게 써 준 글 '登頂'은 여러 의미가 있다. 산악인으로서의 성공인 동시에 그가 전개하는 블랙야크의 사업이 정상을 차지하라는 의미도 담겨 있다. 강 사장과 나는 국적과 나이를 떠나 그렇게 오랜 친구 사이라는 게 즐겁다.

엘부르즈 원정

　2000년 세계 7대륙 최고봉 원정대 중에서 유럽 최고봉인 엘부르즈 원정단장으로 갔을 때였다. 고산등반에선 날씨가 가장 큰 변수라는 걸 실감한 등반이었다. 날씨만 좋았다면 대원 모두 정상에 오를 베테랑들이었다.

　카프카스 산맥에 우뚝 솟은 5,642m 엘부르즈는 국내선 항공기와 버스를 번갈아 이용해야 된다. 낡은 비행기이기에 2시간의 공포비행 끝에 민보드(영어명 mineral water)에 도착했다.

　이곳에서 마중 나온 차량편으로 5시간을 더 달려야 최종 목적지 이트콜의 박산계곡에 도착할 것이다. 낡은 도로는 일직선으로 뻗어 있고 양 옆으로는 수평선까지 해바라기 밭이었다. 정말 장관이었다.

　지평선 너머로 언뜻언뜻 흰 산들이 보이기 시작하며 평원을 이루었던 길은 잿빛 박산강을 따라 계곡을 달리기 시작했다. 드디어 카프카스 산맥이 보이기 시작한다. 산 아래쪽은 온갖 야생화가 활짝 피어 파도처럼 넘실거렸다. 그 광활한 꽃 대지를 통과한 바람이 얼굴에 스치면 꽃향기가 물씬 풍겼다.

　페르시아 말로 엘부르즈는 '행복의 산' 이라고 했다. 그 이름이 잘 어울리는 아름다운 천상화원을 엘부르즈는 산자락에 가지고 있었다.

　장수국(長壽國)으로 알려진 카프카스에서 엘부르즈의 첫인상은 그렇게 좋았지만, 그러나 인간에게 행복의 산은 그리스 신화에 나오는 불의

신 프로메테우스에게는 고통의 산이었다.

신들의 제왕 제우스의 뜻을 거역하고 인간에게 불을 전해 준 그리스 신화 속의 신이 프로메테우스였다. 그 형벌로 프로메테우스는 엘부르즈 산에 묶인 채 독수리에게 심장을 파 먹히고 없어진 심장은 계속 생겨난 다는 신화가 전해 오는 산이다.

엘부르즈는 하늘을 보고 누워 있는 나신의 여자 가슴처럼 부드럽게 솟은 쌍봉 설산이다. 그러나 보기에는 그렇게 부드럽게 보여도 숱한 사람이 조난당하는 고산이기도 하다. 엘부르즈는 고소증과 날씨가 등정의 관건이 될 것이었다.

카프카스 산맥의 주봉인 엘부르즈가 알려지기 전에는 알프스 산맥의 주봉 4,807m의 몽블랑이 유럽 최고봉으로 알려진 때가 있었다. 그래서 나는 1983년 그 몽블랑을 올랐다. 그런데 소련이 러시아로 바뀌면서 정보가 서방에 공개되자 엘부르즈가 5,642m로 유럽 최고봉임이 밝혀진 것이다. 내가 보기엔 이곳이 알프스 몽블랑보다 더 나은 듯싶었다.

더 높고 아름답기도 하지만 사람의 때도 덜 묻어 산맥 전체가 가공되지 않은 풍경을 지니고 있다.

엘부르즈 등반은 셰르파나 포터와 야크가 필요 없다. 두 번의 스키 케이블카와 한 번의 설상차를 이용할 수 있다. 그렇게 도착한 3,700m 지점에 있는 술통 모양의 배럴(barrels) 산장은 원유(原油)통을 닮았기에 붙여진 이름이다. 이곳은 대피소 겸 베이스캠프 역할도 했다. 산장 주변 은 유명한 천연스키장이다. 그러나 1,700m의 고도를 별로 걷지 않고 급격히 오르는 것이니 고소증은 누구에게나 온다.

배럴 산장에 도착하여 여장을 푸니 수은주가 계속 곤두박질해 영하로 떨어졌다. 이곳에서는 정상인 서봉과 그보다 21m 낮은 동봉이 아주 잘 보였다. 배럴 산장에 베이스캠프를 설치하고 4,157m의 퓨리웃 산장 부근까지 등반을 하며 고소적응을 했다.

날씨는 좋았고 1차 공격조로 편성 된 대원들은 망중한을 닭싸움을 하며 보냈다. 그런데 그게 문제가 되었다. 닭싸움으로 체력을 쓰니 급격히 올린 고소에 적응하지 못하게 된 것이다.

이튿날 새벽에 1차로 지목되었던 대원들은 고소증이 심하여 대다수 빠지고 나를 포함하여 새로 만든 공격조 8명이 길을 나서서 설상차에 몸을 실었다.

설상차는 스키어들을 높은 고도까지 운반할 목적으로 사용되나 등반대들도 시간을 줄일 목적으로 이용하고 있다. 날은 몹시 추웠다. 설상차에서 내려 본격적인 등반이 시작되었다. 설면은 눈의 표면이 얼어붙는 현상인 크러스트가 되어 아이젠이 잘 먹혔다. 꾸준하게 올라 동봉과 서봉이 갈리는 5,300m 안부에서 잠시 쉬었다.

그때 대원 중 또 세 명이 고소증세를 호소하며 등정을 포기하고 발길을 돌렸다. 350m를 더 오르면 정상인데 얼마나 고통스러웠으면 철수를 결정했을까. 나는 고소증이 없었고 몸이 가벼웠고 또 기분도 좋았다.

가파른 설면을 횡단하며 지그재그로 정상을 향하여 올랐다. 꼭 눈앞에 보이는 봉우리가 정상처럼 보였다. 힘을 내어 그곳을 가보면 더 먼 곳에 또 다른 봉우리가 보인다. 그렇게 몇 번인가 속고 나니 힘이 쭉 빠졌다. 내가 제일 앞장선 탓에 이미 주변엔 아무도 보이지 않았다. 그러나 여기서 포기할 수는 없었다.

마침내 정상에 올라섰다. 베이스캠프를 출발한 지 9시간이 걸린 후였다. 5,642m 정상에는 작은 돌탑과 표시가 있었고 눈앞으로 카프카스 산맥의 장엄한 파노라마가 펼쳐져 있었다. 이 정상은 동양과 서양이 갈라지고 만나는 분기점이기도 했다.

한참을 그곳에서 풍경을 감상하고 있자니 다른 대원이 올라오기 시작했다. 모두 5명이 첫 등정을 이루어 낸 것이다. 무전기를 통하여 나의 첫 등정을 안 대원들은 대단한 체력이라고 축하해 주었다.

하산하여 하루를 쉬고 2차 공격조가 정상을 향했는데 정상부를 감싸고 있던 구름이 더욱 짙어진 모습이었다. 2차 공격조가 점점 고도를 높여 감에 따라 다시 고소증세로 4명의 대원이 하산했다.

나머지 대원들은 계속 오르고 있었는데 기어코 눈보라가 몰아치기 시작했다. 결국 2차 공격은 실패했고 그 이튿날도 눈보라는 계속되어 철수가 결정되었다. 만약 첫 번째 정상 등정인 그 타이밍을 놓쳤다면 원정은 실패했으리라. 고산등반에서는 기회가 왔을 때 절대 놓치지 말아야 한다는 걸 깨닫게 된 등반이었다.

만년설과 작별하고 철수를 하니 그때서야 날이 좋아지기 시작했다. 야생화 만발한 녹색의 세계를 보며 만년설 속에서 다이내믹했던 등반이 꿈결처럼 느껴졌다. 호텔에 짐을 풀고 돈구스-오른바쉬 계곡으로 정찰 등반을 나갔다. 초원지대를 트래버스하며 바라본 돈구스-오른바쉬 북면은 엄청난 거벽이었다.

눈사태를 일으키는 만년설과 빙하와 거벽은 매우 인상적이었다. 쉬헬다 계곡 상류를 거슬러 마터호른을 닮은 쟌투간(4,012m)과 4,000m

대의 거벽 정찰을 마치고 우리는 귀국했는데 아마 이곳은 미래의 한국 거벽등반가들에게 매력적인 등반지로 다가설 것이다.

4 인도와 미국 원정

아비가민과 무크트파르밧 원정

1998년이었다. 인도산악연맹은 자국의 독립기념 50주년을 기념하는 합동등반을 서울시산악연맹에 제의해 왔다. 아직 등정이 이루어지지 않은 무크트파르밧 동봉(7,130m)을 대상으로 우리와 합동등반을 하자는 것이었다.

서울시연맹 구조대를 중심으로 원정대를 꾸린 팀이 인도로 떠났다. 서울시산악연맹 팀은 한국의 인도 히말라야 진출사상 최초의 무크트파르밧 동봉 초등정의 영광을 이끌어 내었다. 초등정으로 기록될 좋은 등반을 마친 원정이 내 일처럼 기뻤다.

그런데 이듬해 그 등정 사실에 대한 의문이 있다는 말이 인도로부터 나왔다. 1년 뒤인 99년 우리와 같은 루트를 등반한 인도 팀의 등정의혹 제기였다.

전통을 자랑하는 서울산악연맹의 산악조난구조대가 주축이 된 원정대가 등정의혹에 휩싸인 것이다. 그 말이 사실인지 확인할 필요가 있었다. 의혹을 스스로 규명하자는 움직임이 있었기에 2000년 7월, 내가 단장을 맡고 김남일 구조대장이 대장이 되어 15명의 대원을 편성했다. 우리 원정대는 아비가민(7,355m)과 무쿠트파르밧 두 개의 정상을 오른다는 시도였다.

무크트파르밧 동봉 등반을 시도하여 성공했을 때, 98년 1차 등정은 대원들이 실수했음이 밝혀졌다. 당시 대원들이 오른 것은 동봉의 전위봉이었다. 거기서 동봉 정상은 천천히 가도 30분 거리였는데, 98년 등정자들은 가스가 끼어 그것을 다른 독립봉으로 보고 내려온 것이었다.

8월 22일 1차 공격조 유영용, 구은수, 김현중 대원이 무크트파르밧 동봉 정상에 올랐고 나흘 뒤엔 서우석, 박기성, 박주훈, 고종열 대원이 다시 정상에 올랐다.

마지막으로 8월 27일 김남일 대장과 장봉완, 유택선, 전현주 대원이 또 올라 무크트파르밧 동봉에 무려 11명의 대원이 등정을 이룩했다. 우리의 이런 정성을 주의 깊게 관찰하던 인도 산악연맹(IMF)에서는 98년 당시 원정대가 오른 곳을 무크트파르밧 두 번째 동봉으로 공인한다는 입장을 전해 왔다.

원정대는 그 여세를 몰아 다음 목표였던 아비가민 서 동릉의, 남서벽 루트를 개척하며 세계 초등을 이루었다. 8월 31일 구은수, 김현중, 전서화 대원이 신 루트로 정상에 서는 데 성공한 것이다.

해외의 고산등반을 말할 때 미국의 시에라네바다 산맥의 휘트니 봉을 빼놓을 수 없다. 우선 등반보다도 태평양 건너 미국 땅에 살고 있는 산악인과의 교류 때문이다. 서울시연맹과 미국 남가주 지역의 산악 교류는 오래되었다. 서울시연맹 해외연락사무소가 1988년 1월 23일 LA에 설치된 것이다. 1년 전인 1987년, 당시 권효섭 서울시산악연맹 회장이 미국 LA를 방문했다. LA 근교 산에서 재미 산악인들과 합동산행을 하며 미주 지역 동포산악인들의 산악활동에도 구심점이 필요하다는 데 의견을 모았던 것이다.

당시 LA의 한인사회에도 한국에서 등반활동을 했던 동포들이 상당수 거주하고 있었고, 이들을 중심으로 한 산악회도 조직되어 있었다. 권 회장의 방문을 계기로 교포 최병학 씨가 초대 회장을 맡은 서울시산악연맹 미주연락사무소가 탄생했다.

서울시산악연맹 미주연락사무소는 그 1990년 2월 대한산악연맹 재미산악연맹 창립과 함께 자연적으로 이월되었다.

나는 서울시산악연맹 회장 자격으로 2001년 3월 재미 대한산악연맹을 방문했다. 당시 재미대한산악연맹에서는 미국 이민 100주년을 기념해 50개주 최고봉 등반계획을 의욕적으로 추진하고 있을 때였다. 그때 재미연맹의 회장은 고수명 씨였고, 전무는 조용식 씨였다.

현재 미주연맹 회장인 조용식 씨는 내가 서울시연맹에 이사로 있을 당시 사무국장을 맡았던 관계로 잘 알고 있는 사이였다. 그 전에도 재미 산악인들이 북한을 방문할 때 블랙야크에서 장비를 기증하기도 했으므로 유대관계는 상당히 돈독한 상태였다.

미국 이민 100주년 기념 50개주 최고봉 완등 릴레이에 우리 서울시 산악연맹은 적극 참여하기로 했다. 2002년엔 미주연맹과 합동으로 캘리포니아 주 최고봉이자 알래스카를 제외한 미 본토 최고봉인 휘트니(4,418m) 봉을 합동등반하기로 했다.

2002년 5월 2일, LA 음식점에서 우리 원정대를 맞아 환영식이 열렸다. 나와 함께 서울시산악연맹 등반참여자 13명과 재미산악인, 미주이민 100주년 사업회 관계자 등 60여 명이 참가하는 성황을 이룬 환영연회였다.

휘트니 봉 합동등반은 5월 4일에 이루어졌다. 우리 측 13명 전원과 재미대한산악연맹 회원 11명, 북미주산악회 회원 4명, 설암산악회 회원 9명, 조지아산악회 회원 7명 등 모두 44명이 참가한 대규모 인원이었다. 미국 캘리포니아 시에라네바다 산맥에 위치한 미 본토 최고봉인 휘트니 봉을 오르는 등반로는 아름다웠다.

이곳엔 곰과 사슴 그리고 빙하시대에서 살아남은 세쿼이어 거목과 빛나는 호수가 많았다.

첨단을 간다는 미국에 이런 비경과 야성의 원시성이 존재한다는 게 믿어지지 않았다. 하룻밤만 트레일 캠프에서 자고 올라가야 하기에 여기에서도 고소증이 복병이었다.

트레일 캠프에서 하룻밤을 잔 후 우리 팀 중 34명이 정상에 올라설 수 있었다. 전원이 오르지 못한 것은 역시 고소증이 문제였다.

커다란 돌로 이루어진 휘트니 봉 정상은 경치가 아주 좋았다.

50개주 최고봉 등반을 추진하고 있던 재미대한산악연맹으로서는 29번째로 이룬 최고봉 등정이기도 했다. 당시 사용되었던 블랙야크 장비는 모두 재미연맹 등산학교에 기증되었다.

서울시연맹이 재미연맹과 이민 100주년 기념으로 휘트니 등반을 추진한다는 것은 현지 언론보도매체에서도 많은 관심을 보였다. 그런 점이 미국 교포사회에 재미연맹이

북미 최고봉 휘트니 정상

널리 알려지게 하는 데 보탬이 된 것이다. 재미대한산악연맹은 2002년 12월 26일 하와이 주를 끝으로 50개주 최고봉 등정을 모두 마쳤는데, 우리 서울시연맹의 합동등반으로 큰 동력을 얻었다고 고마워했다.

백두산 합동등반도 기억나는 대목이다. 나는 그동안 북한과의 사업을 위해 꾸준히 애를 써왔다. 북한의 등산관계자들에게 장비를 제공하기도 했고 그쪽에서 남방, 재킷, 조끼 등을 생산한 적도 있다. 그런 연유로 나는 2002년에 백두산 조선족산악회 결성도 후원했다.

그 기념으로 서울시연맹 회원 102명과 조선족 동포 102명을 합쳐 모두 204명이 백두산 합동등반을 하기도 했다. '백두' 라는 이름을 상징하여 인원을 102명으로 한 것인데, 그렇게 하여 서울시연맹과의 합동등반에 204명이라는 많은 인원이 참여했게 되었던 것이다.

고마운 인연

재미산악연맹 회장 조용식

강태선 회장님과는 오래전부터 알고 지내는 사이다. 미국으로 이민 오기 전 나는 서울시연맹 사무국장을 했고 강 회장님은 당시 이사를 하고 있을 때였다. 그런 연유로 잘 알지만 그보다 더 가까워진 것은 내가 강 회장님을 많이 괴롭혀서일 것이다.

서울시연맹의 행사 때만 되면 당시 등산장비점 중에 규모가 컸던 동진레저의 협찬을 매번 받았다. 워낙 행사도 많고 구성 인원도 많다 보니 매번 손을 벌리는 게 미안했지만 강 회장님은 기꺼이 장비를 협찬해 주었다.

내가 미국으로 이민을 오고 나서도 강 회장님을 자주 만날 수 있었다. 강 회장님은 미국을 정기적으로 방문한다. 솔트레이크시티에서 진행되는 아웃도어 쇼 때문이다. 그때마다 업무가 끝나면 LA를 방문하여 우리 재미동포 산악인을 만난다. 그리고 함께 식사 자리도 만들고 또 등산을 하며 우리를 격려해 준다.

우리 재미연맹의 탄생은 서울시연맹의 연락사무소로부터 시작되었다. 88년 LA를 방문했던 권효섭 전 회장님의 발의가 지금 재미연맹의 초석이 된 것이다. 산악인들의 인연은 오래 간다. 그것은 전통을 중시하는 문화 덕분일 수도 있지만 함께 땀 흘리며 산을 찾았던 순수성이 바탕에 있기 때문이다. 그 인연으로 강 회장님을 비롯해 서울시산악연맹 산하 한국등산학교 강사들도 정기적으로 도미를 하여 간담회를 갖고 있다.

우리 재미연맹도 이제 20년이 넘어 성년이 되었다. 재미연맹은 성년이 되는 동안 한국등산학교에서 배출한 강사들을 주축으로 등산학교를 만들었다. 카파등산학교가 그것인데 이곳의 1.5세나 2세들에게 산을 가르치고 산악인 정신을 접목시키기 위하여 노력했다. 이제 7회째를 맞는 이 등산학교는 나름대로 여러 등반 활동뿐만 아니라 교육에도 꾸준히 노력을 기울이고 있다. 이것은 한국등산학교 출신 강사들이 있었기에 가능한 일이다. 지금도 카파등산학교의 공통점은 교재, 학교 조직, 학과목 등에서 한국등산학교와 유사하다. 그러나 문화가 다른 이곳에서 성장한 2세들에게 한국적 교육을 강요하기엔 무리가 따른다는 걸 알고 있다. 따라서 미국 문화에 맞는 교육의 현지화로 방향 전환을 하고 있다.

우리 재미연맹은 2001년, 2002년에 걸쳐 미주이민 100주년 기념사업의 일환으로 미국의 50개주 최고봉에 등반대를 파견하는 이벤트를 실시하기로 했다. 이것을 성공시킴으로써 한민족의 단합과 산악인들의 결속을 이끌어 내고, 이민 100주년을 널리 알린다는 목적이었다.
2001년 3월 방미한 강 회장님이 재미대한산악연맹을 방문했을 때, 50개주 최고봉 등반계획을 듣고 그 취지에 적극 찬성해 주었다.
그때 재미연맹은 고수명 회장이 맡고 있었고 나는 전무 시절이었다.
"무얼 도와드리면 되겠습니까?"
당시 강 회장님은 우리에게 그렇게 물었다.
"서울시연맹 원정대가 동참하는 것으로 충분합니다. 아직 교민사회에 충분히 알려지지 않은 우리 연맹입니다. 서울시연맹과 미 본토 최고봉 휘트니 합동 등반을 한다면 미주 언론들에게 주목을 받을 겁니다. 그러니까 합동 등반을 성사시켜 주십시오."
강 회장님은 그 약속을 지켜 2002년 5월 서울시산악연맹 원정대를 편성해 직접 대장을 맡아 LA를 방문했다. 서울서 온 연맹원정대와의 합동등반은 당연히 이곳 언론의 주목을 받았다. 우리는 이 합동원정대를 위하여 입산허가를 미리 받아 놓았는데 미국에서는 최초로 총 40명이 넘는 대규모 등반대였다.
강 회장님은 젊은 우리보다 먼저 정상에 섰고 우리의 합동등반은 무사히 끝났다. 그것으로 재미연맹은 29번째로 캘리포니아 주의 최고봉을 등정했고, 나머지 주의 최고봉 등반에 동력을 얻었다.

"이 장비들은 카파등산학교에 모두 기증합니다. 미래가치를 기대하는 사업이 바로 교육사업입니다. 1.5세와 2세의 양성에 힘을 쏟아 그들에게 대한민국 산악인의 기개와 전통을 물려주기 바랍니다."

등반이 끝나고 해단식 자리에서 강 회장님은 이 말과 함께 우리가 사용했던 막영구라든가 등산장비 일체를 재미연맹에 기증해 주었다. 그런 물질적 도움도 힘이 되었지만 강 회장님의 돈독한 마음 씀씀이가 재미연맹이 서울시연맹에게 감사를 느끼고 있는 부분이다.

강 회장님은 회장직에서 퇴임한 2월에 다시 미국을 방문했다. 그때도 예전처럼 우리를 찾아 주었고 우리와 함께 마운틴 발디 산행을 했다. 그리고 그때도 교육의 중요성을 역설했다. 블랙야크가 올해부터 무료 등산교실을 열어 산악인 교육을 시작했다고 했다. 그 말대로 우리도 올바른 등산교육을 통하여 조국을 바로 알리고 동포 2세들에게 한국적 가치관을 심어갈 것이다.

그런 전통이 전수된다면 산악활동을 통해 세대 간의 소통이 원활해지고 재미산악계의 발전과 동포사회의 결집을 유도해 낼 것을 의심치 않기에.

국제볼더링대회

2005년 블랙야크배 제1회 서울국제볼더링 선수권대회가 열렸다. 서울 강북구 청소년수련관이 대회 장소였다. 2회부터는 서울특별시 시청 앞 서울광장에서 치러졌다. 블랙야크가 후원하고 서울시산악연맹이 주최를 하는 국제대회는 언론과 산악인들의 많은 관심을 모았다. 또한 이 대회를 주관함으로써 서울시연맹은 국내에서 처음으로 국제볼더링대회를 주최한 산악단체라는 기록을 갖게 되었다.

서울의 심장부인 시청광장에 세팅을 하고 벌인 볼더링대회는 시민들에게 훌륭한 눈요기를 제공함과 동시에 산악 인구 저변을 넓히는 데 한 몫을 했다. 그것을 창설하게 된 동기는 여러 가지 이유가 있었다.

스포츠클라이밍의 난이도와 속도 부문에서 우리나라 선수들이 아시아권에서는 정상급의 실력을 갖고 있지만 아직 유럽선수들에게는 못 미친다. 또한 국내에서 주최하는 국제대회가 없어 발전 속도가 더딘 측면

청계광장에서의
국제볼더링대회

이 있었다.

　그런 면에서 볼더링은 이제 새롭게 각광을 받고 있는 분야다. 우리가 먼저 국제대회를 개최하여 외국선수들과 경쟁함으로써 기량 향상과 저변 확대를 꾀할 이유는 충분했다. 눈을 세계로 돌려야지 아시아에만 머물면 답보상태에 그칠 수 있다. 그런 생각으로 볼더링 국제대회를 만들겠다고 결심한 것이다.

　1회 대회에는 영국, 미국, 캐나다, 일본, 중국, 대만 등 6개국 13명의 외국선수와 한국선수 100여 명이 참가하여 기량을 겨루었다. 월드컵 볼더링 등 국제대회가 1위 선수에게 보통 2,000달러의 상금을 지급하지만 이번 대회는 1위 3,000 달러, 2위 1,500달러 등 만만찮은 상금도 걸었다. 그래야 국제적인 선수가 올 것 같아서였다.

　예선을 거쳐 남녀 입상자 5명을 가려냈다. 1회의 남자부 우승은 손상원 씨가 차지했고, 여자부 역시 일산 동고등학교의 김자인 양이 차지해 안방에서 열린 첫 국제대회에서 한국선수들의 체면을 살렸다.

　하지만 여자부의 경우 2위를 차지한 일본의 오가와 도모코 씨 등 4위까지는 외국선수들의 이름이 입상자 명단에 올랐다. 남자부 2위도 일본의 와타나베 가즈마 씨여서 국제대회임을 실감케 했다.

　2008 제4회 블랙야크배 서울 국제볼더링대회는 동아일보사 앞 청계광장에서 열렸다. 그 대회에서 개회사를 하며 나는 감회가 더 새로웠다.

　내가 동진레저를 창업했을 때는 3·1 고가도로가 청계천을 덮은 지 얼마 되지 않은 때였다. 그 후에 우리나라는 눈부신 경제성장을 이뤄냈고 우리 동진레저도 사업이 확장되었다. 3·1빌딩과 고가도로 개통은 그때 웅비하는 한국경제의 상징이었다. 경제성장이 지속적으로 이루어지면서 국민들도 환경의 중요성을 인식하게 되어 3·1고가도로가 철거되고 숨어 있던 청계천이 다시 드러난 것이었다.

청계천변에서 장사를 시작했고 지금도 그곳 매장에 애정을 가지고 있는 나로서는 감개무량한 일이었다. 청계천의 맑은 물이 시작되는 청계광장에서 블랙야크가 후원하는 국제스포츠클라이밍대회가 열리게 된 것이 너무 즐거웠다. 서울이라는 도시의 발전과 한 기업의 변화가 대비되어 그랬던 것이다.

서울시교육감배 암벽대회

산악계에도 끊임없이 젊은 피가 요구되고 있다. 청소년들에게 등산이 왜 좋고, 등산교육이 청소년들에게 왜 꼭 필요한가를 상기시킬 필요가 있다. 사실 등산만큼 청소년들의 심신을 단련시킬 수 있는 장르는 없다고 나는 믿는다.

내가 회장 재임 시 서울시산악연맹은 청소년을 위한 스포츠클라이밍대회를 창설하였다. 2000년 5월 성동구 응봉동 성동암벽등반공원에서 열린 제1회 서울특별시교육감배 청소년 등반경기대회가 그것이다.

등산 활동이 청소년들에게 가장 필요한 부분이라고 생각해 온 나는 학생들이 참여할 수 있는 산악대회 마련이 시급하다는 결론을 얻었다. 그러기 위해선 무엇보다 서울시 교육을 책임진 교육감이 나서야 한다고 생각했다. 교육감 이름으로 시상을 하면 학생 선수들이 내신 성적에서

유리한 점이 있고 나중에 대학입시에서 체육특기자 혜택을 받을 수 있
는 길이 열린다. 실제로 이 대회 입상경력을 바탕으로 대학에 진학하는
스포츠클라이밍 선수들이 생겨나 저변 확대에 많은 기여를 했다.

그리고 이런 환경 속에서 스포츠클라이밍은 많은 발전을 하였다. 상
대적으로 흥미도가 높고 안전도 담보할 수 있기 때문이다.

이제는 매년 100명이 훨씬 넘는 학생들이 참가할 정도로 호응이 좋
다. 블랙야크가 협찬하고 시연맹이 주최하며 학생을 대상으로 하는 이
대회는 이제 굳건히 자리를 잡았다.

서울시에 가맹 체육단체가 많지만 미래의 희망인 학생을 위한 교육
감배 체육관련 대회는 몇 개 없었다. 서울시교육감이라는 자리는 지,
덕, 체를 가르치는 교육의 총수다. 청소년 클라이밍 대회는 미래에 대한
현재의 투자가 된다. 대회에서 상위 성적을 거두면 내신이 올라가고 교
육청 장학금도 받으니 학생으로서도 얼마나 좋은 일인가.

그 대회를 창설할 때 작은 에피소드가 있었다. 나는 서울시체육회 감
사직을 맡고 있었는데 이 대회의 필요성을 설명하려고 교육감을 만나기
로 했다. 교육감이 워낙 바쁜 자리이기에 5분 면담 약속을 하고 일단 만
나서 세 시간이나 걸려 설득을 했다.

나중에 검토한 후 연락해 주겠다고 교육감은 말했지만 그건 안 된다
는 말이나 같다는 생각이 들었다. 아예 이 자리에서 확정짓자, 돈은 내
가 낼 테니 이름만 걸어라. 학생들에게 도전과 진취적 정신을 함양시켜
야 하지 않는가? 미래의 강인한 꿈나무를 함께 육성하자고 간곡하게 설

득했다.

　명분과 실리가 있다면 강하게 밀어붙이는 저돌성이 나에겐 있다. 서울시체육회에 가맹한 48개 단체 중에서 교육감배 스포츠클라이밍 대회가 그렇게 해서 생긴 것이다.

　그것을 보며 다른 가맹단체 회장들은 "메달 따 오는 경기단체인 우리도 못했는데 어떻게 산악단체가 교육감배를 개최하느냐?" 하는 부러움 반 시샘 반 시선도 받았다.

　무한경쟁시대에 리더의 판단은 매우 중요한 것이다. 정확한 판단, 발빠른 행보, 창의력에 따른 순발력이 필수로 요구된다. 그런 치밀한 판단 지점을 정확히 포착한다는 것은 말이 쉽지 엄청 외로운 결단의 시간이기도 하다.

　그러나 모든 일은 혼자 할 수 없는 것이다. 시스템이 해 나가야 한다. 따라서 나는 연맹 이사들이나 블랙야크 직원들에게 늘 하는 말이 있다. 서로 배려를 해라, 화합을 해라, 정보를 공유하여 하나가 되라. 뜻만 맞으면 세상에 못 할 일이 없다고 생각하기 때문이다.

　이제 학교체육과 산악운동의 접목인 스포츠클라이밍 대회는 완전히 자리를 잡았다. 청소년들이 체력적으로 점점 나약해지는 지금의 상황에서 그들의 체력향상을 위한 생활 스포츠인 동시에 전문 산악인을 일찍부터 육성할 수 있는 사회체육으로 자리 잡은 것이다.

　처음 시작은 힘들고 어려웠지만 이제 여러 학교에서 적극적으로 참여하는 학생산악대회로 자리매김했다. 특히 장애인 학생들의 참여와 호응도가 상당히 높다. 또한 학생들의 성취의식 고취를 위해 대회에서 우수한 성적을 거둔 학생들에게 특별히 교육감상을 1, 2, 3등까지 골고루 줄 수 있도록 제도적인 장치도 마련하였다.

등산은 본능이다

블랙야크 직원은 한국등산학교를 나외야 한다. 물론 수강료는 회사가 전액 부담한다. 기능성 옷을 만드는 회사인데 산악인이 되어 그 입장에서 바라보아야 옷의 진가를 알 수 있는 것이니까. 등산학교 졸업으로도 끝나지 않는다. 블랙야크 자체 등산학교에서 일정시간 보수 교육도 받는다. 이 모든 과정은 직원 스스로 신청해 이루어지고 있다.

교육에 대한 열의는 중요하다. 그러나 그것은 보여 주기 위한 것이 아니라 실사구시(實事求是)형이어야 한다. 공허한 흉내 내기나 겉치레는 옳지 않다. 실현 가능한 것에 집중하는 것은 이 시대가 요구하는 부분이다.

아웃도어 라이프라는 말이 있다. 집 밖의 생활이라는 건데 선진국 국민과 후진국 국민을 구별하는 여러 가지 척도 가운데 하나가 "당신은 자연을 즐기는가?"라는 항목이다.

선진국에서는 대부분의 사람이 주말이면 자연 속으로 가서 생활한다. 별장, 통나무오두막, 캠핑 등 여러 장소에서 다양한 아웃도어 활동을 즐긴다. 이미 그들은 진정한 삶의 풍요는 자연 속에서의 생활이라는 것을 알고 있다.

물론 그들 가운데에도 주말을 도시에서 보내는 사람들도 있을 것이다. 그런 사람 가운데는 부자도 있고 가난한 사람이 많이 있겠지만 모두 정신적으로는 각박한 생활을 하는 사람들이 많을 것이다.

나는 쉬는 날이면 산을 찾는다. 그러면 설명이 필요 없는 충만한 즐거움과 여유를 느낀다. 숲속을 걸으면 내 몸의 세포가 신이 나서 즐거워하는 걸 알 수 있다. 그건 즐거운 중독이다.

이미 중독이 된 주말 산행은 육체적인 건강도 주지만 정신건강도 함께 준다. 그것뿐일까. 사업에 대한 구상을 할 시간도 얻을 수 있으며, 또한 산을 오르는 등산로에서 사람들을 만나는 것보다 더 좋은 시장조사는 없다.

아웃도어 라이프를 즐기는 방법은 여러 가지가 있다. 그냥 깊은 숲속을 어슬렁거리는 것도 하나의 방법일 것이다. 또는 좀 더 역동적인 등

북한산에서

산, 낚시, 캠핑, 카약, 래프팅, MTB, 트레킹 등이 있지만 아마 그 중에서 최고는 등산일 것이 분명하다. 왜냐하면 산은 자연의 모든 것을 담고 있기 때문이다.

전 세계 아웃도어 라이프 인구 중 가장 많은 사람들이 등산을 즐기는 것만 보아도 알 수 있다. 등산을 통해 우리는 자연의 가장 깊은 곳으로 들어갈 수 있다. 도시 근교에 지천으로 솟은 산을 주말에 오르는 것만으로도 우리의 삶은 축복받은 셈이 되는 것이다. 이미 그런 산 중독 생활자들은 천 만을 넘어섰다.

그렇다면 등산은 왜 즐거운가? 아주 먼 옛날 원시시대부터 인류가 자연 속에서 뛰고 달리는 생활을 이어왔기 때문일 것이다. 강인한 체력과 운동능력은 후손을 이어가는 가장 중요한 수단이다. 그래서 산을 찾는 근본적인 이유를 나는 신체능력의 향상이라는 몸속에 내재된 유전인자 때문이라고 생각한다.

아이들은 높은 담벼락이나 나무를 오르며 놀기를 좋아한다. 우리 인간은 모든 운동능력을 끊임없이 향상시키려고 노력하고 있다. 그래서 오르려는 본능은 인간의 원초적 본능 가운데 하나이다. 아기는 무엇이든지 손에 잡히기만 하면 그것에 의지하여 높은 곳으로 올라가려고 하고, 성인이 되어서는 실제로 산을 즐긴다.

등산은 모든 놀이 가운데 최상이라고 생각한다. 왜냐하면 자연 속에서의 생활에 가장 충실하기 때문이다. 등산은 삶을 일시적으로 산으로 옮기는 것이다. 등산으로 삶을 업그레이드 한 사람들은, 사람을 산에 다니는 사람과 다니지 않는 사람으로 분류한다.

우리들 생명작용에 등산만큼 좋은 것이 없다고 나는 굳게 믿는다. 환경이 곧 생명인데 서울 사람들은 공해 때문에 매일 독약 한 사발쯤은 먹는 거와 진배없다. 정신적 스트레스까지도. 이건 병원에서도 치료가 안 된다. 이걸 치료하는 게 등산이라고 나는 생각하는 것이다.

블랙야크 등산교실

블랙야크에서는 2009년 3월 본격적인 등산교육 프로그램을 시작했다. 인터넷 모집을 했는데 1기생 50명 모집이 금방 마감되어 70명으로 교육을 시작했다.

우리는 등산학교라는 이름보다 등산교실로 부르기로 했다. 고객을 대상으로 무료교육을 펼치려 하는데 기술보다 앞서 말한 전인적인 교육을 앞세우고 있다. 아웃도어 회사에서 웬 등산교육이냐고 할 사람도 있겠지만 블랙야크에서 등산교실을 여는 데는 뚜렷한 목적이 있다.

그것은 기업이익의 사회환원이다. 등산장비를 팔아서 번 돈을 고객에게 환원하고자 하는 것이다. 물론 지금도 우수고객을 초청하여 국내 및 해외 등반 등 다양한 기업이익의 사회환원을 위한 활동을 하고 있지만 그러나 산을 사랑하는 사람에게 가장 좋은 선물은 올바른 등산교육일 것이다.

그렇게 함으로써 우리의 진정성을 고객이 알게 된다면 기업이미지는 당연히 좋아질 것이다. 블랙야크는 전문적인 아웃도어 브랜드이기 때문에 당연히 해야 할 일이라는 생각에서 등산교실을 열어 서비스를 하는 것이다.

등산은 자연과 인간의 관계를 떠나서는 성립할 수 없다. 인간의 삶도 자연을 떠나서는 존립할 수 없다. 역시 마찬가지로 기업경영은 인간이 하는 것이지만 자연과의 조화를 중시하여야 한다고 나는 생각한다. 따라서 좋은 등산교육을 통해서 사회와 기업과 고객이 공존하는 상리공생의 틀을 다져 나가기 위하여 등산교실이 기획되었다.

우리 등산교실에서는 초보적인 암벽도 가르칠 것이다. 그러나 전문적인 것은 등산학교가 할 일이다. 우리 등산교실을 이수한 후 좀 더 전문적으로 산과 친해지려는 사람에겐 등산학교를 권할 것이나. 그런 사람들을 위한 등산학교는 무수히 많다.

그러나 등산학교는 암벽기술자만 양산해 내는 곳이 되어서는 안 된다. 학교라면 일반학교도 마찬가지지만 목표와 이념이 있어야 한다. 등산 인구가 줄잡아 천만 명이라는데 산과 상생하는 자연과 환경교육은 필수가 되었다. 등짐지고 산을 오른다고 다 산악인으로 부를 수는 없는 것이니까.

올바른 산행을 위하여 교육은 강조되어 마땅하다. 자연을 고마워하기에 훼손시키지 않는 기본은 갖추고 있어야 하고 자연을 닮아 정직하며 동료를 배려할 줄 아는 올바른 산악인을 키우는 것이 등산교육의 목적이 되어야 한다.

산마다 인파가 넘쳐나고 안전사고가 끊이질 않는 것을 볼 때 기본적 기술은 필요하지만 다시 강조하거니와 암벽등반 기술자를 양성하는 것만이 등산학교의 목적은 아니다.

그것보다 중요한 것은 전인교육의 측면에서 산악인으로서의 기품과 예절, 환경교육 등을 등산교육에서 더욱 강조해야 할 때라는 생각이다.

산과의 교감을 통하여 자아의 기쁨을 얻고 자연과 더불어 상생하며 산을 인생의 도장으로 생각할 수 있는 사람들. 산속에서 충만한 즐거움과 감성을 키우는 교육을 서비스하기 위하여 블랙야크는 학교 대신 교실이라는 이름을 붙인 것이다.

5 미래를 항해하는 블랙야크

오은선 대장을 후원하며

사람이 사는 세상은 언제나 개척정신이 필요하다. 불굴의 정신이 역사를 만들어 가는 거니까. 길 없는 길을 가는 등반가는 그래서 고독하며 가는 길이 어렵다. 주어진 환경을 극복할 노력도 필요하지만 더 중요한 점은 좌절을 하지 말아야 한다.

어려운 건 기피하지만 쉬운 건 누구나 한다. 높이 올라갈수록 힘들다는 것은 등산과 사업과 인생이 닮은꼴이다. 그런데 재미있는 사실은 힘이 들면 들수록 지혜가 생긴다는 점이다. 그래서 누구 말대로 세상엔 불가능은 없다는 것이다.

그런 사실은 국민적 영웅이 된 엄홍길 대장을 보면 알 수 있다. 나와 엄홍길 대장의 각별한 인연은 1979년으로 거슬러 올라간다. 도봉산 망월사 부근에 엄홍길 대장의 집이 있었다.

세 살 때 경상남도 고성에서 도봉산으로 들어온 엄홍길 대장은 도봉산이 만들어 준 산악인이다. 등반 능력이 뛰어난 그와 나는 같은 거봉산악회원이다. 등반을 잘하는 후배니까 다들 열심히 후원해 주었다. 그후 엄홍길 대장과 히말라야 등반도 여러 번 함께 같이 나갔다.

역시 세상은 공평하다. 엄홍길 대장의 그 초인적인 노력을 세상은 점점 알아주기 시작했고 점점 유명해져서 후원자도 여럿 나타났다. 스스로 각고의 노력을 기울이며 사선을 넘나들던 엄홍길 대장이었기에 지금처럼 빛나는 성공을 얻은 것이다. 그게 나는 고맙고 대견하다.

오은선 대장이 소속사 없이 훈련에만 집중하고 있는데 후원해 줄 수 있느냐는 제안이 들어왔다. 당시 오은선 대장은 한국여성 최초의 7대륙 최고봉 등정이라는 기록과 히말라야 8,000m급 5개봉 등정기록도 갖고 있었다.

나는 처음에 그 제안을 두고 많이 망설였다. 그건 다른 게 아니라 우리 회사와 궁합이 잘 맞느냐는 것이었다. 분명히 오은선 대장은 14좌 완등을 위하여 순항하고 있었다.

히말라야를 계속 갈 터인데 우리 회사와 인연이 된 후 혹시 등반에 이상이 있다면 그건 오 대장을 위하여 바람직한 일이 아니라는 생각에 서였다. 그러나 오 대장의 등반에 후원사가 없다는 것은, 같은 히말리스트 입장에서 봐도 안타까운 일이었다.

그래서 오 대장의 후원사로 나서기로 결정했다. 블랙야크와 후원 계약을 체결하면서 한국의 여성 산악인으로서 세계 최초로 히말라야 8,000m급 14개봉을 완등할 수 있는 길에 동반자가 되겠다고 결정했다.

지난 2008년 2월 21일 중구 명동 소재 로얄호텔에서 오은선 대장은 블랙야크와 공식 후원 조인식을 가졌다. 계약 기간 동안 블랙야크는 매년 일정액의 보수와 원정등반에 필요한 장비, 경비 일체를 지원하여 오은선 대장에게 등반에만 전념할 수 있게 하였다.

오 대장이 등반에 나설 때면 나는 사실 걱정을 많이 했다. 그런데 그것은 기우였다. 마나슬루 정상에서 걸려 온 위성전화를 받고 나는 눈물이 쏟아졌다. 등정일이라 뜬 눈으로 밤을 보냈는데 위성전화가 걸려 온 것이었다. 그것도 무산소로 성공했고 건강하다는… 경험한 사람은 절절하게 그 등정의 기쁨을 알 수 있는 법이다.

오은선대장 후원 조인식

2008년 내내 여러 모로 신경 쓸 일 이 많았는데 그 순간 그런 게 다 없어지는 기분이었다. 단장, 대장을 역임한 히말리스트로서 오 대장이 느꼈을 성취감의 감정이입은 당연한 일이다. 후원사임을 떠나 나는 오 대장의 히말라야 선배도 된다. 그런 경험치가 오 대장을 이해하고 소위 코드가 맞는 동질감을 느끼게 하는 것일 것이다.

작은 거인 오은선

내가 오은선 대장에게 하는 말은 단 한 가지다. 실패해도 좋으니 절대 무리하지 말라, 산은 또 가면 되는 것이니까. 2009년 봄 시즌이 시작되면서 오 대장은 지난 3월 19일 칸첸중가 등반을 위해 인천을 떠났다.

오 대장을 배웅하는 자리에서 다시 한 번 그 말을 강조했다. 잘 알았다고 활짝 웃는 그녀의 밝은 얼굴은 배웅을 나온 모든 사람들을 안도시켰다.

칸첸중가 등반에는 KBS와 조선일보가 후원사로 참여했다. 그런 주류 언론들이 주목할 만큼 이제 가장 주목받는 산악인이 된 오은선 대장이다. 지금 오 대장은 뉴스메이커가 되었다.

아시아 여성 최초로 세계 7대륙 최고봉 완등자이기도 하지만 히말라야 8,000m급 자이언트의 아시아 여성 최다 등정 기록 보유자이기도 하다. 그것뿐일까. K2(8,611m) 한국 여성 최초 등정, 북미 최고봉 매킨리(6,194m) 아시아 여성 최초 단독 등정 등의 기록도 보유하고 있다.

2008년 5월에는 마칼루(8,463m)와 로체(8,516m)를 연속 등반했고, 7월에는 브로드피크(8,047m)에 오르고 가을에는 마나슬루(8,163m)를 올라 그해만 4개 봉우리에 올랐다. 그것도 고집스럽게 무산소로.

그런 눈부신 등반능력을 보며 애초에 걱정했던 내 생각은 기우였다는 걸 알게 되었다. 돈 아낄 생각 하지 말고 산소를 쓰라고 하는데도 그녀는 무산소를 고집한다. 해 보니까 오히려 산소가 거추장스럽다는 것이었다. 히말라야에선 세계 각국의 산악인들이 서로 지켜보며 경쟁하고 있다. 다른 나라 등반대원들이 어떻게 등반을 하는지 다 알 수 있다.

오 대장은 말한다. "등반이 끝나면 외국에선 가장 먼저 물어 보는 게 산소를 썼느냐, 쓰지 않았느냐를 확인해요. 물론 산소를 쓰고, 안 쓰고는 차이가 많이 나요. 그런데 저는 고소에 타고난 체질인 거 같아요. 생명에 지장만 없다면 안 쓰겠다고 결심한 거죠." 대학산악부 출신답게 알피니즘을 추구하는 오 대장은 집념의 여성산악인이다.

그녀는 2006년 시샤팡마 등반 중에 떨어진 얼음덩어리에 맞아 갈비뼈가 부러졌다. 고통스러웠지만 정상 등정 후 병원에서 진단을 받고서야 갈비뼈가 부러진 줄 알았다고 할 만큼 집념이 강하다.

그러면서도 천상 여자인 것은 분위기를 잘 이끌어 낸다는 점이다. 블랙야크의 익스트림 팀 이사로서 회사 내에서도 인기가 좋다.

사람들은 히말라야 8,000m를 오르내리는 오 대장을 근육질의 강철같은 산악인으로 생각하겠지만 그녀는 키 154㎝, 몸무게 48kg의 날씬한 미혼의 여성이다.

오 대장의 경쟁자로서는 오스트리아의 겔린데 칼텐브루너(Gerlinde Kaltenbruner), 스페인의 에두르네 파사반(Edurne Pasaban), 이탈리아의 니베스 메로이(Nives Meroi)가 있다. 겔린데와 에두르네 그리고 니베스는 11좌를 성공한 상태다. 그들은 2009년 5월인 현재, 오대장과 함께 히말라야에서 경쟁을 하고 있다. 하지만 이들의 등반 속도를 볼 때 오은선 대장의 등정속도는 무서울 정도로 빠르다.

여성 산악인으로 14좌에 성공한 사람은 아직 한 명도 없으므로 그들과 오은선 대장은 인류 최초가 될 여성 14좌 완등 경쟁을 선의(善意)속에서 벌이고 있다.

2008년 11월이었다. 여성으로서는 세계 최초로 8,000m급 봉우리를 한 해에 4개봉을 오른 오은선 대장 등정보고회가 명동 소재 로얄호텔에서 열렸다.

　이날 열린 보고회에는 오 대장을 적극 후원하고 있는 가산회 회원을 포함해 200여 명의 산악인들이 참석해 오 대장의 무운을 축하해 주었다. 이날 오 대장은 기자들에게 속내를 밝혔다. 이탈리아의 니베스 메로이뿐 아니라 오스트리아의 겔린데 칼텐브루너와 스페인의 에두르네 파사반을 제치고 인류 최초의 여자로 기록되고 싶다고.

2009. 3.19일
인천공항에서
오은선대장
환송

　오 대장은 이어 자신의 등반과정을 슬라이드 상영과 함께 설명했다. 올봄 마칼루 등반을 시작으로 화면에 펼쳐지는 4개의 자이언트 등정은 한 편의 감동 드라마였다.

　"마칼루에서는 첫 등정 시도 때 8,200m 지점을 지나면서 무척 힘들어 포기했다. 하산길에 다리가 풀려 정상에서 내려와서는 부산연맹팀에게 산소를 얻어 마셨다. 3차 시도 때 결국 등정에 성공했지만 막판에 거의 네 발로 기어서 정상에 올랐다."

　그녀의 말을 들으며 나는 생생한 그 모습이 떠올라 진저리를 쳤다. 경험자로서 충분히 그 입장을 알 수 있었기 때문이다. 그런 내 걱정을 안다는 듯 오 대장은 말미에 "그러나 그 이후로는 자신감이 붙어 속공등반을 펼칠 수 있었다."고 덧붙여 말했다.

　오 대장은 올봄 칸첸중가에 이어 다울라기리, 여름 시즌엔 낭가파르밧(8,125m)으로 향할 것이다. 낭가파르밧을 등반한 다음 오 대장의 판단으로 가셔브룸1봉(8,068m)을 시도할지 모른다. 가을 시즌에는 여성산악회가 추진 중인 안나푸르나(8,091m) 원정에 참가해 2008년의 기록을 갱신하며 한 해 5개봉 등정을 목표로 하고 있다.

지금까지는 엄홍길, 박영석 대장 등 남성 등반가들이 써 온 히말라야 역사였다면, 이제부터는 오 대장을 필두로 한 여성 등반가 역사가 시작될 것은 분명하다. 블랙야크가 할 수 있는 일은 자신이 하고 싶은 일에 몰두하라고 멍석을 깔아 주는 일뿐이다. 모든 등반은 오 대장이 결정하고 실행할 뿐인 것이다.

세계 7대륙 최고봉 완등과 세계 최초 히말라야 14개봉 완등이라는 산악 그랜드 슬램 기록을 우리나라 여성 산악인이 쓸 수 있도록 블랙야크는 모든 지원을 아끼지 않을 것이다.

산악인이 아닌 사람들은 대체로 산을 정복한다고 말한다. 그 말은 사실이 아니다. 우리는 산을 정복하기보다는 오히려 우리 자신을 정복해야 한다. 언젠가 함께 산행을 하며 오 대장에게 말했다.

주어진 하나의 목표에만 일단 집중하라고. 그리고 실패를 두려워 말라고. 그 산은 언제나 그곳에 있으니 그 산이 받아 주게끔 마음을 비우라고. 오 대장은 히말라야로 떠나기에 앞서 마음을 비운다고 오대산 월정사에서 108배를 올렸다고 했다.

그러고 나니 한결 마음이 편안해진다고 말했다. 자연이 받아 줄 때 정상을 오를 수 있다고 말하는 오 대장을 볼 때마다 구도자를 대하는 그런 느낌을 나는 받는다.

비워야 채운다

야크 익스트림 팀 이사 오은선

3월이다. 이제 봄 시즌이 시작되었고 나는 내일 히말라야로 떠난다.

한라산 동계훈련을 끝내고 출국하기 앞서 2월 21일 오대산 월정사를 찾았다. 내가 사랑하는 산악회 가산회에서 송별 산행 겸 기도를 하러 가자고 해 월정사로 간 것이다. 상원사와 북사자암과 적멸보궁을 거쳐 연꽃처럼 피어난 비로봉 주릉을 거쳐 다시 월정사로 내려왔다.

그날은 몹시 추운 날씨였지만 저녁예불을 알리는 범종 타종식에 참여했다.

첫 번째 범종이 울렸다. 그 둥근 울림이 내 몸을 관통하면서 갑자기 몸이 따뜻해져 왔다. 이상한 일이었다. 범종 소리의 여운엔 알지 못할 에너지가 담긴 듯했다. 누군가 부탁을 했는지 범종을 치던 스님이 갑자기 나에게도 타종을 권해 왔다. 종을 치며 나의 무사 등반을 기원하라는 고마운 제의였다.

내가 힘껏 민 통나무가 종에 닿는 순간 다시 뜨거운 진동이 파도처럼 밀려왔다. 웅웅 울리는 둥근 소리. 내 몸을 관통하고 누리로 퍼져가는 둥근 소리가 눈에 보이는 듯했다. 세상을 안온하게 감싸 안는 둥근 울림이었다.

그때 문득 깨달았다. 범종을 울릴 수 있는 것은 종속의 텅 빔 때문이다. 속이 비어야 종은 웅숭깊은 소리를 낼 수 있다. 속이 채워져 있다면 아무런 울림이 나올 리 없다. 그랬다. 나 역시 마음을 비워야 한다. 아상(我相)과 등정욕심으로 나의 내면이 꼭꼭 채워져 있다면 다른 것이 들어올 자리가 없다. 범종처럼 나를 비워야 한다. 욕심과 집착으로 내 속이 차 있다면 울림 대신 깨지거나 균열이 갈 것이다. 마음을 비우고 고요하게 여태 해 온 것처럼 최선을 다 할 때라야 산이 내 속으로 걸어 들어올 것이다.

올봄에 올라야 할 히말라야 고봉은 세계 3위봉인 칸첸중가다.

지금까지 오른 9개의 고봉 중에서 카라반이 제일 길고 또 등반 역시 힘들다. 네팔에서 국내선을 두 번이나 갈아탄 후 15일을 걸어 올라가야 한다.

강태선 사장님은 말했다. "잡념 버리고 당장 눈앞에 보이는 칸첸중가에만 집중하라."고. 아마 내가 흔들려 보였거나 욕심을 내고 있다고 생각했었나 보다. 히말라야 선배로서 그걸 헤아린 사장님은 그렇게 위무했다. 그렇게 말해 주는 사장님이 고마웠다. 경제적 걱정 없이 히말라야 14좌를 오를 바탕을 만들어 준 것도 고맙지만 무엇보다 나를 믿어 준 점에 감사한다. 환율이 고공행진을 기록하고 있고 또 네팔의 물가 폭등으로 단출하게 떠날 때보다 원정경비가 몇 배로 들었다. 사장님은 그 비용을 흔쾌히 내 주셨다.

내 주변 모든 분들에게 감사하는 마음이다. 정말 나는 분에 넘치게 주변 분들로부터 도움을 받아 왔다. 고마운 일이다. 어느 산 선배가 지어 준 아호대로 세상에 존재하는 모든 것에 나는 하심(下心)해야 한다. 히말라야 등반 떠날 준비는 언제나 거창하고 손이 많이 가는 작업이다. 거칠고 혹독한 자연 속에서 살아서 정상에 오르려면 장비는 필수다. 그 모든 것은 내가 소속된 블랙야크에서 다 해줬다. 히말라야 경험이 많은 선배로서 사장님은 등반에 관해선 전폭적으로 나를 믿고 아무 말씀이 없다.

이번 등반엔 KBS와 조선일보가 후원으로 나섰다.

출국을 앞두고 나와 함께 갈 KBS 관계자들과 만나 점심을 함께 먹었다. 그들도 고민을 하고 있었다. 그들 역시 히말라야를 자주 갔던 베테랑인데 식상한 프로그램을 만들까 봐 걱정을 하고 있었다. 그동안 수없이 보여 준 히말라야 풍경과 등반모습을 재탕하면 안 된다는 고민. 프로는 그냥 되는 게 아니다. 끊임없이 시청자들에게 새로운 콘셉트로 다가서려는 그들의 노력을 보며 그런 생각을 했다. 그들이 주는 매실주 두 잔을... 아니 넉 잔을 받아 마셨다.

만약 히말라야의 신이 나를 받아 주어 칸첸중가를 오른다면 자이언트 14좌 중에 10개 봉을 오르게 된다. 9개봉 등정과 10개봉 등정은 한 자리 숫자와 두 자리 숫자의 단순한 차이만이 아니다. 그 간극은 넓고 깊다. 왜 그럴까? 우선 두 자리는 꽉 찬 느낌이라 좋다. 내가 인생을 걸고 오르려 하는 레이스에 종착이 그만큼 실감나게 가까워지는 느낌이 들 것이다.

"너는 65억분의 1. 최소한 65억분의 3 안에는 들어갈 것이다. 네가 하는 행위에 다른 설명이 뭐가 필요한가?"라고, 어느 선배는 내 등반 행위에 정의를 내렸다.

지구 인구를 65억으로 볼 때 14좌를 완등한 단 한 명의 여자가 될 수도 있다는 말일 것이다. 솔직히 n분의 1이 되고 싶다. 1등을 하고 싶다. 그러나 그 욕심이 이루어질지는 아무도 모른다. 2등이 되거나 3등이라도 그건 히말라야가 선택할 뿐이다. 만약 실패를 하더라도 다만 내가 최선을 다했다는 것을 스스로 자신 있게 말할 수 있어야 한다고 생각한다.

겨울 한라산으로 동계 훈련을 갔다 왔다. 겨울 한라산은 히말라야를 닮았다. 하얀 설원이며 눈보라와 안개까지. 추웠지만 즐거웠다. 나는 어쩌면 백색의 세계가 더 어울리는 여자인지도 모른다는 생각이 그때 들었다. 그렇다고 과속은 하지 않을 것이다. 평소의 내 페이스대로 움직일 것이다. 지천명이다. 하늘의 뜻인 것이다.

아침에 다시 월정사로 가 원주스님의 방에서 녹차를 마셨다. 고소한 차향에 입안이 향기로웠다. 그 후 가산회원들과 대웅전에서 108배를 올렸다. 작년에 이어 두 번째다. 알 수 없는 눈물이 볼을 타고 흘렀다. 흔들리지 않고 열정을 지켜갈 수 있도록 부처님이 지켜주기를 간절하게 빌었다. 등정을 도와달라는 것은 아니었다. 나는 최선을 다할 것이므로 성공과 실패는 자연의 뜻이다. 그동안의 등반에서 자연의 선택을 겸허하게 받아들일 수 있는 체험과 각성을 했다. 내가 절을 하며 간구했던 것은 비움이었다. 그저 히말라야가 좋아 입산을 했듯 그런 초심을 지켜달라는 것이었다.

곁에서 함께 절을 올리는 사람들의 염원이 전해져 오는 것 같았다. 필시 나의 무사한 등반을 기원해 주고 있을 것이다. 고마운 사람들. 그러나 나는 괜찮다. 범종처럼 이제 텅 비워졌으므로. 108배를 올리며 나를 위하여 마음을 써 주시는 모든 분들에게 감사했다.

그리고 우리 회사 블랙야크에 대한 고마움을 그 절에 담았다.

이제 나는 내일 한국을 떠난다. 백색 연꽃이 만다라처럼 핀 히말라야로.

2009년 3월 18일

오은선과 칸첸중가

　　이글을 정리하는 동안 오은선 대장은 칸첸중가 등반을 하고 있었다. 네팔과 인도 국경에 위치한 칸첸중가 산군(Kanchenjunga Mt.)에는 최고봉인 칸첸중가(8,586m)를 비롯해 8,000m가 넘는 위성봉이 4개(중앙봉(8,482m), 남봉(8,476m), 서봉(8,505m, 얄룽캉), 캉바첸(7,903m))나 더 있어 '다섯개의 눈의 보고' 라는 뜻을 가지고 있다.

　　세계 3위봉이자 한국 팀에게 악연이 많은 이 산은 오 대장이 14좌 완등을 위하여 넘어야 할 가장 난이도가 있는 산이다.

　　5월 5일이 등정일이라고 현지에서 인말셋 위성전화를 통해 알려왔다. 그날 하루 종일 일이 손에 잡히지 않았다. 현지로부터는 연락이 두절되었다. 시간이 갈수록 자꾸 초조해졌다. 정말 피 말리는 시간이었다.

　　"칸첸중가만 생각해라. 다른 모든 것은 비우고 오직 칸첸중가에만 몰입해라."

　　나는 오 대장이 네팔로 떠나기 전 그런 말을 그녀와 나누었다. 그만큼 어려운 산이라는 걸 나는 경험을 통해 잘 알고 있었다. 하루가 지난 5월 6일 저녁 8시 25분 경 드디어 오 대장의 칸첸중가 정상 등정 소식이 전해져왔다. 현지시각 17시 40분이었다. 19시간30분이 걸린 등반이었다는 것이다.

　　눈물이 나왔다. 그것도 무산소 등정이었다. 이제 히말라야 14좌 중 10개봉 등정한 오은선 대장. 이제 여성산악인 세계 최초로 히말라야 14

좌 완등의 꿈에 한 발짝 더 다가선 것이다.

히말라야에서 가장 먼저 해가 비추는 산이자 하늘 위에 빛나는 보석이라 불리는 이 산은 길고도 험한 카라반 일정과 등반 루트가 어렵고 위험하다고 정평이 나있는 산이다. 그럼에도 칸첸중가 정상을 오르기 위해 스페인의 에드루네 파사반과 이탈리아의 니베스 메로이가 오 대장과 함께 베이스캠프에 모여 있었다.

칸첸중가 빙탑
지역을 통과하는
오은선 대장

그들 중에서 오 대장은 가장 먼저 칸첸중가 등정을 시도했고 고집스럽게 무산소로 등정에 성공한 것이다. 지난 3월 19일 인천공항에서 오 대장의 장도를 격려한지 꼭 49일만이었다. 그런데 벅찬 기쁨도 잠시, 오 대장의 등정시간에 생각에 미치자 나는 또 깊은 걱정에 빠졌다. 저녁 5시 40분이라는 그 늦은 시간에 등정을 했다면 하산이 과연 순조로울 것인가라는 점 때문이다. 하산 도중 분명히 어둠을 만날 것이고 비박도 생각해야 할 시간이라는데 생각이 미치자 불안하고 초조한 시간이 다시 시작 된 것이다.

그런데 히말라야 신이 도왔는지 오 대장은 무사히 하산을 마쳤다. 베이스캠프로 무사히 귀환했다는 소식을 듣고 그제야 안심이 되었다. 건강 상태도 양호하다는 것이다.

나는 박용학 전략기획팀장을 네팔로 보내 베이스캠프로 내려온 오은선 대장과 KBS 팀을 헬기로 카트만두로 귀환시켰다. 오대장은 카트만두에서 휴식을 취한 후 다울라기리 원정을 가겠다고 서울로 알려왔다. 오은선 대장에게 14좌 등반에 대한 전권을 위임한 상황에서 나는 그것을 반대 할 수가 없었다. 다만 상대적으로 카라반이 짧고 높이가 낮은 산

19시간 30분의 사투끝에 칸첸중가 정상에 서다

이라는데 위안을 받지만 어디 14좌 중에 쉬운 게 있을까? 오은선 대장의 집념을 보며 한 인간의 위대성을 발견하는 것 같아 감동을 받는다. 오은선 대장을 특별 후원하고 있는 조선일보 응원 홈페이지에는 무수한 격려 글이 답지하고 있었다. 그것을 읽으며 나는 다시 가슴이 뜨거워졌다.

서울시연맹 40년사

모든 역사는 문자로 기록되어야 한다. 그렇지 않으면 역사는 종국에는 전설이나 신화로 알려지기 때문이다. 내 재임 중에 기쁜 일 하나는 서울시산악연맹 40년사의 발간이다. 그 사사의 발행에 많은 분들이 노고를 아끼지 않았기에 고마웠고 나 역시 관심을 가지고 관계자들을 독려했다. 한국 최대의 가맹단체를 보유한 서울시산악연맹 역사는 1965년 창립 이래 40년이란 연륜이 쌓였는데도 그간의 사료가 제대로 정리된 적이 없다.

미래는 과거를 기억하며 전통을 쌓아 간다. 전통이 없는 역사는 이미 역사가 아니다. 40년사의 필요성에 주목한 서울시연맹은 발간 작업을 지휘할 장태호 편찬위원장을 필두로 사사 간행 팀이 꾸려졌다.

산악연맹 40년 사사는 산악계를 관통하고 이끌고 있는 정신이 어떻게 조직에 스며들며 발전해 왔는지를 밝히기 위해 과거사를 재조명하는 작업이었다. 과거를 보면 미래가 보인다는 말이 있다. 적나라한 과거의 기록과 자료 혹은 사진을 통해서 서울시연맹이 40년 동안 어떻게 발전되어 왔는지 어떤 방향성을 가지고 가고 있는지 밝히는 것이다. 그리하여 모든 연맹의 조직원이 역사를 소중히 생각하는 전통을 계승하기 위해서도 꼭 필요한 작업이었다.

전통을 딛고 미래의 발전과 새 도약의 비전을 도출하는 데 이번 40년 사사 발간의 의의가 있다고 나는 생각한다. 사사는 조직 공동체에 역사의식을 심어 주며 글로벌 세상으로 향하는 도약을 위해 이론적 무장의 활성화에 절대적으로 필요한 부분이다.

또한 기존 산악인들의 재교육과 신입 회원들의 연수 시 기본교재로 사용할 수 있는 텍스트로서도 가치가 있는 것이다. 단순히 지난 시간을 연대순으로 정리해 놓은 40년사가 아닌 당시의 정황을 사실적으로 기록하여 풍성한 읽을거리, 볼거리를 만든 것이다. 나라에는 역사가 있고 산악조직에는 산악사가 있다.

지난 40, 50년대 산악선배들의 활동과 탐험정신, 60년대 서울특별시산악연맹의 탄생 이후의 흐름, 국내는 물론이고 해외 고산등반의 행적까지 낱낱이 40년사에 기록되었다.

또한 80년대부터 시작된 스포츠클라이밍과 이어 볼더링경기와 산악스키가 연맹과 어떻게 소통하였는지 산악운동의 환경변화와 함께 수록되었다. 이런 과정에서 서울시장기인공암벽대회, 서울시교육감배 청소년등반경기대회, 국제볼더링대회 등 다양한 행사를 서울특별시산악연맹이 주관했던 행사의 개요도 전부 수록했다.

또한 국제적 산악 교류로 일본 도쿄도 산악연맹과 중국 티베트등산협회와의 우의협정, 재미연맹과 미국이민100주년기념합동등반 등 외교적 활동도 실었다. 이 사사의 발간은 산악운동과 더불어 내게는 보람된 일이었다.

이번 40년사를 발간할 수 있도록 선배들도 발을 벗고 나섰다. 권효섭 전 회장과 손경석 선배. 구신회, 조규배, 정원수, 김병준 편찬위원회

자문위원과 편찬위원의 노고가 있었기에 한국 산악인들은 서울시연맹의 40년 역사를 일목요연하게 볼 수 있게 된 것이다.

2005년 12월에 책은 발간되었다. 서울특별시산악연맹 창립 40주년에 맞추어 40년사가 발간된 것이다. 많은 산악인들이 자신의 일처럼 대견해했다. 지금까지 서울시연맹이 걸어온 자취를 한 목소리로 조명하지 못한 아쉬움은 이로써 해갈되었다. 서울특별시산악연맹 40년사는 모든 사안까지도 가감 없이 실록으로 기록함으로써 먼 훗날까지 연맹의 소중한 자료로 활용될 것이다. 나는 그게 기분이 좋다. 사람과 산, 산과 사람이 교감하는 산악사야말로 위대한 교과서이기 때문이다.

산은 언제나 배워야 할 스승

이 모든 보람과 기쁨이 다 산이 베풀어 준 것이다. 2009년 1월 회장직을 물러날 때까지 행사가 겹쳐 있으므로 늘 산에서 살았지만 이젠 좀 여유가 생겼다. 주말엔 특별한 일이 없는 한 거의 산행에 나선다. 예전엔 어떤 중압감이 있었으나 요즈음은 여유롭다. 산행에 나서면 언제나 반가운 얼굴들을 만나게 된다. 그 사람들과 잠시 나누는 대화가 즐겁다. 산이 중신아비가 되어 만나게 된 인연치고 악연은 없다.

주말마다 인근의 산을 가득 메운 사람들 틈에서 걷다 보면 미소가 나온다. 산행에서 스트레스를 풀 수 있는 덕분에 복작거리며 살고 있는 서울 사람들의 정신 건강이 좋아진다고 나는 생각한다. 만약 서울에 산이 없었다면 이 많은 사람들이 어디로 갈까? 바다, 들판, 아니면 집안에서 TV 리모컨과 싸우고 있을지 모른다.

느지막이 오후에 올라도 좋을 산이 서울 근교에 있다는 건 축복이다. 따지고 보면 모든 동물은 위로 오르려는 본능이 있다. 아기들도 무엇인가 잡고 자꾸 오르려는 것은 우리에게 그와 같은 잠재된 본능이 있다는 증거다. 지금처럼 많은 등산 인구가 생긴 것은 우리 속에 내재된 욕구의 발로일 것이다. 산을 오르려는 생각 속에는 단순한 야심과는 다른 어떤 정신이 분명히 있다. 그렇게 산에 바치는 정열이야말로 가장 아름다운 정신인 것이다.

산과 더불어 살아 온 세월 속에 산은 세상에서 얻지 못한 도전과 극복의 지혜를 나에게 주었다.

미국의 유명한 산악인 로열 로빈슨을 사업 때문에 자주 만난 적이 있다. 그는 말한다. 산을 오른다는 건 위대한 행위이다. 무언가를 만들어 내서가 아니라 그 행위 자체가 위대한 것이다. 온갖 힘과 지혜를 다 쏟아야 하는 과정이기에 멋질 수밖에 없다고. 그러하기에 언제나 최선이 요구되는 것이 또한 산행이라고.

그의 말처럼 오늘도 나는 오를 산이 있어 행복하다. 그리고 또 내일도 산이 있어 즐거운 인생이기를 지금도 나는 소망한다.

정상은 내 가슴에

초판 발행 2009년 8월 14일
2쇄 발행 2009년 8월 24일

지은이 강태선
발행인 전상삼
편집 · 기획 신영철
표지 · 본문 디자인 Art Director 장재윤
인쇄 우진컴
펴낸곳 도서출판 세상의 아침
주소 서울시 마포구 서교동 395-126 **전화** 02-323-6114 **팩스** 02-325-2114
이메일 morningworld@paran.com **홈페이지** http://www.dongjinl.co.kr

출판등록 제 2002-126호(2002년 6월 26일)
ISBN 978-89-92713-04-7(03810)
값 12,000원